La rebelle flamboyante

HEATHER
GRAHAM

La rebelle flamboyante

ROMAN

Traduit de l'américain
par Daniel Garcia

J'AI LU

Titre original
CAPTIVE

PROLOGUE

Territoire de Floride, automne 1837

Elle était sur le point de mourir. Déjà l'acier froid de la lame lui chatouillait la gorge, quand un grand cri déchira l'air. L'Indien qui s'apprêtait à l'égorger retint brusquement son bras.

Tina ignorait qui avait pu crier aussi fort. Mais, soudain, comme s'il s'était agi d'un commandement, tous les Indiens s'étaient immobilisés. L'instant d'avant il régnait une pagaille effroyable. Après leur attaque victorieuse, les Séminoles s'étaient jetés sur leurs victimes pour les achever et trancher leurs scalps qu'ils rapporteraient en trophées à leur campement.

A sa grande stupéfaction, Tina vit les Indiens rengainer leurs poignards. Apparemment, par la magie de ce seul cri, ils renonçaient à la violence.

Tina soupira de soulagement. Personnellement, elle n'avait rien à voir dans cette guerre entre Blancs et Séminoles. Au contraire ! Elle s'apprêtait à fuir ce territoire encore sauvage. Sauvage jusque dans sa beauté naturelle. Devant elle, à l'horizon, le ciel s'enflammait déjà, annonçant le crépuscule. Bientôt, la nuit étendrait sa couverture étoilée sur la terre.

Malgré cette trêve inopinée, Tina n'était pas sûre d'être encore vivante quand la lune se lèverait.

Elle savait que beaucoup d'Indiens souhaitaient sa mort, à cause de son beau-père. Michaël Warren était détesté par les Séminoles plus que tout autre homme blanc. Cette haine s'étendait à tous ceux qui le servaient ou vivaient dans son entourage. Et donc, à sa belle-fille.

Tina ne pouvait les en blâmer. Elle connaissait trop la cruauté de Warren et de ses hommes pour faire grief aux Indiens de leur désir de vengeance. Mais elle-même n'avait rien à se reprocher. Et quelques-uns des soldats qui l'escortaient non plus. Ils étaient encore trop jeunes et trop innocents pour avoir du sang sur les mains. Ils ne méritaient pas une mort aussi atroce !

– Sale bâtard ! cria soudain Tina à son agresseur.

C'était un de ces splendides guerriers séminoles, à moitié nu, aux cheveux noirs tressés sur la nuque et à la peau cuivrée. Tina lui décocha un coup de pied entre les jambes. Même si elle ne gagnait que quelques minutes de vie supplémentaires, elle ne voulait laisser passer aucune chance de lui échapper.

En criant, il se plia en deux, les mains serrées sur son entrejambe. Tina voulut en profiter pour se relever, mais, surmontant sa douleur, le guerrier la retint par le bras, tandis que de l'autre main il faisait miroiter dans le soleil couchant sa lame rougie du sang des victimes qu'il avait égorgées avant elle.

C'est alors que le cri mystérieux retentit une seconde fois. L'instant d'après, Tina vit le guerrier brusquement happé en arrière. En un éclair, elle bondit sur ses pieds et s'enfuit à toutes jambes.

Elle n'avait pas fait cent mètres qu'une main l'attrapa par les cheveux. Malgré la douleur, la jeune fille voulut quand même se débattre. Son agresseur la plaqua sans ménagements à terre, dos au sol.

Tina pensa d'abord qu'elle était revenue à son point de départ. En fait, c'était bien pire.

Cet Indien-là s'était assis à califourchon sur ses hanches et d'une seule main il avait emprisonné ses deux poignets. Tina ne pouvait rien voir : dans sa chute, ses longs cheveux roux s'étaient plaqués sur son visage et menaçaient de l'asphyxier chaque fois qu'elle ouvrait la bouche pour respirer.

Tout d'un coup, elle sentit que l'Indien écartait les mèches de sa figure. Elle voulut crier, mais le son resta dans sa gorge quand elle croisa le regard de son assaillant.

Il avait les yeux bleus. Un bleu pur, profond, encore plus éclatant par contraste avec sa peau cuivrée. Ce regard l'avait déjà si souvent fascinée...

Ours-Rapide.

C'était le surnom que lui avait donné son peuple, lorsqu'il avait abandonné les rivages de l'enfance pour devenir un homme. Un guerrier. Ce nom lui convenait à merveille. Il exprimait à la fois sa force, sa grâce, sa puissance et son agilité.

Aujourd'hui, il était à moitié nu. Il portait seulement des bottes, une culotte en daim et un collier d'argent. Rien de plus. La splendide musculature de son torse et de ses épaules s'offrait aux regards. Rouge ou Blanc, ennemi ou pas, il fallait bien reconnaître qu'il était un parfait modèle de beauté virile. Ses cheveux d'un noir d'ébène n'étaient pas aussi raides que ceux de ses frères de sang. Leur légère ondulation trahissait son héritage blanc – de même que la couleur de ses yeux. Son visage semblait avoir combiné les deux races : un long nez droit, des pommettes saillantes, un front dégagé, des sourcils noirs, un menton volontaire, des lèvres sensuelles et ces yeux bleus. Ces yeux !

Tina ferma les siens. Elle connaissait trop bien son regard pour avoir la force de le soutenir.

Il était redevenu *Ours-Rapide*. Mais la nuit où ils s'étaient rencontrés, il s'appelait alors James McKenzie. Il ne ressemblait pas à un sauvage, comme aujourd'hui. Ce soir-là, il portait un costume noir et une chemise blanche. Tina avait admiré son élocution parfaite, sa façon de danser, l'aisance avec laquelle il évoluait dans le monde des Blancs. Pourtant, chacun de ses gestes trahissait une énergie, une vitalité à peine contenues. C'était sans doute pour cela que toutes les femmes frémissaient à son passage. Parce qu'elles sentaient sa sauvagerie sous les dehors civilisés.

Tina savait qu'il s'était contenté de jouer la comédie. Il avait endossé les habits de l'homme blanc comme un déguisement. Au fond de lui-même, il ne serait jamais un gentleman. Il haïssait trop les Blancs, à cause de ce qu'ils avaient fait à sa famille.

Ce soir-là, il l'avait haïe. Comme les autres. Peut-être même plus que les autres. Parce qu'elle était la belle-fille de Michaël Warren. Malgré cela, il n'avait pas pu s'empêcher de la désirer. Il avait dû se reprocher sa faiblesse, mais il l'avait bel et bien désirée.

Elle-même n'avait pu se retenir d'aller vers lui, alors qu'elle aurait dû le fuir, au contraire. Ils n'étaient pas du même monde. Tina était innocente des atrocités commises par son beau-père, aussi en voulait-elle à McKenzie de la croire coupable et de la détester pour cela. Elle aurait voulu le haïr autant qu'il la haïssait, mais...

– Regardez-moi ! lui ordonna-t-il.

Un véritable sauvage ne lui aurait pas parlé sur ce ton. Il avait dit « Regardez-moi » comme il aurait pu dire « Passez-moi le thé, s'il vous plaît ». Pourtant, Tina savait que son élocution d'homme civilisé n'était qu'une façade.

Elle ouvrit les yeux et serra les dents pour s'empêcher de trembler. Même s'il avait décidé de la tuer, elle ne lui montrerait pas sa peur. Il avait beau la haïr, Tina devinait qu'il l'admirait pour s'être toujours montrée forte devant lui.

– Tuez-moi donc ! lui lança-t-elle. Massacrez-moi, comme tous ces malheureux qui m'accompagnaient.

– Ce fut un combat loyal, répliqua-t-il.

– Non ! C'était une embuscade !

– Le capitaine qui commandait votre escorte a massacré des villages entiers, miss Warren. Femmes et enfants compris. Pourquoi devrait-on témoigner la moindre pitié à de tels assassins ?

– Je sais que vous ignorez ce qu'est la pitié ! s'écria Tina.

En réalité, elle connaissait la sinistre réputation de ce capitaine. Mais à quoi bon admettre que les Blancs étaient aussi cruels que les Peaux-Rouges ?

– Cette guerre est sans pitié, de toute façon. Alors, tuez-moi, qu'on en finisse !

Il haussa les sourcils.

– En finir ? Déjà ? Vous devriez savoir que nous autres sauvages adorons torturer longuement nos victimes.

Tina sentit son sang se glacer dans ses veines. Pourtant, elle avait l'impression que partout où leurs deux corps se touchaient, sa peau était brûlante. Elle ferma de nouveau les yeux.

– Que faisiez-vous avec ces hommes ? lui demanda-t-il.

Elle rouvrit les yeux. Autour d'eux, les Indiens passaient au milieu des cadavres pour les dépouiller. Heureusement, l'obscurité grandissante jetait un voile pudique sur ce spectacle atroce. Pas plus que tout à l'heure, Tina ne pouvait blâmer les Indiens de leur attitude. Pour avoir entendu son beau-père se vanter de les affamer afin de les réduire à sa merci, elle savait que les Séminoles dépouillaient leurs victimes à la recherche du moindre bibelot qui leur permettrait de monnayer un peu de nourriture. Ces malheureux soldats qui venaient de mourir n'étaient pas tous odieux. Tina avait parlé avec quelques-uns qui ne demandaient pas mieux que de laisser les Indiens vivre en paix sur la terre de leurs ancêtres. Mais, à présent, ils payaient tous pour les « prouesses militaires » du colonel Warren. C'est ainsi qu'il appelait ses exactions.

– Que faisiez-vous avec ces hommes ? redemanda James.

Elle croisa son regard.

– Je partais ! répondit-elle.

– Où ça ?

– A Charleston.

Il haussa encore les sourcils, comme s'il était surpris. Pourtant, dès leur première rencontre, James McKenzie ne s'était pas privé de lui « recommander » de quitter la région. Si Tina s'y était finalement résolue, ce n'était pas pour lui obéir mais parce qu'elle n'avait plus d'autre solution.

Il se releva brusquement, avec l'agilité d'un chat, avant d'obliger Tina à l'imiter.

– Petite idiote ! lança-t-il en l'attirant contre lui. Vous n'irez nulle part, à présent.

– C'est pourtant vous qui m'aviez demandé de quitter votre précieux pays ! lui rappela-t-elle.

– Mais vous ne m'avez pas écouté.

– La preuve que si. J'essayais précisément...

– Vous ne m'avez pas écouté à temps, la coupa-t-il. Eloignez-vous de moi seulement d'un pas et vous êtes morte, miss Warren. Ne le voyez-vous donc pas ?

Tina rougit brusquement en réalisant qu'il la serrait contre lui alors qu'un grand nombre de cadavres les entouraient. Elle n'osa pas tourner la tête, de crainte de reconnaître des visages amis.

Il semblait aussi mal à l'aise qu'elle. Peut-être parce qu'il avait perdu, lui aussi, quelques amis chez ces jeunes soldats ? Tina se demanda de quel côté penchait vraiment son cœur. Après tout, son père avait été blanc, son unique frère était blanc et son neveu aussi. Au début, il s'était efforcé de rester en dehors du conflit, mais les événements avaient fini par rendre sa position intenable.

Tina tressaillit en entendant gémir un blessé. James dut prendre pitié d'elle, car il cria un ordre dans son langage indigène avant de la prendre par le bras pour l'entraîner à l'écart.

– Ne regardez pas autour de vous ! lui commanda-t-il.

Elle ne voulait pas voir le carnage, mais c'était

impossible d'y échapper. Ils passèrent auprès des corps entremêlés d'un Indien et d'un caporal. La mort les avait enlacés, comme deux amants. Tina frissonna d'horreur. Elle avait envie d'éclater en sanglots mais luttait pour ne pas pleurer devant lui.

Il entraîna Tina vers son cheval, une superbe jument baie. En un instant, Tina se retrouva assise sur l'animal. Il grimpa derrière elle et quelques minutes plus tard, ils avaient quitté le théâtre sanglant de l'embuscade.

Elle ignorait où il la conduisait et préférait ne pas le savoir. James gardait le silence, préoccupé seulement par la conduite de son cheval. Du moins, était-ce l'impression qu'il cherchait à donner.

La nuit était complètement tombée, à présent, et on ne voyait plus rien du paysage qui entourait le chemin. A un moment donné, ils traversèrent d'épais buissons luxuriants, avant de se retrouver au bord d'un étang.

Tina pensa d'abord qu'il s'était arrêté là pour faire boire sa jument. Mais elle aperçut une sorte de hutte en roseau, dissimulée dans les branchages.

Il descendit de cheval et l'aida à mettre pied à terre. Tina se précipita aussitôt vers la berge. Elle ne voulait pas se retrouver face à lui.

– Ainsi, vous quittiez la Floride ? dit-il en la rejoignant au bord de l'eau. J'imagine que c'était pour retourner vers les bals et autres jolies réceptions qui comblent l'existence des jeunes ladies ?

Tina serra les dents.

– Je ne retournais nulle part en particulier.

– Alors, vous désertiez simplement notre sauvage contrée ?

Elle se retourna, tremblante de colère.

– Je désertais la violence et la mort ! s'écria-t-elle. Votre ami voulait m'égorger.

Il avait croisé les bras sur son torse nu. Ses longs cheveux noirs, ceints d'un bandeau sur le front, retombaient jusque sur ses épaules.

– Je l'aurais tué, s'il l'avait fait, dit-il d'une voix sourde.

– Me voilà rassurée ! ironisa-t-elle. Je vous aurais remercié depuis le ciel.

– Ou depuis l'enfer, corrigea-t-il. Pourquoi êtes-vous partie de chez mon frère ?

– Je n'avais pas le choix.

– Jarrett ne vous aurait jamais mise à la porte.

– Je n'avais pas le choix, s'obstina-t-elle à répéter, sans savoir s'il était capable de la comprendre.

Il avança d'un pas. Tina voulut reculer, mais l'étang l'en empêchait. Devrait-elle se jeter à l'eau pour lui échapper ? Avant d'avoir pu trancher, il l'avait déjà rejointe. Il l'attira contre lui et lui prit une main pour la poser sur son torse nu.

– Cherchiez-vous à fuir la guerre, ou vouliez-vous échapper à *cela* ? demanda-t-il d'une voix rauque. Echapper à votre attirance pour la peau cuivrée d'un Indien ?

Elle retira sa main avec tant de vigueur qu'il ne put la retenir.

– Je n'ai pas peur de vous ! cria-t-elle en serrant les poings.

– Vous avez tort, répondit-il froidement. Vous auriez dû retourner depuis longtemps dans votre monde civilisé. Vous n'auriez même jamais dû le quitter !

– Allez au diable !

– Je crois que j'y serai bien assez tôt.

Il l'entraîna jusqu'à un arbre dont les racines plongeaient dans l'étang et lui plaqua le dos contre l'écorce avant d'approcher dangereusement ses lèvres des siennes.

– Ne saviez-vous donc pas que ce pays était en guerre ? murmura-t-il. Ne vous a-t-on pas expliqué que les Indiens pillent et massacrent tout sur leur passage ? Mais peut-être était-ce justement cela qui vous attirait ? Pour avoir le plaisir de vous amuser un peu avec un Peau-Rouge – sans vous brûler ?

– On ne peut qu'être brûlé par votre haine ! répliqua-t-elle, avant de laisser échapper un petit cri en voyant son regard briller de colère.

– Alors, goûtez-moi ce feu, chérie.

Il agrippa sauvagement sa robe. Tina ferma les yeux en entendant le tissu se déchirer en même temps qu'il s'emparait de ses lèvres. Elle aurait voulu crier, le repousser. Lui arracher les yeux même, pour ne pas succomber au désir qu'il éveillait en elle. Elle essaya courageusement de lutter, mais il la cloua au sol et ce fut pire encore. L'odeur de la terre humide l'enivra davantage. Elle ne se sentait plus la force de lutter.

– Que vais-je faire de vous, maintenant ? murmura-t-il en caressant ses seins du bout des doigts.

Tina connaissait déjà la réponse. Elle savait que ses baisers se feraient plus tendres, plus sensuels et qu'elle ne pourrait pas plus y résister que les autres fois. Elle devait absolument se ressaisir avant qu'il ne soit trop tard.

– Sale bâtard ! lui cracha-t-elle au visage.

– Peut-être. Mais demandez-moi donc de vous relâcher, là, tout de suite.

Pour rien au monde Tina n'aurait voulu le voir partir maintenant.

– Sale bâtard ! répéta-t-elle d'un ton beaucoup moins convaincu.

– Je sais, je sais, murmura-t-il avant de s'emparer à nouveau de ses lèvres.

Quand il abandonna sa bouche pour promener sa langue sur son cou et ses seins dénudés, Tina sentit son corps s'embraser. A mesure qu'il descendait plus bas, en déchirant le reste de sa robe, elle se tordait sous lui en agrippant à pleines mains ses longues boucles brunes. Elle avait perdu tout espoir de lui résister. C'était une bataille perdue d'avance.

Au moment où sa langue s'insinua entre ses cuisses, elle poussa un cri de plaisir qui résonna dans la nuit. Il s'écarta d'elle, le temps de se dévêtir, avant de la reprendre dans ses bras pour la pénétrer d'une seule poussée. Sauvagement.

Tina se laissa envahir par cette force indomptable qui commandait à son propre corps. Ses veines charriaient un feu liquide, chaque centimètre de sa peau était un brasier. Leur jouissance explosa en même temps, les libérant tous deux de cette flamme qui les avait consumés.

Il roula sur le côté, puis s'allongea sur le dos, un bras replié sous la nuque, pour contempler le firmament. Tina en profita pour rassembler les lambeaux de sa robe. Malheureusement, rien n'était récupérable. Ignorant son regard, qu'elle devinait braqué sur elle, elle se releva et s'approcha, toute nue, de l'étang.

Elle s'accroupit sur la berge et trempa ses mains dans l'eau pure pour se rafraîchir le visage. Au bout d'un moment, elle le sentit derrière elle.

– Depuis le début, vous auriez dû savoir qu'il ne fallait pas jouer avec les Indiens, dit-il.

Elle se retourna.

– Je n'ai jamais joué, répondit-elle en se relevant avec le plus de dignité possible. (Désignant sa robe déchirée, elle ajouta :) La nuit va être froide.

– Je vous réchaufferai. Demain matin, nous tâcherons de vous trouver quelques vêtements.

Tina secoua la tête.

– Je n'ai pas l'intention de passer la nuit ici.

– Il le faudra bien, pourtant, miss Warren. Vous êtes mon invitée.

– Prisonnière me semble plus exact.

– Comme vous voudrez. En tout cas, vous restez ici.

Il l'entraîna vers la hutte de roseaux. C'était une construction sommaire, facile à monter et à démonter, comme son peuple avait la coutume d'en bâtir. Le sol était tapissé de fourrures. Tina s'assit et il lui tendit une autre peau pour qu'elle puisse s'en couvrir les épaules.

– Si je décidais de m'enfuir, vous ne pourriez pas me rattraper, assura-t-elle. J'ai beau être née dans une grande ville, j'ai appris à connaître votre pays.

Il haussa les sourcils.

– Un défi ? Alors, laissez-moi vous dire que si je ne veux pas que vous m'échappiez, vous ne m'échapperez pas.

– Le diable vous emporte.

– Tina, préféreriez-vous courir le risque de rencontrer un autre guerrier qui s'intéresserait à votre scalp ?

– Tous les Séminoles ne sont pas des sauvages.

– Merci de le remarquer, miss Warren.

– Vous n'êtes pas un vrai Séminole ! Cessez de me parler de votre peau cuivrée. En fait, vous êtes plus blanc qu'indien !

– Tina, une seule goutte de sang indien suffit à se couper du monde des Blancs. Vous le savez très bien, du reste. La vie a fait pencher mon cœur du côté des Indiens et cela non plus, vous ne devez pas l'oublier.

– La vie vous a rendu cruel.

– Ça suffit, Tina. Ça suffit pour ce soir.

Tina serra les dents mais se tut. Elle s'étendit sur les fourrures et le sentit bientôt s'allonger contre son dos ; il la serra contre lui pour lui communiquer un peu de sa chaleur.

« Ça suffit pour ce soir... » Elle avait commencé sa journée en pensant la terminer sur le bateau qui la ramènerait chez elle, à Charleston, où elle retrouverait son ancienne vie. Au lieu de cela, elle avait failli périr égorgée. Et maintenant...

Elle ferma les yeux. Ainsi, il s'imaginait qu'elle avait voulu jouer avec lui ! Elle n'avait joué à rien. Elle était tout simplement tombée amoureuse.

Un amour sans espoir, malheureusement. Il haïssait tout ce qu'elle représentait, même s'il ne pouvait pas nier la passion qu'elle lui inspirait.

Pour l'instant, il la tenait dans ses bras. Et Tina savait qu'il l'avait sauvée d'une mort certaine.

Cependant, il se considérait toujours comme son ennemi. Rien ne l'en ferait démordre.

Tina sentit une larme couler sur sa joue. Que lui réservait l'avenir, maintenant qu'elle ne pouvait plus quitter ce pays ?

Elle se rappela le jour de son arrivée. Celui, aussi,

de leur première rencontre. Quand il lui était apparu, dans son costume d'homme civilisé, si beau et si sauvage à la fois.

Et la première nuit où il lui avait fait l'amour...

Ce n'était pas si lointain : six mois, à peine.

1

Une journée splendide s'annonçait. Le ciel, d'un bleu très pur, était à peine troublé par quelques nuages. Sur une mer turquoise, le *Marjorie Anne* traçait paisiblement sa route.

Debout à la proue du navire, Tina Warren respirait l'air à pleins poumons en regardant se dessiner la côte devant elle. Ils approchaient de Tampa, la petite ville qui s'était construite autour du poste militaire de Fort Brooke, porte d'entrée d'une contrée encore largement sauvage : la Floride.

Cette absence de civilisation n'effrayait pas Tina, au contraire.

Pendant la traversée, elle avait goûté au parfum enivrant de l'aventure. Le vent n'avait pas toujours été aussi doux qu'aujourd'hui, ni la mer aussi clémente. De violents orages avaient secoué le bateau en tous sens. Mais, même au plus fort de la tempête, Tina avait continué de sortir sur le pont pour humer cet air qui sentait la liberté. Une liberté qui lui faisait tellement défaut...

Par bonheur, ses deux « anges gardiens » chargés de l'escorter tout au long du voyage n'avaient pas le pied marin. Trenton Wharton mesurait plus d'un mètre quatre-vingts et devait approcher les cent kilos. Son compère, Buddy MacDonald, était encore plus grand et plus lourd. A eux deux, ils devaient pouvoir affronter à mains nues une bonne demi-douzaine d'hommes en même temps – et à plus forte raison, empêcher une jeune femme de leur échapper. Mais ni l'un ni l'autre ne possédait un estomac capable de résister au tangage d'un bateau.

Malheureusement, cela ne changeait pas grand-chose au sort de Tina. Ce n'était certainement pas en pleine mer qu'elle pourrait trouver la moindre occasion de leur fausser compagnie. Elle ne pouvait rien faire de plus que de respirer l'air du large en rêvant à la liberté.

Tina ne se rappelait plus à quel moment Michaël Warren et elle avaient commencé à se détester cordialement. Peut-être dès le début. Si seulement elle avait pu revenir en arrière, sans doute aurait-elle réussi à changer le cours du destin. Sa mère avait épousé Michaël Warren moins d'un an après la mort de son premier mari. Tina n'était encore qu'une enfant, mais elle avait tant adoré son père qu'elle avait très mal vécu l'intrusion de cet étranger. D'autant que Michaël Warren s'était comporté à son égard comme si elle n'était rien d'autre qu'un petit soldat sous ses ordres ! Ah, cette fameuse discipline ! C'était toute sa vie. Il entendait que son entourage familial s'y conforme aveuglément. Combien de fois n'avait-il pas frappé Tina pour la « mettre au pas » ? Sa mère avait essayé de la raisonner en lui faisant valoir que Michaël Warren n'était pas un homme malveillant. Simplement un militaire habitué à tenir sa maison comme une garnison.

En réalité, c'était un homme mauvais, même s'il avait réussi à convaincre sa femme du contraire. Lui-même ne devait pas s'estimer méchant. Il invoquait couramment le Seigneur et fréquentait l'église avec une assiduité digne d'éloges. Mais aux yeux de Tina toute cette piété ne suffisait pas à racheter sa vraie nature. Malgré tous les efforts de sa mère pour l'inciter à le considérer avec indulgence, elle ne pouvait se résoudre à excuser ses violences. Il avait la cruauté dans le sang. Il aimait faire souffrir. Il aimait tuer. Et par-dessus tout, il aimait tuer des Indiens. Jeunes ou vieux, hommes ou femmes, peu lui importait. A ses yeux, un Indien était une créature indigne de vivre sur terre.

L'actuelle politique du gouvernement, qui consistait à vouloir chasser les Indiens toujours plus loin vers l'Ouest, le comblait d'aise, car elle ouvrait de nouveaux champs de bataille. En Floride, notamment, où les Séminoles entendaient bien ne pas quitter la terre de leurs ancêtres.

Ses campagnes militaires tenaient souvent Michaël Warren éloigné de la maison. Tant que la mère de Tina avait vécu, l'existence de la jeune fille n'avait pas été si terrible – puisque l'armée retenait fréquemment son beau-père hors de chez lui. Mais, l'été précédent, alors que Michaël Warren bataillait en Floride, Lilly, sa femme, était décédée. Elle s'était éteinte comme meurent les roses : en se fanant délicatement. Elle avait été presque aussi belle dans la mort que de son vivant. Son regard s'était fermé à jamais, mais ses traits exprimaient un calme radieux face à l'éternité.

Tina l'avait accompagnée jusque dans ses derniers instants, avec l'intention de quitter la maison aussi tôt après les funérailles. C'était son père qui avait construit cette demeure. Mais, à présent, l'ombre de Warren pesait dessus. Tina ne voulait plus rester. Elle savait que son père aurait compris et accepté sa décision.

Hélas, Michaël Warren revint pour l'enterrement et expliqua à sa belle-fille qu'il entendait désormais la prendre avec lui. Il en avait le droit : jusqu'à la majorité de la jeune fille, il en serait désormais le seul tuteur légal. Tina commit l'erreur de lui annoncer ses propres intentions en des termes on ne peut plus clairs. Elle se retrouva enfermée dans sa chambre, sous la garde de deux soldats et n'en sortit que pour apprendre qu'elle était destinée à épouser l'un d'eux.

Michaël Warren s'imaginait sans doute qu'il pourrait l'obliger à faire n'importe quoi. Il se trompait. Tina avait remonté l'allée centrale de l'église au bras de son beau-père, pris la main de son « fiancé » devant l'autel mais, au dernier moment, avait déclaré au prêtre qu'elle refusait d'épouser cet homme.

Le scandale avait été énorme. Humilié, Warren s'était vengé le soir même en frappant Tina avec son ceinturon. Il l'avait fait pleurer de douleur, sans obtenir sa soumission pour autant. A compter de ce jour, sa haine pour lui devint totale. Mais tant qu'elle n'était pas majeure, elle ne pouvait pas s'affranchir de ce monstre.

Le lendemain de ce mariage avorté, Warren avait dû repartir pour la Floride. Il avait laissé Tina à Charleston, toujours sous la garde de deux soldats pour qu'elle ne puisse pas s'enfuir. Même si elle ne jouissait que d'une liberté surveillée, au moins s'était-elle félicitée de ne plus avoir à endurer la présence de son beau-père. Les nouvelles qui lui parvinrent de Floride au cours des mois suivants lui redonnèrent espoir. La guerre faisait rage. Le gouvernement avait sous-estimé la résistance des Indiens qui mettaient à profit la géographie de cette contrée marécageuse pour surgir là où on ne les attendait pas. Nombre de soldats avaient déjà perdu la vie. Avec un peu de chance, Michaël Warren ne reviendrait pas.

Hélas, Michaël Warren ne disparut pas. En revanche, il décida au bout de quelques mois de faire venir Tina auprès de lui. Voilà pourquoi elle avait dû embarquer sur ce bateau qui approchait maintenant des côtes de Floride.

Elle soupira en regardant le paysage se dessiner devant ses yeux. Avant elle, tant d'hommes et de femmes avaient abordé cette terre pour connaître enfin la liberté ! Tina avait lu des récits racontant comment les esclaves qui avaient pu échapper à leurs maîtres prenaient la direction du sud pour rejoindre cette Floride autrefois peuplée d'Indiens et de trappeurs pacifiques.

L'avancée des hommes blancs avait peu à peu réduit l'espace vital des tribus indigènes. Les premiers conflits furent suivis de traités de paix vite bafoués par les Blancs. Guerre après guerre, la plupart des Indiens avaient été exterminés ou chassés vers l'Ouest. A l'exception des Séminoles qui résistaient encore bravement aux envahisseurs. Leur chef, un guerrier nommé Osceola, leur avait appris à se jouer des hommes blancs en leur tendant des embuscades surprises. L'armée avait réagi en déployant toujours plus de forces et de cruauté. Des villages entiers avaient été anéantis. Mais, cachés dans les marais, les derniers Séminoles refusaient de s'avouer vaincus. Ils menaient contre l'armée une guérilla incessante, au point que le gouvernement avait fini par leur proposer une trêve.

C'était cette paix qui avait décidé Michaël Warren à faire venir Tina en Floride. Il lui avait assuré que les combats étaient terminés. Mais Tina n'était pas dupe. Elle savait que tôt ou tard ce nouveau traité de paix serait bafoué comme les autres et que la guerre reprendrait.

Elle ne s'était pas trompée : pendant son voyage, quelques escarmouches entre soldats et Indiens avaient déjà envenimé la situation. D'un jour à l'autre, le sang allait de nouveau couler.

Malgré ces menaces qu'elle pressentait, Tina était pourtant impatiente de découvrir la Floride. Elle avait hâte d'admirer cet étonnant paysage lacustre, fait d'étangs, de rivières, de marais et de grands arbres peuplés d'oiseaux extraordinaires qui chantaient sous un ciel immense.

La « trêve » des combats n'était sans doute pas l'unique raison qui avait poussé Michaël Warren à lui faire entreprendre ce voyage. Il avait probablement l'intention de la marier à quelqu'un d'autre. Peut-être un riche vieillard, cette fois. Tina savait que son beau-père rêvait de se lancer un jour dans la politique et qu'il aurait besoin de beaucoup d'argent pour cela.

Jamais, se jura Tina en silence. Jamais il ne l'obligerait à épouser un homme contre sa volonté. Ce nouveau pays était sa chance. Son beau-père serait souvent distrait par les opérations militaires. Elle en profiterait pour s'échapper.

La sirène du bateau la tira brusquement de ses pensées. Autour d'elle, les marins s'agitaient déjà fébrilement pour préparer l'arrivée du bateau à quai. Tina regarda de nouveau la côte, qui n'était plus distante que de quelques centaines de mètres. Elle était fascinée et désappointée par ce qu'elle voyait.

Fort Brooke n'était qu'un assemblage austère de rondins grossiers plantés dans le sol. La petite bourgade de Tampa, qui s'était développée autour, n'avait pas meilleure mine, avec ses maisons en bois et ses rues poussiéreuses. Mais la ville était entourée d'un paysage magnifique. Un fleuve s'alanguissait à l'ombre de bosquets luxuriants avant de se jeter dans la baie qui miroitait sous le soleil. De longues plages de sable blanc s'étendaient à perte de vue.

– Miss Warren, nous sommes prêts à accoster.

Tina se retourna. Ses deux « gardes du corps » sanglés dans leurs uniformes se tenaient juste derrière elle. Leurs visages portaient encore les stigmates de la traversée.

– Ça ne paie pas de mine, j'en conviens, s'excusa presque Buddy en désignant Tampa et Fort Brooke.

Buddy était un ancien commis de ferme du Tennessee. Il obéissait aveuglément aux ordres de ses supérieurs, mais était resté un bon garçon au grand cœur. Tina lui était reconnaissante de sa sollicitude.

– C'est magnifique, au contraire, répondit-elle en ne pensant qu'au paysage.

Ils entrèrent dans le port. Les marins échangèrent des cris avec les employés des quais. Des cordes furent lancées pour arrimer le bateau. Dès que la passerelle fut abaissée, des soldats montèrent à bord pour s'entretenir avec le capitaine Fitzlinger. Après leur départ, ce dernier s'approcha de Tina. C'était un petit homme replet, très pointilleux et qui s'inquiétait pour un rien.

– Miss Warren, commença-t-il en s'inclinant pour la saluer, je suis au désespoir ! Votre beau-père devait venir vous accueillir, mais un combat contre les Indiens le retient à l'intérieur des terres.

– Quel dommage ! mentit Tina.

– Heureusement, Josh et Nancy Reynolds, qui tiennent un magasin en ville, sont prêts à vous héberger en attendant qu'une escorte vous conduise auprès de votre beau-père. Ce sont des gens de toute confiance.

– Merci, répondit Tina, soulagée de bénéficier d'un répit.

S'il n'y avait pas eu autant de témoins, elle se serait volontiers agenouillée pour remercier le Ciel.

Le capitaine lui offrit son bras pour l'aider à descendre la passerelle. Une minute plus tard, Tina foulait pour la première fois le sol de Floride. Les maisons n'étaient certainement pas aussi belles qu'à Charleston, ni les habitants aussi élégants, mais elle s'en moquait. Elle se sentait presque heureuse en remontant la rue principale, qui n'était pourtant qu'un grand chemin poussiéreux.

Une petite femme rondelette avec des cheveux bruns sous un chapeau à larges bords accourut à leur rencontre, suivie par un grand gaillard large d'épaules.

– Bienvenue, miss Warren, dit la femme. Nous sommes ravis de vous rencontrer. Votre beau-père nous a souvent parlé de vous. (Elle désigna l'homme qui l'accompagnait :) Voici mon mari, Josh Reynolds. Moi, je m'appelle Nancy.

– Enchantée, répondit Tina en souriant. Je suis très heureuse d'être en Floride.

– Vraiment ? s'étonna Josh. J'aurais plutôt pensé qu'une jeune lady de Charleston mépriserait notre modeste cité.

– Non, les détrompa Tina. Voyez-vous, j'adore la nature. Le peu que j'ai pu voir de votre pays m'a déjà conquise.

– Ici, les paysages sont un don du Ciel, approuva Josh.

Quelques minutes plus tard, Tina découvrit la boutique extraordinaire de Josh et de Nancy. Toutes les marchandises du monde semblaient s'y être donné rendez-vous. Josh lui expliqua qu'ils fournissaient tous les comptoirs blancs installés dans les terres. Il se hâta de préciser que ces établissements étaient encore peu nombreux. La civilisation avait du mal à pénétrer la Floride. Quand les Indiens ne massacraient pas les colons, c'étaient les fièvres des marais qui s'en chargeaient.

Malgré ces troubles, le commerce de Josh et de Nancy prospérait. Ils vendaient de l'épicerie, des médicaments, des vêtements, des outils, des chaussures, de l'alcool et même des animaux de ferme. Tout ce qui pouvait s'acheter se trouvait dans leur magasin ou ses dépendances.

La cuisine et le salon s'ouvraient à l'arrière de la boutique tandis que les chambres se trouvaient à l'étage. Le salon, une vaste pièce pourvue d'une cheminée où brûlait un grand feu, résonnait des cris joyeux de trois enfants dont l'aîné avait tout juste sept ans.

En s'asseyant dans un fauteuil pour jouer avec la petite dernière, une ravissante fillette de trois ans,

Tina se fit la réflexion qu'elle ne s'était pas sentie aussi heureuse depuis très longtemps. Tandis que Nancy filait lui dénicher une paire de bottines plus appropriée à la région, Josh partit s'occuper d'un client.

Si seulement Michaël Warren pouvait ne jamais revenir...

Au bout d'un moment, Tina sentit une présence dans son dos. Elle se retourna brusquement et découvrit un homme aux cheveux noirs, très grand, qui la regardait jouer avec la gamine.

– Excusez-moi, je ne voulais pas vous faire peur.

Il était très beau. Un mélange étonnant de rudesse et d'élégance. La fillette se précipita vers lui.

– Oncle Jarrett ! Oncle Jarrett ! s'écria-t-elle, tout heureuse.

Il la souleva dans ses bras et lui donna un baiser sonore sur la joue avant de la reposer par terre. Tina attendait qu'il se présente.

– Je m'appelle Jarrett McKenzie, miss Warren, dit-il. Ma femme et moi habitons une maison au bord du fleuve. C'est chez nous, à Cimarron, que vous attendrez le capitaine Argosy qui doit vous conduire à votre père. Tout est déjà arrangé avec Josh et Nancy.

– Je vous remercie de votre hospitalité, répondit Tina.

Il la dévisagea un moment en silence avant de reprendre :

– Vous avez dû être déçue de ne pas trouver votre père à l'arrivée du bateau.

– C'est mon beau-père.

– Ah !... Ce pays doit vous paraître effrayant, sans lui pour vous y accueillir.

– Je ne m'effraie pas facilement, monsieur McKenzie.

Il sourit.

– Tant mieux. Mon bateau est au port. Je vais m'occuper d'y faire monter vos bagages. J'aimerais lever l'ancre rapidement pour arriver le plus tôt possible.

– Entendu.

Il s'apprêtait à sortir lorsque Tina le rappela.

– Monsieur McKenzie ! (Il se retourna.) Vous ne semblez pas aimer beaucoup mon beau-père. Pourquoi faites-vous cela pour lui ?

Il parut décontenancé par sa question.

– Je ne pouvais quand même pas vous laisser seule dans ce pays sauvage, miss Warren. Ma femme ne me l'aurait jamais pardonné.

– Pourtant, vous n'aimez pas mon beau-père.

Il hésita, avant de secouer la tête.

– Je n'ai rien dit de tel, miss Warren.

– Monsieur McKenzie, je ne l'aime pas non plus.

Il éclata de rire.

– Dans ce cas, nous essaierons de vous garder aussi longtemps que possible à Cimarron.

Et sur ces mots, il partit.

Tina ne le revit pas avant de monter sur son bateau. Nancy et Josh l'avaient accompagnée pour l'abreuver de conseils jusqu'à la dernière minute. Elle devait se méfier de tout : des fièvres des marais, des serpents, des piqûres d'insectes, sans oublier les alligators.

– Il y a quatre sortes de serpents venimeux, précisa Nancy alors qu'ils arrivaient à bord. Si vous ne leur faites rien, ils vous laisseront tranquille.

Le bateau de Jarrett McKenzie était beaucoup plus

petit que celui sur lequel Tina était venue de Charleston. Son équipage se réduisait à cinq hommes. Tina vit l'un d'eux lever les yeux au ciel pendant que Nancy continuait ses recommandations. Elle s'en amusa.

Leur hôte les rejoignit à ce moment-là.

– Cette jeune femme m'a l'air intelligente, Nancy, dit-il. Je pense qu'elle ne commettra pas d'imprudences.

– Il vaut mieux prévenir que guérir, décréta Nancy. Faites aussi attention à vous, Jarrett, le pria-t-elle avant de lui remettre un sac : Donnez-le à Tara. Il contient une couverture pour son bébé. Embrassez-les tous les deux pour moi et dites-leur que je viendrai les voir aussitôt que possible.

– Merci, répondit Jarrett. (Il serra la main de Josh et embrassa Nancy, avant d'ajouter :) Maintenant, je vous renvoie sur le quai ! Le voyage sera long et j'ai hâte de revoir ma femme et mon fils.

– N'oubliez pas que nous serons toujours là pour vous aider, dit Nancy à Tina pendant que son mari la poussait sur la passerelle.

Tina les salua de la main alors que l'équipage larguait déjà les amarres. Au moment où le bateau quittait le port, elle sursauta en voyant deux hommes en uniforme accourir sur le quai.

– Ce sont des amis à vous ? lui demanda McKenzie en s'approchant d'elle.

– Pas exactement, répondit-elle, mal à l'aise. Plutôt... mon escorte.

– Ils vous surveillaient ?

– Ce sont de braves garçons, en fait.

– Voulez-vous que nous revenions les chercher ? demanda-t-il par politesse.

– Oh, non, surtout pas ! se récria Tina.

– Vous savez, ils seront capables de trouver Cimarron tout seuls.

Elle soupira.

– J'imagine. Nous devrions peut-être les prendre, finalement. Michaël Warren sera furieux, s'il apprend que nous les avons abandonnés sciemment.

– Vraiment ?

Tina détourna la tête, gênée par la lueur diabolique qui s'était allumée dans son regard.

– Dans ce cas, n'hésitons pas à les laisser derrière nous, murmura-t-il sur un ton de conspiration. (Il se tourna vers son équipage et haussa brusquement la voix :) Hissez toutes les voiles, les gars ! Profitons du vent pour avancer plus vite !

Quand il se fut éloigné, Tina resta accoudée au bastingage. Elle regardait en souriant ce nouveau pays dans lequel elle s'enfonçait.

2

Cimarron

James engagea son cheval dans l'allée qui conduisait à la maison de son frère, un sourire aux lèvres. Il avait aidé Jarrett à construire cette maison dont ils avaient dessiné les plans ensemble. Il l'aimait comme si c'était la sienne.

A l'origine, ils avaient prévu d'en construire une deuxième, identique. Pour lui seul. Bien qu'ils aient passé tous les deux une grande partie de leur enfance parmi les tribus nomades des Indiens Séminoles, ils avaient été élevés par un père écossais. Ils avaient donc reçu une double éducation, indienne et blanche. James savait chasser dans les marais, mais il avait également appris à lire Shakespeare ou à écouter Mozart.

Au sortir de l'adolescence, il était tombé follement amoureux d'une jeune Indienne et l'avait rejointe dans sa tribu. Il avait alors décidé de vivre du côté des Indiens, tandis que Jarrett choisissait celui des Blancs.

Pendant quelques années, James avait vécu heureux avec sa nouvelle famille. Jusqu'à ce que la guerre éclate et vienne briser son bonheur.

Malgré son chagrin et sa colère contre les Blancs, James aimait toujours autant son frère. Comme il avait aimé passionnément leur père, le meilleur homme qu'il ait jamais connu.

Alors qu'il atteignait le bout de l'allée, sa belle-sœur surgit de la maison et dévala le perron pour courir à sa rencontre. James arrêta sa monture, mit pied à terre et souleva Tara dans ses bras pour l'embrasser avec effusion avant de la reposer. C'était une splendide créature blonde aux yeux bleus, belle comme une porcelaine et solide comme un roc. Exactement le genre de femme que méritait son frère.

Elle lui pinça la joue, comme pour s'assurer qu'il était en bonne santé, avant de regarder sa tenue d'un air réprobateur. James portait en tout et pour tout un pantalon en denim, des mocassins, une veste de cuir brut et un bandeau dans les cheveux. Tara secoua la tête.

– Il fait encore froid ! le réprimanda-t-elle.

– Tara, nous sommes au printemps.

– Mais le fond de l'air est encore frais.

– Comment va ma fille ?

Tara retrouva soudain le sourire.

– Elle pousse comme de la mauvaise herbe. C'est déjà une jolie petite lady, James. Et elle est si gentille avec le bébé !

– Ah oui, c'est vrai ! Comment se porte mon diable de neveu ?

– C'est un vrai angelot ! s'indigna Tara. A six mois, tous les bébés ressemblent à des anges.

– Sachant qu'il est le fils de mon frère, je peux te certifier que ça ne durera pas, répondit James. Jennifer va vraiment bien ? redemanda-t-il, sans pouvoir cacher sa nervosité.

C'était plus fort que lui : depuis le drame, la peur lui restait chevillée au corps. Bien qu'il détestât profondément la guerre, il était presque heureux d'y consacrer tout son temps. Les combats l'empêchaient de penser. Et de se souvenir...

– Jennifer va très bien, je t'assure, l'apaisa Tara. Viens, tu vas la voir. (Elle lui prit la main pour l'entraîner vers la maison, avant de demander :) Quelles sont les nouvelles ?

– Le colonel Warren continue ses exactions, répondit James. Malheureusement, ce n'est pas nouveau.

– Je suis au courant, murmura Tara.

James tenait Warren pour une belle crapule. Tout en se considérant comme leur ennemi, il était le premier à reconnaître que la plupart des Blancs n'étaient ni cruels, ni bornés. Même les plus convaincus que la déportation des Séminoles vers l'Ouest était le seul moyen de résoudre le « problème indien » ne voulaient pas pour autant massacrer les récalcitrants. Encore moins des femmes et des enfants sans défense. Mais Warren n'était pas de cet avis. A l'inverse des gens qui manifestaient une bonté innée dans tous leurs actes, d'autres semblaient avoir hérité de la méchanceté à leur naissance. Warren était de ceux-là.

James avait pris les armes contre les Blancs – le peuple de son père – parce qu'il n'avait pas eu d'autre choix. Lorsque les Blancs s'en étaient pris à sa famille et à ses amis, il avait riposté. Mais jamais il n'avait envahi le monde des Blancs pour incendier leurs fermes, égorger leurs femmes et massacrer leurs enfants. Il n'avait même pas rompu avec les quelques Blancs qui étaient ses amis avant le début de la guerre. C'était d'autant plus méritoire que, depuis la disparition de Naomi et de son bébé, sa haine des Blancs était devenue incommensurable.

Ce n'étaient pas les militaires qui étaient responsables de la mort de Naomi et de son bébé. Ils étaient morts de maladie.

James ne se rappelait que trop bien les circonstances de leur agonie. Naomi et le bébé avaient contracté la fièvre des marais pendant leur fuite. Au moment où l'armée les pourchassait, James négociait à Fort Brooke l'émigration vers l'Ouest de quelques tribus trop affaiblies pour avoir le courage de défendre encore leurs terres. Des amis étaient venus le prévenir que sa femme était tombée tout à coup malade et qu'elle n'avait plus la force de bouger.

Il était revenu à terre, le cœur serré. Hélas, il était arrivé trop tard. Son frère l'avait précédé, et James n'oublierait jamais cette scène : il avait trouvé Jarrett agenouillé par terre, penché sur un corps. Après s'être approché, il s'était aperçu que c'était le cadavre de Naomi que Jarrett serrait dans ses bras en sanglotant.

Il l'avait enterrée lui-même, le visage ravagé de larmes. Puis il avait découvert qu'il avait aussi perdu sa deuxième fille. Alors, il avait voulu mourir. Pendant des jours et des nuits, il s'était abîmé dans son chagrin, refusant de s'alimenter. Patiemment, son frère l'avait veillé jusqu'à ce qu'il retrouve assez d'énergie pour vouloir continuer de vivre. Et se venger.

James n'était pas naïf. Il connaissait trop bien le monde des Blancs et leurs pouvoirs pour ne pas savoir qu'il s'engageait dans une bataille qu'il n'avait guère de chances de gagner.

– Combien d'Indiens ont péri dans ce nouveau drame ? demanda Tara.

– Presque une centaine, répondit James, brutalement ramené à la réalité. Ce fut un véritable traquenard. Warren avait fait annoncer que les soldats distribueraient de la nourriture, des vêtements et un peu d'argent à tous ceux qui accepteraient de partir sur-le-champ vers l'Ouest. Beaucoup de femmes, fatiguées de fuir et désespérées de voir leurs enfants affamés, l'ont cru sur parole. J'aurais pu les retenir, si j'avais été là, mais je me trouvais près de Micanopy. Ils se sont rassemblés devant Fort Brooke et la veille du jour où ils allaient se rendre à l'armée, Warren les a attaqués en pleine nuit. Pour se justifier, il a prétendu qu'il s'agissait d'un campement de guerriers qui s'apprêtaient à piller Tampa. Même les Blancs les plus opposés aux Indiens ont été révoltés par cette traîtrise.

Il préféra ne pas raconter le reste à Tara, tant les

détails étaient atroces. Les vieillards avaient été mutilés, les femmes éventrées et les enfants avaient péri, la tête fracassée à coups de crosse. Pourquoi gaspiller des balles sur des proies aussi inoffensives ?

– Oh, James, c'est terrible ! s'exclama Tara, sincèrement désolée. Tu sais, je voudrais te redire que tous les Blancs ne sont pas...

– ... comme Warren, termina James. Oui, je sais. Mais, en attendant, le cessez-le-feu a été rompu. La guerre va reprendre.

Ils étaient arrivés sur la terrasse. Tara l'entraîna vers un berceau qui se balançait doucement sous l'effet de la brise. James sourit en découvrant son neveu. C'était un vrai McKenzie, à n'en pas douter : il avait hérité des cheveux noirs de son père.

– Il ne restera pas longtemps un ange ! rappela-t-il à Tara pour la provoquer.

– Tais-toi donc, James. Tu...

Elle n'eut pas le temps de terminer sa phrase. Une fillette aux cheveux bruns avait surgi de la maison. Jennifer. Tout ce qui restait à James de son foyer. Elle fêterait bientôt ses cinq ans.

– Papa ! s'écria-t-elle joyeusement en se précipitant vers lui.

James la souleva dans ses bras pour l'embrasser. Elle avait une mine superbe. Jennifer vivait chez Tara et Jarrett depuis la mort de Naomi et du bébé. Elle avait compris que son père ne pouvait pas toujours rester avec elle. C'était une fillette en avance pour son âge.

James la garda un moment dans ses bras pour mieux la contempler. Deux yeux noisette, comme ceux de sa mère, pétillaient de vie dans son petit visage. Ses longues mèches brunes tombaient sur ses épaules. Elle portait une robe digne des fillettes les plus élégantes. Tara l'habillait toujours avec soin et lui témoignait beaucoup d'affection. *Pauvre petite !* songea soudain James. *Que lui ai-je fait ?* A présent, Jennifer se trouvait écartelée entre deux mondes, comme il l'avait été dans sa jeunesse. Plus tard, cette situation la tourmenterait de même qu'elle l'avait fait souffrir, lui.

– Jennifer, tu es ravissante ! la félicita-t-il en l'embrassant encore une fois.

– Toi aussi, tu es superbe, papa, répondit la fillette en serrant son visage dans ses petites mains. Beau et sauvage à la fois. Ab-so-lu-ment délectable !

James regarda Tara, éberlué. Il était stupéfait d'entendre ce genre de vocabulaire dans la bouche d'une enfant si jeune. Tara rougit violemment.

– Euh... commença-t-elle, mal à l'aise. On parle souvent de toi, tu sais. L'autre jour, Chloé, la fille des Smithson, est venue prendre le thé avec sa cousine, Jemma.

– Et ?

– C'est-à-dire... elles sont jeunes et impressionnables. Elles te représentent comme un noble...

– ... sauvage.

– James ! Il ne faut pas...

– J'ai compris. Ma fille répétait leurs paroles.

– Tu es... un très bel homme, James. Je te l'ai souvent dit.

– Toi aussi, tu es très belle, Tara. Malheureusement pour moi, tu as épousé mon frère. Mais épargne-moi tes amies qui frissonnent d'excitation à l'idée de fréquenter un sauvage, veux-tu ?

– Ce n'est pas exactement ce que tu...

– Tara, j'ai souvent assisté à tes réceptions. Je sais

de quoi il retourne. Il suffit que je sois habillé comme un Européen pour qu'une pléiade de jeunes filles de bonne famille se propose de consoler ma solitude. Si elles me voyaient au milieu de mes frères indiens, habillé comme eux, leur empressement retomberait vite.

– Tu serais sans doute surpris, répliqua Tara.

– Crois-tu ? Alors, pense aux parents de ces jeunes filles. A ton avis, comment réagiraient-ils en apprenant que leur glorieuse progéniture fréquente un sang-mêlé ?

– N'essaie pas de me raconter que tu n'as pas de liaisons avec des Blanches. J'ai entendu des rumeurs à ton sujet.

James secoua la tête et reposa Jennifer, avant de lui dire :

– Tu vois Othello ? lui dit-il en désignant son cheval. Prends ses rênes et conduis-le à une pâture où l'herbe est bien verte.

Jennifer sourit jusqu'aux oreilles, toute fière de se voir confier une tâche de grande personne. James la regarda s'éloigner puis se retourna vers sa belle-sœur.

– Tara, mon cœur s'est brisé à la mort de Naomi. Depuis, aucune relation que j'ai pu avoir avec une femme ne s'apparente à une liaison. Tes jeunes amies sont ravissantes, mais elles m'ennuient plus qu'elles ne m'amusent. Ce n'est même pas une question de couleur de peau. Blanche, Rouge ou Noire, je ne vois pas quelle femme pourrait réveiller ma passion.

– Ecoute, James, je donne une petite réception demain soir, pour l'anniversaire de Jarrett. Il devrait rentrer dans la nuit ou demain matin au plus tard. Il n'y aura que de vieux et bons amis. Pas un seul militaire. Même pas Tyler Argosy. Il nous a écrit qu'il doit venir chercher ici l'enfant d'un colonel que Jarrett doit ramener de Tampa, mais il n'arrivera sans doute pas avant plusieurs jours. Tu veux bien rester ?

– Tara...

– C'est l'anniversaire de ton frère !

Il soupira.

– Bien sûr ! Habille-moi correctement, mets-moi en vitrine. Pour que tout le monde s'extasie de voir un sauvage aussi civilisé.

– James !

– Excuse-moi, Tara. Ce n'est pas contre toi que je suis aigri. C'est entendu, je reste. J'avais justement quelques petites choses à régler avec Jarrett. Je me réjouis déjà à l'idée de le revoir.

Tara l'embrassa sur la joue.

– Je vais prévenir les domestiques que tu dormiras ici ce soir. Ta chambre est toujours prête à t'accueillir, sais-tu ?

– Un bon lit et un bon dîner ! Je ne pouvais pas rêver mieux pour ce soir.

Tara lui sourit encore avant de disparaître dans la maison.

Quand elle ressortit sur la terrasse, un quart d'heure plus tard, elle aperçut James debout au milieu de la pelouse. La tête et les épaules droites, il fixait l'horizon, perdu dans ses pensées. Ne voulant pas le déranger, elle se contenta de l'observer en silence. Dans ses vêtements d'Indien, qui mettaient en valeur sa musculature, il évoquait un félin prêt à bondir. Tara savait ce qu'il ressentait et la haine qu'il éprouvait au fond de son cœur.

« Malheur à celui qui réveille le chat qui dort », songea-t-elle, avant de rentrer dans la maison.

3

Les vents s'étaient montrés généreux. L'aube se levait à peine quand le bateau de Jarrett McKenzie arriva en vue de l'embarcadère construit en bordure de sa propriété.

Son invitée, pourtant, était déjà levée depuis quelque temps. Alors que l'équipage engageait les manœuvres d'accostage, elle se tenait sur le pont, fascinée par le paysage qu'elle découvrait.

Jarrett la regardait, médusé. *La fille de Warren !* Qui aurait pu imaginer une chose pareille ?

Sa belle-fille, rectifia-t-il aussitôt, en se rappelant l'insistance de Tina à préciser ce point. Elle avait quand même été élevée par Warren, mais ne semblait pas avoir hérité de sa méchanceté. Elle paraissait sensible, intelligente et honnête.

Si Jarrett n'avait pas aimé sa femme éperdument, il n'aurait pas manqué d'être troublé par la présence à son bord d'une créature aussi ravissante que Tina Warren. Ses yeux verts brillaient comme deux émeraudes dans un visage à l'ovale parfait qu'auréolait une flamboyante chevelure rousse. Son petit nez, son menton volontaire et sa taille fine achevaient de lui donner une vivacité éclatante.

Jarrett était conquis. Et Tara le serait certainement autant que lui dès qu'elle verrait Tina.

Hier soir, il avait longuement conversé avec elle. Elle lui avait raconté à quel point elle avait aimé sa mère, et comment elle avait rompu le mariage organisé par son beau-père. L'anecdote avait amusé Jarrett. Cette jeune femme était une battante. Il aurait plaisir à lui offrir l'hospitalité aussi longtemps qu'elle souhaiterait rester à Cimarron. Malheureusement, il ne pourrait pas s'opposer à son départ le jour où Warren enverrait quelqu'un la chercher. D'après ce que Jarrett avait pu comprendre à Tampa, Warren s'était mis en tête de marier sa fille – sa belle-fille – à un soldat du nom de Harrington. Jarrett connaissait bien ce Harrington – John, de son prénom – pour l'avoir déjà rencontré dans des réceptions. C'était un bon garçon. En outre, sa famille était riche et bien introduite dans les milieux politiques. Elle servirait les ambitions de Warren.

Jarrett ne put s'empêcher de sourire. Harrington devait souffrir de l'entêtement de son supérieur à lui voir épouser sa fille. Après tout, ne l'ayant jamais vue, il devait légitimement s'imaginer qu'elle n'était que la version féminine de Michaël Warren. Autrement dit, un laideron acariâtre. Harrington serait heureusement surpris le jour où il rencontrerait Tina.

Jarrett distribua ses ordres pour l'amarrage, avant de la rejoindre.

– Que pensez-vous de Cimarron, miss Warren ? lui demanda-t-il.

Ce qu'elle en pensait ? Tina secoua la tête, émerveillée.

– C'est... extraordinaire.

Elle n'avait encore jamais vu une aussi belle maison. Même à Charleston, où les riches propriétaires mettaient pourtant toute leur fierté dans leurs demeures. Celle-ci était magnifique, très grande, ses façades entièrement peintes en blanc. Une colonnade courait tout autour, formant une terrasse abritée au rez-de-chaussée et une galerie à l'étage.

Au moment où le bateau accosta l'embarcadère,

une ravissante jeune femme blonde dévala le perron et descendit le chemin à leur rencontre. Tina comprit aussitôt qu'il s'agissait de Tara McKenzie. La veille au soir, Jarrett lui avait abondamment parlé de sa femme et de son jeune fils.

Jarrett bondit par-dessus le bastingage et se précipita au-devant de sa femme. Ils échangèrent un baiser si tendre et si passionné que Tina détourna le regard pour s'intéresser à ce qui se passait sur le ponton. Des ouvriers, accourus de la plantation, saluèrent les membres de l'équipage avant de les aider à débarquer les marchandises entreposées sur le bateau. Ils considéraient Tina avec curiosité, mais leur attitude était beaucoup plus chaleureuse qu'hostile.

– Miss Warren !

Tina sursauta. Perdue dans sa contemplation, elle ne s'était pas aperçue que Mr et Mrs McKenzie l'attendaient au pied de la passerelle. Rouge de confusion, elle se dépêcha de descendre à terre.

Tara McKenzie lâcha le bras de son mari pour l'accueillir.

– Bienvenue à Cimarron ! dit-elle avant de se reculer pour la regarder en souriant : Honnêtement, je vous avoue que vous ne correspondez pas à ce que j'attendais. Dans sa lettre, Tyler nous parlait d'une enfant !

– Je ne suis plus une enfant, confirma Tina. Mais faute d'être majeure, je dois encore obéir à mon tuteur.

Tara se contenta de hocher la tête. Elle avait deviné qu'il était préférable de ne pas insister sur ce point pour l'instant.

– Nous sommes enchantés de vous compter parmi

nous, reprit-elle. Vous ne pouviez pas mieux tomber : ce soir, nous donnons une petite réception pour l'anniversaire de mon mari. Je suis persuadée que notre petite communauté sera ravie de faire votre connaissance. Venez, je vais vous montrer la maison.

Tara lui enlaça la taille comme une vieille amie, et elles remontèrent le chemin en discutant.

– Ne craignez-vous pas les attaques des Indiens ? voulut savoir Tina.

– Non, répondit laconiquement Tara, alors qu'elles arrivaient sur la terrasse. Une grande femme noire tenait un bébé dans ses bras. Tara voulut le prendre, mais Jarrett, qui les avait rattrapées, fut plus rapide qu'elle.

– Vous permettez, Jane ? demanda-t-il poliment.

La femme sourit et lui tendit le bébé, qui gloussa de contentement en reconnaissant son papa.

– Ian McKenzie, annonça Tara en souriant à Tina.

– Félicitations, c'est un beau bébé.

– Merci, répondit Tara. (Elle s'apprêtait à récupérer le bébé des bras de son mari, mais se ravisa :) Voulez-vous le prendre ?

– Oh, oui, avec plaisir !

Tina prit le bébé dans ses bras et sourit de ses mimiques. Comme il essayait d'attraper une de ses mèches avec sa petite main, elle emprisonna ses doigts dans les siens en riant. Elle n'avait plus joué avec un bébé depuis si longtemps !

– Il est vraiment magnifique, s'extasia-t-elle. En plus, il sent très bon. On voit qu'il est bien lavé.

– Me voilà soulagée, répondit Tara, d'un air taquin. (Elle se tourna vers son mari :) Si nous n'avions pas reçu l'approbation de Tina, nous aurions sans doute été obligés de jeter ce pauvre Ian, n'est-ce pas, Jarrett ?

La jeune fille se retint d'éclater de rire. Elle savait gré à Tara de la mettre si rapidement en confiance. Elle venait tout juste d'arriver dans cette maison et pourtant elle s'y sentait déjà chez elle. Quand ils pénétrèrent à l'intérieur, elle s'émerveilla du luxe de la décoration. Les parquets cirés resplendissaient comme des miroirs. De superbes draperies encadraient les portes-fenêtres et les motifs des papiers peints étaient à la dernière mode européenne.

– Je n'arrive pas à croire qu'une telle maison puisse se trouver là ! s'exclama-t-elle.

La nurse vint lui reprendre le bébé. Tina le laissa partir à regret, mais il s'était déjà endormi.

– Merci, répondit Jarrett. Je prends cela comme un compliment.

– C'en était un, je vous assure.

– A mon avis, cette maison est désormais la vôtre pour le restant de vos jours, plaisanta encore Tara. Vous avez complimenté mon mari sur les deux choses qui lui tiennent le plus à cœur : sa maison et son fils.

– Je proteste ! rectifia Jarrett en se tournant vers sa femme. C'est encore toi qu'elle vient de féliciter. La décoration est ton œuvre.

– Votre femme est très belle, lui dit Tina avec solennité.

– Parfait. Elle peut rester pour toujours ! confirma Jarrett, taquin à son tour.

– Vous visiterez les autres pièces plus tard, proposa Tara. Dans l'immédiat, laissez-moi vous conduire à votre chambre. Vous devez avoir besoin de faire un peu de toilette.

– Elle a peut-être envie d'une sieste, suggéra McKenzie. Sa nuit a été courte et le voyage fatigant.

– Jarrett a raison. Commencez donc par vous reposer. Je vous ferai préparer un bain plus tard. Nos invités ne sont pas attendus avant le début de la soirée.

– Un petit somme ne me ferait pas de mal, admit Tina.

– J'ai peur que tout le monde ne veuille dormir, dans cette maison, soupira Tara.

– Pas moi, répliqua Jarrett en regardant sa femme. Je n'ai aucune envie de dormir.

Tara piqua un fard et Tina préféra tourner la tête quand Jarrett attira sa femme dans ses bras pour l'embrasser tendrement. Elle se sentait soudain une vague envie de pleurer. Elle était ravie de rencontrer un couple si heureux, mais elle n'avait jamais ressenti sa propre solitude avec autant de force.

Elle n'avait éprouvé aucune antipathie pour l'homme que Michaël Warren avait essayé de lui faire épouser. Elle savait simplement qu'elle ne l'aimait pas, mais elle n'aurait pas su dire exactement pourquoi. A présent, en voyant Jarrett et Tara – ou plutôt, en s'efforçant de ne pas les voir ! –, elle comprenait enfin. C'était un amour comme celui des McKenzie qu'elle désirait : un amour passionné, flamboyant. Venu du plus profond du cœur. Ou alors, rien. Elle préférait rester célibataire, mais indépendante, plutôt que de s'engager dans un mauvais mariage.

Malheureusement, Warren se moquait bien de ses préférences.

La jeune femme se libéra de l'étreinte de son mari et invita tout le monde à la suivre à l'étage. Ils longèrent un couloir tendu de velours vert, puis Tara s'arrêta devant une porte.

– Voici votre chambre, Tina, annonça-t-elle. Si vous avez besoin de quoi que ce soit, vous trouverez une sonnette près du lit. N'hésitez pas à l'utiliser. Les domestiques se feront un plaisir de vous servir.

– Merci beaucoup, répondit Tina en poussant le battant.

– Reposez-vous bien, lui dit Jarrett.

En fermant sa porte, Tina le vit entraîner tendrement sa femme dans le couloir. Quelques secondes plus tard, elle entendit une autre porte claquer doucement. Les maîtres de maison s'étaient enfermés dans leur chambre...

Tina ressentit brusquement toute la fatigue du voyage. Warren enverrait bientôt quelqu'un la chercher, mais c'était une menace dont elle ne désirait pas s'inquiéter pour le moment. Elle ne voulait pas gâcher le plaisir de se trouver dans cette belle maison. La jeune fille s'allongea sur le lit et savoura son confort. C'était la première fois depuis plus de deux semaines qu'elle ne dormirait pas dans une couchette de bateau. A peine eut-elle fermé les yeux qu'elle sombra dans un profond sommeil.

Elle fut réveillée en fin d'après-midi par un coup frappé à sa porte.

– Tina, nos invités ne vont pas tarder à arriver, la prévint Jarrett. Descendez dès que vous serez prête.

– Oui, merci !

En regardant autour d'elle, elle s'aperçut qu'une servante avait monté un baquet d'eau chaude pendant son sommeil. Elle bondit du lit, se lava soigneusement et s'habilla avant de quitter la chambre, impatiente de découvrir le reste de la maison – et les invités qui la peupleraient bientôt.

En descendant l'escalier, elle découvrit, émerveillée, que Cimarron s'était préparée pour la fête. Comme il n'y avait pas de vent, les portes-fenêtres étaient grandes ouvertes, ainsi que toutes les portes de communication entre les pièces, pour que les invités puissent circuler librement. Des lampions accrochés aux colonnes et au plafond de la terrasse donnaient à la maison un air de kermesse.

Arrivée au bas des marches, elle aperçut dans le grand salon un homme brun qui se tenait face à la cheminée, les mains croisées dans le dos. Persuadée qu'il s'agissait de son hôte, elle se dirigea droit vers lui. Sa carrure impressionnante, qu'elle avait déjà remarquée sur le bateau, son habit de soirée noir et sa cravate blanche lui donnaient l'air d'un parfait gentleman.

Il se retourna alors qu'elle allait franchir le seuil de la pièce.

Tina s'arrêta, médusée. Cet homme ressemblait étonnamment à Jarrett McKenzie, mais ce n'était pas lui. Son visage, surtout, était très surprenant. Des cheveux d'un noir de jais, des yeux d'un bleu profond, des pommettes hautes et saillantes, une peau si bronzée qu'elle en était presque cuivrée... *Un sang-mêlé !* songea aussitôt Tina. Elle n'en avait encore jamais rencontré. L'influence des deux races se discernait parfaitement dans les traits de l'homme.

Il l'avait dévisagée avec autant de curiosité qu'elle et un petit sourire moqueur apparut sur ses lèvres. Il avait probablement lu dans ses pensées et deviné qu'elle éprouvait une sorte de fascination devant lui. Il savait bien que son physique attirait les regards.

L'homme s'inclina poliment pour la saluer. Quand il redressa la tête, il souriait toujours.

– Bonsoir, dit-il d'une belle voix grave qui fit frissonner Tina.

Elle restait pétrifiée sur le seuil, appuyée au chambranle de la porte, sans savoir quoi faire. Elle tenta de se ressaisir en se persuadant qu'elle réagissait ainsi parce qu'elle n'avait pratiquement jamais vu d'Indiens, et encore moins parlé avec eux.

– Vous comptez passer toute la soirée contre cette porte ? demanda-t-il. N'ayez pas peur ! Je n'ai encore jamais arraché le moindre scalp dans la maison de mon frère, miss... ?

Tina sentit sa nervosité redoubler. Elle ne pouvait pas avouer à un Indien qu'elle était la fille de Michaël Warren – pas même sa belle-fille.

Elle s'obligea à lâcher la porte pour entrer dans la pièce, de la démarche la plus naturelle possible, et avança résolument vers lui, déterminée à ne pas lui montrer qu'elle le craignait un peu. Si elle devait au moins une chose à Warren, c'était bien ce courage qu'elle avait pour affronter la réalité en face, quelle qu'elle soit.

– Je n'ai pas peur de perdre mon scalp, affirma-t-elle.

Il haussa les sourcils.

– Vous avez tort, pourtant.

– Ne venez-vous pas de m'assurer que vous ne vous étiez jamais attaqué à un scalp dans cette maison ?

A sa grande surprise, il s'approcha d'elle et passa une main dans ses cheveux. Elle aurait dû reculer, mais elle était trop impressionnée pour pouvoir bouger. Sa main était large et puissante, ses doigts très longs.

– Sauf qu'une chevelure comme la vôtre serait une prise de choix. Vous devriez faire attention, miss. Une couleur aussi flamboyante est terriblement attirante.

Tina se recula brusquement, comme brûlée par ses paroles.

– Vous devenez grossier ! répliqua-t-elle.

– Oh, mais c'est qu'elle se défend ! s'exclama-t-il d'une voix amusée.

Il ne paraissait pas le moins du monde affecté par sa remarque.

– Je n'ai pas peur de vous, répéta-t-elle. Ni de votre couleur de peau, ni de vos paroles, ni de rien du tout, monsieur McKenzie.

Il haussa encore les sourcils.

– Comment connaissez-vous mon nom ? Nous n'avons pas été présentés.

Cette fois, ce fut Tina qui sourit.

– Vous avez parlé de la maison de votre frère.

– Vous en avez déduit un peu vite que j'étais un McKenzie. Jarrett et moi ne sommes que demi-frères. Nous pourrions l'être par notre mère.

– C'est vrai. Excusez-moi. Etes-vous réellement un McKenzie ?

Il hésita un court instant.

– Oui, répondit-il finalement. Du moins, aux yeux de certains, je suis un McKenzie. Pourquoi êtes-vous ici ?

Tina réfléchit à ce qu'elle devait dire. Elle aurait pu répondre, avec désinvolture : « Je suis ici, parce que mon beau-père est trop occupé à massacrer tous les Indiens de Floride. » Mais surtout pas devant cet homme.

– Je suis venue rejoindre mon beau-père, mais un contretemps l'a empêché de venir me chercher à Tampa, expliqua-t-elle. En attendant qu'il envoie quelqu'un à ma rencontre, Jarrett et Tara ont eu la gentillesse de m'offrir l'hospitalité. (Elle tendit la main :) Je m'appelle Tina, ajouta-t-elle, en prenant garde de ne confier que son prénom.

Il lui prit la main mais, au lieu de la serrer, il l'examina puis posa les lèvres sur sa paume, comme pour l'embrasser. Un geste incroyablement sensuel – et beaucoup trop intime : elle n'aurait pas dû le laisser faire. Mais il l'avait déjà relâchée et l'observait de nouveau, avec un mélange de moquerie et de dédain.

– Tina, dites-vous ? Et votre nom ?

– Et votre prénom ? répliqua-t-elle, du tac au tac.

Son sourire s'élargit. Il s'apprêtait à répondre quand quelqu'un entra dans la pièce.

– James ! Quel plaisir de te revoir !

Tina s'écarta instinctivement du sang-mêlé et se tourna vers le nouvel arrivant. C'était un grand jeune homme souriant, aussi élégamment vêtu que dans les meilleurs salons de Charleston. Il s'inclina cérémonieusement devant elle.

– Quelle est cette nouvelle fleur qui embellit notre sauvage contrée ? Serait-ce l'une de tes amies, James ? Je t'en prie, présente-nous !

– Hélas, Robert, cette belle rose m'était aussi inconnue qu'à toi il y a seulement cinq minutes. Tina, je vous présente Robert Trent. Robert, voici Tina...

Elle refusa à nouveau de donner son nom.

– Ravie de vous connaître, monsieur Trent, dit-elle en levant la main.

– Tout le plaisir est pour moi, soyez-en assurée ! répondit-il en lui baisant la main.

Ses manières étaient exquises, son sourire communicatif. Il était beau, également, mais pas autant que le sang-mêlé. Robert charmait. James fascinait. Du moins, il la fascinait.

– Je dois dire quelques mots à notre hôtesse, annonça James. Je vous laisse tous les deux faire plus ample connaissance.

Il s'inclina pour saluer et quitta le salon au moment où deux autres gentlemen accompagnés de leurs épouses franchissaient la porte. Au brouhaha venu du hall, Tina comprit que les invités arrivaient tous en même temps.

– Je suis souvent venu dans cette maison. Pourtant, je ne vous y ai jamais rencontrée, dit Robert.

– Je suis arrivée ce matin sur le bateau de Jarrett, expliqua Tina.

– Resterez-vous longtemps parmi nous ?

– Je... n'en sais rien. (Il attendit patiemment, en souriant, qu'elle continue.) Mon père, enfin, mon beau-père, est dans l'armée. Il m'a demandé de le rejoindre, mais il n'a pas pu se libérer pour venir me chercher à Tampa. Je vais attendre ici l'escorte qui doit me conduire à lui.

– Comment s'appelle-t-il ?

Tina hésita longuement avant de répondre :

– Michaël Warren.

– Warren ! s'étrangla Robert. Je suis désolé... je...

– Moi aussi ! confessa Tina.

Pendant qu'ils conversaient, on entendit les musiciens accorder leurs instruments dans la salle de bal où tous les invités s'étaient déjà rassemblés.

– Je vous conduis ? proposa Robert.

– Volontiers, merci.

Ils entrèrent au moment où la première danse commençait. La pièce était comble. Robert entraîna sa cavalière sur le parquet et la fit virevolter aux accords de la valse.

– Warren ! répéta-t-il au bout d'un moment, comme s'il n'avait toujours pas digéré la nouvelle.

– C'est un monstre, je sais.

– Je suis bien aise de vous l'entendre dire. J'avais peur de vous avoir heurtée, tout à l'heure. Honnêtement, je n'aurais jamais imaginé que cet homme puisse être le père d'une créature aussi exquise que vous.

Tina sourit. Ses compliments étaient quelque peu osés, mais il paraissait sincère.

– Merci, dit-elle. Warren n'est que mon beau-père.

– C'est quand même un crime.

Elle sourit encore, toute à sa joie de valser. Il y avait bien longtemps qu'elle n'avait pas participé à une réception comme celle-ci. Longtemps également qu'elle n'avait pas entendu des paroles aussi aimables. Robert était décidément charmant. Elle appréciait de plus en plus sa compagnie.

Il s'arrêta brusquement de danser. Quelqu'un lui avait tapoté l'épaule. C'était James McKenzie.

– Puis-je te relayer ? lui demanda-t-il poliment.

– Mon Dieu, oui, répondit-il en soupirant. (Il se tourna vers Tina :) Ainsi va la vie ! Je ne pouvais pas espérer vous garder toute la soirée !

A peine l'eut-il relâchée que Tina virevolta de plus belle, cette fois au bras du sang-mêlé.

C'était un excellent danseur. Souple, gracieux, dans le rythme. Tina avait l'impression de flotter au-dessus du sol. Mais elle sentait son regard rivé sur elle. Un regard intrigué et méprisant à la fois.

– Regardez-vous ainsi toutes les femmes blanches ? Ou seulement moi ? se surprit-elle à lui demander.

Il secoua la tête, amusé. Visiblement, il ne s'attendait pas à pareille question.

– Toutes les femmes blanches, répondit-il.

– Me voilà soulagée.

– Mais vous... plus particulièrement.

– Alors pourquoi dansez-vous avec moi ?

– Je suis attiré par vos cheveux.

– N'oubliez pas que vous n'oseriez pas vous en prendre à mon scalp.

– J'ai peut-être d'autres visées sur vos cheveux que de vouloir les arracher de votre tête.

– Lesquelles ?

– Je ne sais pas... murmura-t-il d'une voix étrange. Je ne sais pas très bien moi-même...

L'orchestre s'arrêta soudain. La valse était terminée. Ils restèrent l'un en face de l'autre, à se contempler, jusqu'à ce qu'une voix fasse sursauter Tina.

– Miss Warren, enfin ! Je vous cherchais partout !

C'était Jarrett McKenzie. Il fendit la foule des invités pour les rejoindre.

– James ! Eh bien, je vois que tu as déjà fait connaissance avec notre invitée.

James regarda son frère, interloqué.

– Serait-ce la gamine dont m'avait parlé Tara ?

– Oui. Elle s'est révélée un peu plus âgée que nous ne l'avions imaginé !

– Tu l'as appelée miss Warren, reprit James.

La question s'adressait toujours à son frère, mais il regardait Tina, à présent. Elle frissonna d'appréhension.

– C'est sa belle-fille, James, expliqua Jarrett.

James n'écoutait déjà plus son frère. Il se pencha vers Tina et murmura, presque contre ses lèvres :

– Vous vous appelez Warren ?

Tina s'humecta les lèvres.

– Oui. Tina Warren, répondit-elle en relevant fièrement le menton.

Contre toute attente, il éclata de rire.

– Warren ! répéta-t-il d'une voix dédaigneuse, quand il s'arrêta de rire. Je comprends mieux pourquoi je m'intéressais tant à vous. Savez-vous, miss Warren, que j'aimerais voir griller en enfer tous les membres de votre maudite famille ?

Et sur ces mots, il quitta la pièce à grandes enjambées. Tina le laissa partir sans réagir. Elle était trop éberluée. Heureusement, il avait parlé si bas que personne, autour d'eux, n'avait dû entendre ses paroles.

L'orchestre se remit à jouer.

4

Accoudé à la balustrade de la véranda, James humait l'air nocturne embaumé du parfum des fleurs printanières. Il ferma les yeux pour mieux entendre les bruits qui lui parvenaient : les échos de la fête, mais aussi le murmure du vent dans les arbres, le lent clapotis de la rivière et le chant des criquets. C'était une belle nuit, magnifiée par ce décor enchanteur miraculeusement épargné par les ravages de la guerre. Le bonheur était si simple, dans un tel endroit, que James regrettait presque de ne pouvoir y venir plus souvent.

Il s'adossa à l'une des colonnes et regarda la maison. La plupart des invités de son frère étaient ses amis. Il les connaissait depuis longtemps et, pour certains, il avait même partagé leur vie, leurs habitudes ou fréquenté leur école. Son cœur saignait chaque fois qu'un Blanc était tué par la guerre. Il avait même pleuré le jour où cette femme de planteur avait assisté à l'assassinat de son mari, avant de recevoir une balle dans le ventre et d'être scalpée par un guerrier. Cet horrible souvenir l'avait hanté pendant des nuits.

Mais la guerre était toujours cruelle.

L'an dernier, le président Jackson avait délégué le commandement de l'armée au gouverneur de Floride, Richard Call. Ce dernier avait ordonné aux troupes de s'enfoncer toujours plus loin dans les marais sans se soucier de ses soldats dont une partie fut emportée par les fièvres. Leur progression avait été stoppée par la rivière Withlacoochee. Certains officiers pensaient qu'elle était trop profonde pour être traversée à cheval, mais l'un d'eux, le major David Moniac, convaincu du contraire, s'était engagé dans l'eau. Une balle tirée depuis la rive opposée l'avait tué sur le coup. Aucun autre soldat n'avait voulu tenter l'expérience. Cet échec avait sauvé la vie de centaines d'hommes, de femmes et d'enfants réfugiés de l'autre côté de la rivière qui, en réalité, n'était profonde que de quelques dizaines de centimètres. Mais le plus déroutant dans cette histoire, c'était que le major David Moniac, officier de l'armée des Etats-Unis, était un Indien Creek de naissance.

En même temps qu'ils essayaient de convaincre les Séminoles d'émigrer vers l'Ouest pour rejoindre leurs lointains cousins creeks, les Blancs utilisaient des hommes de la même tribu pour combattre les Séminoles ! Une ironie sanglante qui n'était malheureusement pas isolée. Chaque mois qui passait apportait son lot de mauvaises surprises.

Depuis peu, Richard Call avait été remplacé à la tête des opérations par le général Jésup. On le disait plus humain, mais que pouvait-on espérer de bon de la part d'un militaire ?

James combattait pour défendre les siens en ayant toujours la crainte de se retrouver un jour face à un adversaire qu'il connaissait. Un Blanc avec qui il aurait joué aux cartes ou passé une soirée à converser amicalement devant un verre de brandy. Pris entre deux mondes, il s'était forgé sa propre éthique. Lorsque l'armée attaquait, il ripostait. Il n'avait pas le choix. Mais il n'avait jamais participé à la moindre embuscade, encore moins attaqué des femmes et des enfants sans défense. Sa moitié de sang blanc n'était pas seule responsable de cette attitude. James savait parfaitement que nombre de guerriers répugnaient à piller des plantations pour le simple plaisir de se repaître de violence.

D'ailleurs, Osceola, leur chef à tous, méprisait lui aussi l'idée de tuer des innocents, même s'il avait laissé s'accomplir de tels forfaits pratiquement sous ses yeux. Excepté quelques individus prêts à tout, la grande majorité des Séminoles répugnaient à verser le sang inutilement. Et James n'ignorait pas qu'il en allait de même du côté des Blancs – malgré les crimes commis sous l'autorité de chefs féroces comme Michaël Warren.

Le seul nom de cet homme suffisait à le hérisser. Il regarda ses mains et vit qu'elles tremblaient. James croyait à la fois au Grand Esprit des Indiens et au dieu chrétien des Blancs. Pour lui, quel que soit son nom, il s'agissait d'un seul et même Dieu. Et il Lui était reconnaissant d'avoir laissé Naomi mourir de maladie, plutôt que de la main d'un soldat.

Il serra les poings pour s'empêcher de pleurer. Jamais il ne pourrait oublier ce jour terrible où il était revenu dans les marais pour découvrir Naomi morte dans les bras de son frère. Il avait lui-même creusé la terre où il avait enterré sa femme et son autre fillette. Il les avait perdues pour toujours, mais au moins avait-il eu la maigre consolation de savoir qu'elles n'avaient pas été torturées par l'ignoble Warren...

Un rire de femme le tira de ses pensées morbides. Etait-ce *elle,* qui riait ainsi ? Bon Dieu, *la fille de Warren* !

Il devait partir. Partir ou commettre un acte terrible. Ici, dans la maison de son frère. Mais quel acte, au juste ? James se moqua de lui-même. Quand il l'avait vue entrer dans le salon, il avait eu l'impression que le décor, autour d'elle, avait soudain disparu, éclipsé par sa beauté. Ses cheveux avaient la flamboyance d'un feu. Par contraste, la peau de son visage paraissait aussi claire et parfaite que de l'ivoire, douce comme de la soie. Le vert profond de ses yeux évoquait celui d'une forêt après un orage d'été. Ses lèvres étaient d'un rose délicat, elle avait la taille fine et sa poitrine gonflait généreusement le corsage de sa robe de velours vert. Immédiatement, James s'était surpris à penser : *Je veux cette femme.* Elle était si belle qu'il en avait oublié Naomi, la guerre et tout le reste. Il aurait voulu caresser ses cheveux pour voir s'ils brûleraient ses doigts, toucher sa joue d'albâtre pour vérifier que sa peau était aussi soyeuse qu'elle le paraissait. Par-dessus tout, il aurait voulu l'emporter dans un lit et la débarrasser de sa robe pour la posséder...

Dieu merci, il avait bien vite recouvré ses esprits. A la façon dont elle l'avait regardé, aussi intriguée que lui, il avait compris que c'était encore une de ces jeunes Blanches que son physique de Peau-Rouge fascinait. Pourtant, elle semblait moins calculatrice que les autres.

En enterrant Naomi, James était persuadé d'avoir également enterré sa jeunesse et ses rêves d'amour. Il ne s'était pas interdit de coucher avec d'autres femmes pour assouvir son désir, mais il savait qu'il n'épouserait jamais d'autre Indienne. Et encore moins une petite Blanche tentée de jouer avec le feu pour se donner des frissons. Celle-ci était très belle, mais comme toutes les créatures de son espèce, James sentait qu'elle ne pourrait rien lui apporter de bon.

Pourtant, dès l'instant où il était entré dans la salle de bal, il n'avait pas pu s'empêcher de la chercher du regard. Quand il l'avait vue danser au bras de Robert, inexplicablement son sang s'était échauffé dans ses veines. Sans l'admettre, il avait clairement voulu lui montrer qu'un Peau-Rouge pouvait valser aussi bien que n'importe quel Blanc.

Et puis il avait entendu Jarrett prononcer son nom...

Il en avait tremblé de rage. En voyant ce visage si parfait, il avait repensé à tous ces enfants horriblement massacrés à coups de crosse. Il s'était retenu de la secouer – de la gifler, même – et de lui crier qu'elle était la fille d'un monstre.

Mais il se trouvait chez son frère. De toute façon, il n'aurait jamais pu se conduire aussi « sauvagement » avec une femme. Alors il était sorti respirer l'air frais de la nuit pour se calmer. Ecouter le murmure du vent dans les arbres et le chant des criquets pour ne plus percevoir son tumulte intérieur.

– James !

Avant même de se retourner, il avait reconnu cette voix enthousiaste. Un jeune homme en uniforme de l'armée venait vers lui, tout sourires. Il était grand, blond avec des yeux marron clair. Heureusement que Tara lui avait promis qu'il n'y aurait pas un seul militaire à cette fête ! Mais James ne se sentait pas le moins du monde en colère. Celui-ci était de ses amis. Il s'appelait John Harrington et il avait souvent rempli le rôle d'émissaire quand James négociait avec les Blancs la sécurité des Indiens qui souhaitaient émigrer vers l'Ouest. Harrington était lieutenant. Arrivé en Floride deux ans plus tôt, il aimait sincèrement ce pays de rivières, de forêts et de marais. C'était un agréable compagnon.

– Tara et Jarrett m'avaient assuré qu'il n'y aurait pas de soldats à leur fête, dit-il en lui serrant chaleureusement la main.

– Moi-même je ne m'attendais pas à venir ici, ce

soir. Je viens juste d'arriver. En fait, je suis en mission.

– Ah ?

– Oh ! une mission très agréable, répondit John en tapant sur l'épaule de son ami. Bon sang, tu en imposes dans ce costume noir, mon vieux ! Je suis bien content de te voir à Cimarron. J'ai toujours tellement peur de me retrouver un jour face à toi, dans une bataille, les armes à la main.

– C'est un risque, en effet, admit James.

– Jarrett m'a dit que quelques-uns de tes compatriotes étaient disposés à partir vers l'Ouest ?

James hocha la tête.

– Oui. Les derniers survivants d'une petite tribu. Quatre femmes, trois vieillards et une dizaine d'enfants. Ils n'ont plus la force de fuir. S'ils restent, ils mourront de faim. Tous les guerriers sont morts.

Harrington eut une moue sceptique.

– Quand on sait que votre grand Osceola a fait assassiner un de ses hommes à qui il reprochait d'accepter l'émigration, ces pathétiques survivants ont bien du courage de vouloir partir. Ils ont toute ma pitié, James, sois-en certain. Toi-même, tu as beaucoup de chance qu'Osceola ne t'ait pas encore arraché le cœur pour te punir de frayer avec les Blancs.

– John, tu as déjà rencontré Osceola. Tu sais très bien qu'il n'a rien d'un monstre sanguinaire.

– Pourquoi devrais-je te croire ? Il joue tellement bien la comédie ! Il refuse de parler anglais, alors que je suis convaincu qu'il connaît parfaitement notre langue. Tu ne peux pas contester qu'il a fait couler beaucoup de sang.

– Il n'avait pas le choix, John. Il a lui-même du sang blanc dans les veines et il n'a aucun mépris particulier pour le monde des Blancs. C'est un homme beaucoup plus humain que nombre de vos généraux.

– Il peut tuer sans pitié.

– Il est en guerre, John. Pour sauver son peuple.

– Il a beaucoup de chance de t'avoir comme défenseur, en tout cas ! J'espère qu'il ne se retournera jamais contre toi.

– Tu n'as pas à t'inquiéter de ça, John. Osceola connaît ma vie et la comprend. Il respecte Jarrett et admire Tara. Je te le répète, c'est quelqu'un qui sait juger les hommes et les situations individuellement. Il ne m'en voudra pas de négocier avec vous le sort d'un groupe de femmes et de vieillards affamés. Toi-même, John, tu es assez intelligent et honnête pour reconnaître qu'il n'a rien à se reprocher. Je t'ai souvent entendu déplorer que les traités de paix soient toujours rompus par les Blancs. Devant tant d'injustices, tu comprends que les Indiens ont raison de se rebeller.

John s'accouda à la balustrade en soupirant.

– Tu es au moins aussi intelligent que moi, sinon plus, James. Tu dois bien te douter que le gouvernement enverra toujours plus de troupes en Floride. Il est déterminé à gagner cette guerre.

– Peut-être, mais les soldats sont écœurés ! Je crois même que certains de vos officiers se sont suicidés, répliqua James. On m'a parlé d'un jeune caporal auquel on avait demandé de tenir une position dans l'intérieur des terres. Ses hommes sont morts de fièvre et il s'est tranché la gorge avec sa propre épée. Ils n'ont même pas eu à combattre les Indiens ! Nos guerriers sont autrement plus résistants. Ce pays est le leur. Ils seront prêts à tout pour le défendre.

John secoua tristement la tête.

– Les Etats-Unis ne capituleront pas. Osceola a pillé des plantations, assassiné des familles entières. Ne sois pas naïf, James. Cet homme est cruel.

– Qui ne l'est pas ? Chacun porte son lot de bonté et de méchanceté. C'est affaire de circonstances. Une guerre est toujours cruelle.

– Je préfère ne pas discuter de cela avec toi, répondit John en soupirant. Mais je crains l'avenir. Tu es mon ami. Beaucoup d'autres Peaux-Rouges sont aussi mes amis. Malheureusement, le jour viendra où nous nous affronterons jusqu'à nous entretuer. Bonté divine, je deviens morbide ! Pour tout t'avouer, j'aimerais tellement que tu ne quittes plus ce beau costume et que tu restes dans cette maison...

– Pour devenir un Blanc ?

– Tu es blanc.

James haussa les épaules.

– Enfin, James, reconnais que tu es blanc ! insista son ami.

– Je ne l'ai jamais nié. Et j'aime autant Jarrett que j'ai aimé notre père. Mais je ne peux pas ignorer les souffrances que l'on inflige à mes autres frères de sang.

– Je prierai pour toi, dit John d'un air sombre.

James sourit.

– Moi aussi, je prierai pour toi.

– Peut-être réussirons-nous à survivre à cette guerre. Plus tard, quand nous serons vieux, nous partirons ensemble pêcher au bord des étangs.

– Peut-être... mais, dis-moi : en quoi consiste

exactement ta mission ? demanda James, soudain curieux.

– Ah, ce n'est pas désagréable du tout ! s'exclama John, les yeux pétillants de joie. Je dois escorter une charmante créature... (Son visage s'assombrit brusquement.) J'ai peur de t'en dire plus, James, connaissant tes sentiments pour le colonel qui m'envoie. Mais l'as-tu seulement vue ? C'est la plus belle femme que je connaisse. Dieu soit loué ! Quand Warren m'a annoncé qu'il voulait me faire épouser sa fille, tu te doutes bien que je n'étais pas à la fête. Je craignais le pire, persuadé que sa fille devait lui ressembler. Je m'étais imaginé un laideron irascible. Avec de la moustache, vois-tu ! Je suis arrivé ici très inquiet et ton frère s'est ingénié à attiser mon angoisse. Je te le jure : Jarrett me plaignait en levant les bras au ciel ! Quand j'ai enfin rencontré Tina, j'étais si abasourdi que j'en ai perdu la voix. Ton frère doit encore en rire.

A mesure que son ami parlait, James sentait son estomac se nouer. Il serra les dents pour s'obliger à garder un visage impassible.

– Parlerais-tu de miss Warren ? demanda-t-il en feignant l'indifférence.

John Harrington soupira de façon théâtrale, comme s'il se mourait déjà d'amour pour elle.

– Oui ! s'exclama-t-il. L'as-tu rencontrée ?

– Oh, oui ! j'ai fait sa connaissance, répondit James avec une grimace.

– Elle est courageuse, n'est-ce pas ? La plupart des jeunes filles de son âge seraient désespérées de se retrouver en Floride, loin des bals et des salons. Pas elle. Elle s'intéresse vraiment à ce pays sauvage.

Tu n'imagines pas toutes les questions qu'elle a pu me poser. Elle est intelligente, curieuse...

– Avec un physique intéressant, commenta James d'un ton badin.

– Ah, pour ça, oui ! admit John avec innocence, avant de taper affectueusement sur l'épaule de son ami : Tu sais mieux que moi que le physique ne suffit pas. Une femme est avant tout une compagne. Tout le monde n'a pas la chance d'en approcher une qui soit capable de comprendre qu'on puisse aimer ce pays déroutant...

John Harrington avait trouvé la femme de sa vie. C'était du moins l'impression qu'il donnait.

– Tu devrais peut-être la rejoindre, lui dit James. Quand dois-tu la ramener à son père ?

– Nous n'allons pas partir tout de suite. Je dois d'abord aller chercher quelques fournitures à Tampa avant de revenir ici avec une escorte plus importante. Warren a acheté une maison à Tallahassee, mais j'ignore encore si c'est là que je dois la conduire. (Il sourit en regardant dans le vide.) Elle ne lui ressemble pas du tout. Vraiment pas.

– Comment peux-tu en être déjà certain ?

– Nous avons parlé ensemble.

– J'avais cru le comprendre ! se moqua James.

Perdu dans sa rêverie romantique, John ne releva même pas.

– Elle s'intéresse à tout, dit-il. Même à toi.

– Pardon ?

– Oui, elle était très curieuse au sujet des Indiens. Ce n'est pas une de ces péronnelles qui pensent qu'un Indien est à peine plus intelligent qu'un animal sauvage. Excuse-moi, James, si je te choque. Hélas, cette idée est très répandue...

– Je sais. Continue.

– Elle m'a posé des questions sur votre langue. Votre vie quotidienne...

– Hmmm, marmonna James. Je ne lui souhaite pas de la découvrir un jour.

– Tu es vraiment sombre, ce soir, lui fit remarquer John.

– Ce n'est pas moi qui suis sombre, mais les événements.

– Tu devrais apprendre à mieux profiter des rares instants de paix que nous pouvons partager.

James ressentit soudain une vague culpabilité. John avait raison : il était trop maussade. Sans doute parce qu'il ne s'était pas encore remis d'avoir appris que sa cavalière de tout à l'heure était la belle-fille de Warren. Il essaya de se convaincre que John et Tina feraient un merveilleux couple et qu'il devait se réjouir de la bonne fortune de son ami.

Mais il restait obsédé par le choc de leur rencontre. Loin de s'estomper avec le temps, son émotion était au contraire plus forte qu'au début de la soirée. Pourtant, cette femme n'était pas celle qu'il lui fallait. Une fois de plus, il tenta de se raisonner. Et de se rappeler qu'Harrington était son ami.

– Tu as sans doute raison, dit-il en souriant. Je devrais m'amuser davantage.

Pendant qu'il parlait, il vit sa belle-sœur sortir sur la terrasse et s'approcher d'eux.

– Je vous cherchais. Que faites-vous dehors, tous les deux ?

– Nous renoncions à la guerre, répondit James. Au moins, entre nous, corrigea-t-il.

– Ce soir, on ne parle pas de guerre chez moi, les réprimanda-t-elle. Rentrez vite à l'intérieur. Les bougies viennent d'être allumées sur le gâteau. On va l'apporter d'un instant à l'autre.

Les deux hommes suivirent Tara dans la maison.

James avait décidé d'ignorer la fille de Warren. Il se tint dans un recoin pendant que les domestiques déposaient le gâteau d'anniversaire de son frère sur une table. Encouragé par sa femme, Jarrett réussit à souffler toutes les bougies d'un seul coup, sous les applaudissements des invités. Puis la musique reprit.

Charles, le pimpant majordome de Cimarron, noir comme l'ébène et toujours tiré à quatre épingles – Jarrett prétendait affectueusement que c'était lui le vrai maître du domaine –, s'avança vers James, portant un plateau chargé de coupes de champagne.

– James McKenzie, vous avez la mine bien sombre, lui dit-il en fronçant les sourcils.

Le jeune homme accepta la coupe de champagne qu'il lui tendait.

– Décidément, tout le monde me fait cette remarque, ce soir ! plaisanta-t-il.

– Profitez donc de la fête. Demain viendra bien assez tôt.

– C'est ton tour d'être sombre, Charles, lui fit remarquer James.

Charles sourit. Le contraste entre ses dents parfaitement blanches et le noir de sa peau était saisissant.

– Les temps sont durs, je dois bien l'admettre. Mais cela ne doit pas vous empêcher de savourer les bons moments quand ils se présentent.

James termina sa coupe et la reposa sur le plateau.

– Dans ce cas, si cela peut te satisfaire, je m'efforcerai de sourire jusqu'à la fin de la soirée !

Charles lui tendit une autre coupe.

– Prenez, monsieur. Ce champagne vous aidera à être de meilleure humeur. Il arrive tout droit de France.

James le remercia d'un dernier sourire puis, sa coupe à la main, il sortit de son recoin. Il ne la cherchait pas, mais son regard tomba droit sur elle. Elle dansait dans les bras de John Harrington. James l'observa un bon moment, sans qu'elle paraisse s'en apercevoir. Elle conversait avec son cavalier.

Quand la musique s'arrêta, John la relâcha et s'éloigna. Sans doute pour aller chercher des rafraîchissements. Elle resta seule sur la piste de danse, alors que l'orchestre attaquait déjà un nouvel air.

Sans réfléchir, James traversa la salle. Il la prit dans ses bras sans même lui donner le temps de protester ou d'accepter cette danse.

Mais elle ne fit rien pour le repousser. Elle soutint son regard tandis qu'ils valsaient à travers la salle, jusque sur la terrasse.

Dehors, ils se retrouvèrent seuls. La musique leur parvenant toujours par les portes-fenêtres grandes ouvertes, ils continuèrent à danser.

– Ainsi, vous avez déjà rencontré votre fiancé, miss Warren.

Elle fronça les sourcils.

– De qui parlez-vous ?

– De mon ami, le lieutenant Harrington.

– Le lieutenant Harrington est charmant, mais il n'est pas mon fiancé.

– Je crois pourtant savoir que le colonel Warren en a décidé ainsi.

– Le colonel Warren ne gouverne pas ma vie.

– Pourtant, il est votre tuteur. Jusqu'à votre majorité, vous êtes sous ses ordres.

– Je ne suis pas à l'armée. Et je ne reçois d'ordres de personne.

– Non ?

– De quelque homme que ce soit, précisa-t-elle sèchement.

– Vous apprendrez, miss Warren, que dans notre contrée sauvage il est parfois bon de recevoir des ordres et d'y obéir. En tout état de cause, il serait préférable qu'on vous connaisse dans les marais comme la femme d'Harrington, plutôt que comme la fille de Warren.

– J'essaierai de m'en souvenir, monsieur McKenzie. Mais, si vous le permettez, j'aurais une question à vous poser : que vous a donc fait mon beau-père ?

– A moi ? Directement ?

– Oui. A vous-même. Vous a-t-il injurié ? Frappé ? Blessé ?

James la serra si fort contre lui qu'il la vit grimacer.

– Non, miss Warren. S'il avait osé porter la main sur moi, il aurait signé son arrêt de mort. En revanche, ses brutalités n'ont pas épargné mes frères de sang.

– Les Blancs aussi souffrent de la violence.

– Pas à cause de moi, miss Warren. Pas à cause de moi.

– Vous me faites mal, se plaignit-elle enfin. Vous me serrez trop fort.

– Il ne fallait pas danser avec moi.

– C'est vous qui êtes venu me chercher. Je ne vous avais rien demandé.

– Vous avez raison.

Il s'arrêta si brutalement de danser qu'elle faillit perdre l'équilibre et se raccrocha à lui en rougissant.

– Ah, vous voilà, tous les deux ! Je vous cherchais justement, s'exclama une voix, derrière eux.

James s'écarta de Tina avant que John Harrington ne les rejoigne. Il tenait une coupe dans chaque main.

– Champagne ! leur proposa-t-il. Tina, James...

– Merci, j'ai assez bu pour ce soir, répondit James. (Il s'inclina devant Tina.) Si vous voulez bien m'excuser...

Il les quitta pour rentrer dans le salon et passa le reste de la soirée à discuter avec les invités qu'il connaissait. Certains, qui avaient pourtant été ses amis autrefois, le prirent à partie. A mesure que la guerre se durcissait, de telles attitudes devenaient, hélas, plus fréquentes. Les Blancs s'inquiétaient et leur peur les rendait agressifs. Ils n'arrivaient pas à comprendre que les Indiens puissent avoir aussi peur qu'eux, sinon plus, et qu'ils souffraient bien davantage de la guerre. James essaya de défendre son peuple, à défaut de pouvoir justifier la guerre.

Puis, comme la soirée s'achevait, il s'esquiva à l'étage. Il passa d'abord dans la nursery, pour s'assurer que Ian dormait à poings fermés dans son berceau. Puis il rendit visite à sa fille pour vérifier que tout allait bien. Il resta un moment à contempler Jennifer qui dormait, insouciante, un sourire aux lèvres. Avant de partir, il l'embrassa sur le front et quitta sa chambre sur la pointe des pieds.

Une fois dans sa propre chambre – celle que Tara et Jarrett lui réservaient en permanence – il commença par enlever sa veste et sa chemise. Vêtu simplement de son pantalon et de ses bottes, il ouvrit la porte-fenêtre et sortit sur la galerie pour contempler le paysage endormi sous la lune.

Au bout d'un moment, un bruit sur sa droite lui fit tourner la tête.

Elle était sortie, comme lui, admirer le clair de lune. Elle s'approcha de la balustrade, les yeux levés vers le ciel. Elle ne l'avait pas vu.

Ses cheveux resplendissaient. Sa chemise de nuit en coton blanc soulignait les courbes harmonieuses de son corps. Cette vision eut un effet immédiat sur James. Une bouffée de désir le traversa.

– Bon Dieu ! lâcha-t-il, presque à haute voix.

Elle l'entendit et se tourna brusquement vers lui, vaguement effrayée. Il la rejoignit.

– Que faites-vous ici ? lui demanda-t-elle, les sourcils froncés.

Il désigna la porte-fenêtre de sa chambre, avant de s'appuyer à la balustrade, les bras croisés, juste à côté d'elle.

– J'ai ma chambre ici. N'oubliez pas que c'est la maison de mon frère.

Il croyait qu'elle s'écarterait de lui. Au contraire, elle ne bougea pas et l'observa à la lumière de la lune.

– Quand ça vous arrange, vous ne perdez jamais une occasion de parler de votre frère.

– Je ne vois pas pourquoi je le renierais.

– En revanche, vous n'avez pas de scrupule à vous montrer impoli avec ses invités.

– Ça m'arrive très rarement.

– Je suppose que je dois me réjouir d'être un cas particulier.

– Franchement, miss Warren, vous devriez plutôt

vous réjouir que le premier Indien que vous croisez se contente d'être « impoli » avec vous.

– Puisque votre chambre est à côté, je vous suggère d'y retourner.

– J'étais ici le premier.

Au lieu de répondre, Tina riva son regard au sien. La brise faisait danser ses mèches flamboyantes. Sa chemise de nuit était si fine que James voyait sa poitrine se soulever au rythme de sa respiration... Il posa ses doigts sur sa joue, irrésistiblement attiré par cette peau d'albâtre, avant de l'enlacer pour goûter ses lèvres.

Leurs langues se mêlèrent furieusement. James sentit son désir décupler. De sa main droite, il s'empara d'un de ses seins pour le caresser à travers l'étoffe de sa chemise de nuit.

Elle se raidit et poussa un petit gémissement. James faillit se laisser emporter par son désir, mais au dernier moment il recouvra brusquement ses esprits. Grands dieux, que lui arrivait-il ? *Il ne pouvait pas faire ça. Ne le voulait pas.*

Il la relâcha et s'écarta d'elle. Elle tremblait légèrement et le regardait, médusée. Parce qu'il l'avait embrassée ? Ou parce qu'il ne l'embrassait plus ?

– Retournez dans votre chambre ! lui dit-il avec colère.

Elle lui tourna le dos, comme si elle lui obéissait, avant de faire brusquement volte-face. Ses yeux lançaient des étincelles.

– Blanche ou rouge, peu importe la couleur de votre peau, lui dit-elle avec dédain. Vos manières sont celles d'un porc.

Et elle le gifla à toute volée.

James n'avait pas vu venir le coup. Il réagit en lui

attrapant violemment le poignet. Elle ne semblait ni regretter son geste, ni vouloir s'excuser. Au contraire, elle le toisait en attendant qu'il la relâche.

– Pour cette fois, nous en resterons là, dit-il. Mais à l'avenir, rappelez-vous que nous sommes en guerre. Quand on frappe un Peau-Rouge, il vous le rend toujours.

Elle ne répondit rien. Elle attendait qu'il la libère.

– Retournez dans votre chambre ! répéta-t-il en lâchant son poignet.

Elle se massa l'articulation en lui décochant un regard haineux avant de repartir vers sa chambre. Sur le seuil, elle s'arrêta et se retourna vivement.

– Pour cette fois, je veux bien accéder à votre requête si poliment formulée. Mais nous sommes en guerre, ne l'oubliez pas. Cette partie de la galerie prolonge ma chambre. C'est *mon territoire.* Vous n'avez pas à m'en chasser, ajouta-t-elle, avant de s'enfermer dans la pièce en claquant la porte-fenêtre derrière elle.

James regagna sa propre chambre.

Il se coucha rapidement mais, cette nuit-là, son sommeil fut très agité.

5

Son rêve avait pourtant bien commencé.

Ils chevauchaient à travers leur beau pays que la guerre n'avait pas encore meurtri. La terre était fertile, le gibier abondant. Les arbres se miraient paisiblement dans l'eau limpide des étangs. Un paradis...

Ils rejoignaient la clairière baignée de soleil où d'autres tribus les attendaient déjà pour célébrer leur mariage. Il connaissait sa future femme depuis son enfance. Ils avaient joué ensemble, grandi ensemble, découvert l'amour ensemble. Chez les Indiens, si l'adultère était sévèrement réprimé, le sexe en dehors du mariage n'était pas considéré comme un délit.

Le temps était si chaud qu'ils étaient descendus de cheval pour se baigner. Elle s'était amusée à l'éclabousser. Son sourire était magnifique. Son corps était magnifique. Ses lèvres...

Brusquement, sa vue s'était brouillée. L'image d'après, elle souriait toujours, mais ses lèvres étaient glacées et figées pour l'éternité.

Il avait creusé lui-même cette terre qu'ils avaient tant aimée – sur laquelle ils s'étaient aimés – pour lui offrir sa dernière demeure. Avant de la coucher dans sa sépulture, il l'avait revêtue de la robe en peau de daim qu'elle avait portée le jour de leur mariage. Ensuite, selon la coutume, il avait disposé près d'elle ses effets personnels qui l'accompagneraient dans l'au-delà : bijoux, vêtements, onguents... Il l'avait longuement contemplée une dernière fois, les larmes aux yeux.

Puis sa vue s'était de nouveau troublée. Et soudainement, ce n'était plus Naomi qu'il avait devant les yeux, mais *elle*. Resplendissante de beauté avec ses cheveux flamboyants et ses yeux verts...

James se réveilla en sursaut, baigné de sueur.

Il s'assit au bord du lit et resta un moment hébété, épuisé par la tension de son rêve. Un coup d'œil au-dehors l'informa que l'aube pointait déjà à l'horizon.

Il s'étira avant de se rallonger et se rendormit presque instantanément. Cette fois, son sommeil fut profond et calme. Il fut réveillé une heure plus tard par un coup frappé à sa porte.

– Monsieur James ! Votre café est prêt !

Il ne reconnaissait pas cette voix. Sans doute s'agissait-il d'une nouvelle servante employée aux cuisines.

– Entrez et posez-le sur la table ! répondit James en tournant le dos à la porte pour se remettre sous les couvertures. Il savait qu'il ne se rendormirait plus, mais s'obstina quand même à fermer les yeux.

– Avec ou sans lait, votre café, monsieur ? lui demanda la fille.

Elle n'allait donc pas lui ficher la paix ?

– Je me servirai moi-même, merci, grogna-t-il.

– Peut-être qu'en vous le versant dans le cou, cela vous aiderait à vous réveiller ? proposa la fille d'une voix onctueuse.

James se retourna en sursaut.

Miss Tina Warren, fraîche et pimpante comme un bouton-d'or dans sa robe de mousseline jaune, se tenait au pied du lit, une tasse dans une main et un pot de lait dans l'autre.

– Si cela ne vous dérange pas, j'aimerais autant que vous ne renversiez pas ce café brûlant sur moi.

– Rassurez-vous. Etant l'invitée de votre frère, je ne tiens pas à déclencher les hostilités.

– Hum, marmonna James en remontant les couvertures jusqu'à son menton.

Il était entièrement nu dessous. Bien qu'elle s'en doutât, elle ne paraissait pas autrement troublée.

Elle attendait patiemment une réponse à sa question.

– Café noir ! finit-il par dire en lui prenant la tasse des mains avant qu'elle ne provoque une catastrophe.

Elle lui sourit.

– Je vous assure que je n'avais aucune mauvaise intention.

– Vous auriez pu faire un faux mouvement.

– Je suis très prudente.

– Parfois, les accidents sont provoqués... Avez-vous l'habitude d'apporter leur café à des hommes au lit ?

– Non. Je n'en avais encore jamais eu l'occasion.

– Une jeune fille de votre condition ne devrait pas se conduire aussi légèrement.

– C'est exact.

– J'ai peur, miss Warren, que vous ne finissiez en enfer.

– Peut-être. Mais quand même pas pour vous avoir monté votre café.

Il but une gorgée en la regardant. Ses cheveux, fraîchement brossés, flamboyaient dans la lumière du matin. Quoique parfaitement décente, sa robe mettait en valeur les courbes sensuelles de sa silhouette. James sentit son désir se réveiller et il dut relever les genoux pour cacher la bosse qui gonflait ses draps.

Elle s'assit au bord du lit.

– Miss Warren, qu'êtes-vous venue faire ici ?

– La paix.

– Ce n'est pas le meilleur endroit...

– Monsieur McKenzie...

Il reposa sa tasse sur la table de nuit et prit Tina dans ses bras.

– Non-non-non, miss Warren, parlons franchement, vous et moi. Je suis votre premier Indien. En plus, j'ai du sang blanc et je parle anglais. Vous êtes intriguée. Tentée, même, reconnaissez-le. Tenez, touchez-moi pendant que vous en avez l'occasion. (Il prit sa main pour la poser sur son torse. Elle se raidit un peu, mais il la tenait fermement.) Regardez : la couleur de ma peau ne déteint pas. Et savez-vous quoi, miss Warren ? Je suis constitué comme n'importe quel homme. Deux bras, deux jambes et un... (Il désigna son entrejambe du regard.) Vous voulez peut-être vérifier ça aussi ?

Elle secoua violemment la tête.

– Ce ne sera pas nécessaire. Relâchez-moi, vous êtes odieux.

– C'est vous qui êtes entrée dans ma chambre ! rappela-t-il. Que dirait votre fiancé, s'il l'apprenait ?

– Je n'ai pas de fiancé.

– Je croyais pourtant vous avoir dit que John était mon ami. Ne soyez pas cruelle avec lui. Vous vous en repentiriez.

– Le lieutenant Harrington est un gentleman. Il n'oserait pas me maltraiter. (Elle voulut libérer sa main, mais il l'en empêcha.) Pourquoi vous conduisez-vous ainsi avec moi ?

– Pour vous punir d'avoir voulu jouer avec le feu, miss Warren, répondit-il avant de relâcher sa main.

Elle voulut encore le gifler, mais cette fois il fut plus rapide qu'elle. Il lui attrapa de nouveau le poignet.

– Je vous avais prévenue de ne pas recommencer.

– Laissez-moi !

– Non. *C'est à vous de me laisser.* Arrêtez de vous amuser avec moi. Sinon, je vous garantis que vous le regretterez.

– Cessez de vous inquiéter à mon sujet, monsieur McKenzie !

Pour qui s'inquiétait-il le plus ? songea James avec amertume. La présence de cette fille à côté de lui était un véritable supplice qu'il ne souhaitait pas endurer plus longtemps.

Il la relâcha et s'enroula dans les draps pour s'asseoir à son tour au bord du lit.

– Miss Warren... commença-t-il en la regardant, fasciné par sa beauté.

– J'étais venue faire la paix, murmura-t-elle.

– Ne cherchez pas à faire la paix. C'est inutile. Quittez plutôt la Floride. Retournez à Charleston. C'est une très belle ville.

Elle secoua la tête.

– Je n'avais pas demandé à venir ici, on me l'a imposé. (Elle resta un moment silencieuse, avant de hausser les épaules.) J'ai au moins un point commun avec les soldats, monsieur McKenzie. Comme eux, je suis supposée obéir aux ordres du colonel Warren.

– S'il vous garde ici, il vous perdra. Il est tellement détesté que votre vie sera perpétuellement menacée.

– Il se considère à l'abri de toute menace. Et personnellement, je ne regrette pas d'être venue. Le peu que j'ai vu de la Floride m'a enchantée. J'ai hâte de connaître davantage ce pays.

– Vous risquez fort d'y laisser votre scalp.

– Peut-être. Peut-être pas...

– Epousez Harrington, si vous tenez vraiment à rester ici. Il est déjà amoureux fou de vous. Il vous suffira de frapper dans vos mains pour l'avoir à vos pieds.

Elle se releva.

– Je n'ai pas besoin d'avoir quelqu'un à mes pieds, monsieur McKenzie. John est charmant, mais je ne l'épouserai pas.

– Oh ? Vous l'avez déjà décidé ?

– Je ne suis pas amoureuse de lui.

James éclata de rire, ce qui acheva de la vexer. Devinant qu'elle chercherait encore à le gifler, il lui emprisonna les deux mains.

– Vous ne l'aimez pas ? Chère miss Warren, je connais assez bien votre monde pour savoir que l'amour n'entre pour rien dans les mariages de la bonne société. Warren a décidé pour vous. Quel droit avez-vous de contester son choix ?

– Précisément, parce que ce n'est pas le mien.

– Vous refusez d'épouser John simplement parce que votre père le veut ?

– Mon beau-père.

– D'accord. Vous refusez d'épouser John simplement parce que votre *beau-père* l'a décidé ?

– Personne ne m'obligera à me marier.

– Admettons. En tout cas, ce n'est pas John qui vous y forcera. Mais peut-être devriez-vous commencer par apprendre à mieux le connaître ?

Elle le regarda. Ses yeux brillaient comme des émeraudes. Mû par une impulsion, il approcha la main de ses lèvres pour déposer un baiser au creux de sa paume. Elle continua de le regarder sans chercher à le repousser.

James s'en voulut de sa faiblesse. Il n'aurait pas dû la toucher ainsi ni lui faire comprendre qu'elle l'attirait si fort. Mais c'était impossible. Plus il la voyait et plus il la désirait.

Il était tout contre ses lèvres, et brusquement il la serra dans ses bras pour l'embrasser passionnément. Ils basculèrent, enlacés, sur les couvertures. Une petite voix intérieure avait beau avertir James de s'arrêter immédiatement, il ne l'écouta pas. Il prit la main de Tina et la guida le long de son ventre, jusqu'à l'endroit où son désir était le plus manifeste. Elle se débattit soudain et il la relâcha aussitôt. Allongée sur le lit, immobile, elle semblait choquée.

– Bon Dieu, miss Warren, fichez-moi le camp d'ici. Arrêtez votre manège. Je ne suis pas un jouet qu'on peut reposer sur l'étagère après usage.

Elle bondit sur ses pieds, folle de rage. Elle voulait sans doute le frapper, mais il se leva à son tour, sans se soucier des draps qui glissèrent à terre, révélant toute son anatomie. Il lui désigna la porte.

– Dehors ! cria-t-il.

Au moment de franchir le seuil, elle se retourna.

– Le diable vous emporte ! lança-t-elle avec dédain, avant de disparaître.

James claqua la porte derrière elle, puis colla son oreille contre le battant. Il l'entendit courir dans le couloir jusqu'à sa chambre. Quand le silence fut revenu, il secoua la tête avant d'éclater de rire. Son rire s'évanouit bien vite, cependant. Elle avait joué avec le feu, mais à présent il se demandait lequel des deux s'était le plus brûlé.

Il aurait dû suivre sa première idée et quitter Cimarron avant la fête d'hier soir.

James passa l'après-midi avec Jarrett. Harrington était déjà parti pour Tampa. Il reviendrait le lendemain à Cimarron avec un contingent de soldats fraîchement débarqués pour escorter Tina jusqu'à son beau-père. Ce serait, pour elle, un long et dangereux voyage.

– Warren est fou, lui dit Jarrett. Chaque jour apporte son lot d'échauffourées avec les Indiens. Et il veut que sa fille traverse le pays !

– Harrington saura la protéger, répondit James. Il est très aimé, même au sein de mon peuple.

– Oui... admit Jarrett. Disons que le guerrier qui le scalpera regrettera peut-être son geste...

James hocha tristement la tête. Son frère avait raison.

– Si Harrington se déplace avec une escorte suffisante, il ne sera pas inquiété. Nous avons essuyé de grosses pertes récemment, et nos guerriers redoublent de prudence. Mais ils se battront jusqu'au bout. Même si les Blancs devaient les tuer un à un.

– James, tu ne t'occupes pas assez de toi...

– Toi non plus, Jarrett. Le jour viendra bientôt où nous ne pourrons même plus veiller l'un sur l'autre.

En soupirant, Jarrett alla se poster devant une porte-fenêtre pour regarder le paysage.

– La guerre ne viendra pas jusqu'ici. Je ne le permettrai pas.

Son visage s'éclaira brusquement. James le rejoignit pour voir ce qui le faisait sourire.

Les femmes s'amusaient sur la pelouse. Tara, Tina et sa petite Jennifer. Tara et Tina apprenaient à la fillette à faire des galipettes.

– Quel merveilleux spectacle, murmura Jarrett.

C'était vrai. Tara, avec ses cheveux blonds, Tina

avec sa crinière flamboyante et Jennifer avec ses mèches noires. Toutes trois portaient des robes dans des tons pastel. La scène était paisible, bucolique. Digne d'un tableau. Elle inspirait le bonheur.

– Je repartirai ce soir, après le dîner, annonça James. En attendant, je voudrais passer un peu de temps avec ma fille. Si tu veux bien m'excuser ?

– Bien sûr ! Tu n'as pas besoin de me demander la permission.

James sortit sur la terrasse. Le petit Ian dormait dans son berceau, sourd aux cris du trio qui s'amusait toujours dans l'herbe.

Jennifer aperçut soudain son père.

– Papa ! s'écria-t-elle joyeusement en courant se jeter dans ses bras.

Il la serra fort contre lui, tandis que Tara et Tina les rejoignaient.

– On a fait des galipettes ! annonça fièrement Jennifer.

– J'ai vu.

– C'est Tina qui nous a entraînées, commenta Tara en riant. Je n'aurais jamais imaginé que je m'amuserais autant à rouler dans l'herbe !

Jennifer regarda son père droit dans les yeux, comme si elle cherchait à le convaincre d'une chose importante.

– Tina est très gentille, déclara-t-elle.

– Je vais demander qu'on nous serve un peu de limonade, proposa Tara. Tu voudras peut-être boire quelque chose de plus corsé, James ?

– Je n'ai pas soif, merci.

– J'accompagne tante Tara chercher la limonade, annonça Jennifer en lâchant le bras de son père pour suivre sa tante dans la maison.

James était soulagé de la savoir aussi heureuse à Cimarron, alors que, la plupart du temps, lui-même n'avait pas de toit pour s'abriter la nuit. Il parcourait inlassablement les marais d'un combat à l'autre, en continuant de croire à la paix.

– Vous avez beaucoup de chance d'avoir une fillette aussi ravissante, lui dit Tina.

– Vraiment ?

– En douteriez-vous ?

– Moi, non. Mais je me demandais si vous étiez sincère.

– Monsieur McKenzie, pourquoi compliquez-vous toujours les choses entre nous ? Pourquoi refusez-vous la paix ?

Il secoua la tête.

– Vous êtes naïve et obstinée, miss Warren. J'ai quelque influence sur Harrington. Je pourrais l'inciter à vous épouser rapidement pour vous tirer d'affaire, répondit James, conscient de l'ironie de son propos. Harrington n'aurait sans doute besoin d'aucun conseil pour vouloir épouser Tina Warren.

– Monsieur McKenzie, je vous ai déjà dit de ne pas vous inquiéter à mon sujet.

– C'est plus fort que moi. Je ne peux pas m'empêcher de me soucier du scalp d'autrui.

Elle rougit, mais releva fièrement le menton.

– Si un jour je dois épouser Harrington, c'est que je l'aurai librement choisi. Personne ne forcera ma décision, ni ne m'obligera à partir d'ici.

– Vous devriez, pourtant.

– J'aime ce pays.

– Parce que vous n'avez pas encore vu de massacre.

Elle secoua la tête.

– En revanche, j'ai déjà pu admirer les couchers de soleil. J'ai vu des oiseaux aux plumages somptueux. Des fleurs magnifiques. De grands arbres qui plongent leurs racines dans l'eau...

– J'insiste, miss Warren. Vous devriez partir pendant qu'il en est encore temps.

– Merci de vos conseils. J'en prends bonne note, répondit-elle en s'apprêtant à rentrer dans la maison.

James la retint par le bras.

– Bon Dieu, qu'est-ce qu'il faut donc faire pour que vous entendiez raison ? Si vous vous entêtez à rester en Floride, vous y risquerez votre vie.

Elle voulut libérer son bras. Il s'y opposa.

– Monsieur McKenzie, je ne suis plus une enfant. Et je ne suis pas sous votre autorité. Vous ne pouvez m'imposer une conduite.

James ne répondit pas.

Tina tenta à nouveau de retirer son bras. Cette fois, il s'obligea à la relâcher.

Elle disparut dans la maison.

Ce soir-là, au dîner, Tina se retrouva assise face à James. Jennifer ayant été conviée à manger avec les grandes personnes, la conversation restait légère. La fillette, cependant, était pleinement consciente de la guerre et de ses conséquences : elle les avait déjà lourdement subies. Mais personne ne voulait l'importuner davantage avec ce sujet. On parla donc littérature, jardinage, théâtre.

Au cours de ce dîner, Tina s'aperçut que James McKenzie était plein d'attentions pour sa fille. Ainsi que pour sa belle-sœur. Apparemment, elle était la seule femme contre laquelle il manifestait sa hargne. Peut-être parce qu'elle avait eu le tort de le provoquer.

A la réflexion, elle avait presque honte de la manière dont elle s'était comportée avec lui, hier sur la terrasse, et encore ce matin, dans sa chambre. Jamais elle ne s'était montrée aussi téméraire avec un homme. Jamais, non plus, aucun homme ne l'avait troublée à ce point. C'était plus fort qu'elle. Tina avait envie de le toucher, de sentir ses muscles fermes sous ses doigts, de caresser sa peau... Elle avait passé une bonne partie de la nuit, éveillée, à essayer de se rappeler le goût de ses lèvres ! Elle désirait aussi mieux le connaître, savoir comment il vivait. Mais, par-dessus tout, elle brûlait de se retrouver à nouveau dans ses bras.

Elle s'aperçut soudain qu'il la regardait fixement, comme s'il cherchait à lire dans ses pensées. Il était vraiment beau, avec ses cheveux noirs, sa chemise blanche et son regard si grave.

– Je pars dans une heure ou deux, déclara-t-il soudain en se tournant vers son frère et sa belle-sœur. Si vous voulez bien m'excuser, je vais boucler mes bagages. Jennifer, viens donc m'aider. Ensuite, je te raconterai une histoire avant de te mettre au lit.

– James, tu pourrais rester plus longtemps ! fit Tara en fronçant les sourcils.

Jarrett posa sa main sur celle de sa femme.

– Il sait ce qu'il a à faire, lui dit-il.

– Je reviendrai vous dire au revoir, annonça James en se levant de table.

Tara hocha la tête en s'efforçant de sourire, mais on voyait bien que le cœur n'y était pas. James se tourna vers Tina.

– Miss Warren, j'ai été ravi de vous rencontrer. Je prierai pour votre sécurité.

Sur ces mots, il quitta la pièce, suivi par Jennifer. Tina resta à contempler son assiette, le regard vide. Il partait. Elle aurait dû s'en féliciter... Alors, pourquoi avait-elle envie de pleurer ?

– La soirée s'annonce bien mélancolique, commenta Jarrett. Vous ne vous sentez pas bien, miss Warren ?

– Si, si... juste un peu fatiguée, répondit-elle.

– Nous comprendrions très bien que vous souhaitiez déjà vous retirer pour la nuit, lui dit Tara.

Tina se leva de table. Ses hôtes désiraient sans doute rester dans l'intimité.

– Je vous remercie tous les deux de votre hospitalité. Je suis si heureuse d'être ici.

– Votre bonheur est le nôtre, dit Tara.

Tina hocha la tête avec un sourire avant de quitter la salle à manger.

Elle monta droit dans sa chambre et enleva aussitôt ses vêtements avant de s'habiller pour la nuit. Mais, au lieu de se glisser sous les couvertures, elle se mit à arpenter la pièce.

Au bout d'un moment, elle entendit des pas dans le couloir, suivis d'un bruit de conversation dans une autre chambre. Elle en conclut que Jarrett était monté faire ses adieux à son frère.

Comment Jarrett pouvait-il le laisser partir ? se demanda-t-elle avec colère. Tina trouva elle-même la réponse qui était une question : *Comment Jarrett pouvait-il l'en empêcher ?*

Elle s'allongea sur le lit et ferma les yeux pour mieux retenir les larmes qu'elle sentait venir. Quand elle entendit de nouveau marcher dans le couloir, elle se releva d'un bond, sortit sur la galerie et courut jusqu'à la porte-fenêtre qu'elle savait être celle de sa chambre.

La pièce était vide. *Il était parti.*

Un sanglot dans la gorge, Tina revint dans sa chambre et se jeta sur le lit, se retenant de fondre en larmes.

Un léger bruit, au-dehors, la fit se retourner. Elle regarda par la porte-fenêtre et, à sa grande surprise, elle l'aperçut là, torse nu, éclairé par la lune. Il la regardait. Il paraissait si calme qu'il devait l'observer depuis un moment. Soudain, il entra dans la pièce et se dirigea droit vers elle. Tina n'eut pas le temps de s'écarter : il l'avait déjà attrapée par le bras pour l'attirer contre lui.

– Vous n'avez pas le droit... protesta-t-elle. Vous ne pouvez pas entrer dans ma chambre comme si...

Elle ne put terminer sa phrase. Il s'était emparé de ses lèvres pour un baiser passionné. *Sauvage.*

– Vous êtes venue devant ma chambre, dit-il en relâchant ses lèvres. Pourquoi ?

– Pour vous dire au revoir.

– Non.

– Pour vous dire au revoir !

– Vous mentez, Tina. Vous êtes venue pour autre chose.

– Non.

– Dites-moi pourquoi.

– Pour vous dire...

– Je veux la vérité !

– J'étais venue...

– Pour moi. Et pour ça...

Il l'embrassa encore. Tina aurait voulu se débattre, lui échapper, mais au lieu de cela elle lui rendit son baiser. Sa sauvagerie l'effrayait autant qu'elle l'attirait. A cet instant précis, elle ne pouvait rien rêver de plus beau que de se trouver dans ses bras puissants. Bonté divine, elle devait absolument se reprendre ! Ne pas oublier qu'il la haïssait !

Il la relâcha soudain et s'écarta d'elle pour la contempler. Aucune lampe ne brûlait dans la pièce. La seule clarté de la lune accentuait le contraste entre la blancheur de sa peau, celle de sa chemise de nuit et le flamboiement de ses cheveux. James s'approcha de nouveau d'elle.

– Attendez ! dit-elle.

– Attendre quoi ? J'allais partir de cette maison, vous m'avez décidé à rester. Vous ne pourrez plus m'arrêter, à présent.

Elle faillit crier quand il commença à délacer sa chemise de nuit. En quelques secondes, elle se retrouva nue dans ses bras, tremblante de désir et d'appréhension. Quand il voulut la coucher sur le lit, elle trouva enfin la force de le repousser et s'aperçut qu'il souriait.

– Je ne vous laisserai pas vous moquer de moi, ni me ridiculiser ! lui lança-t-elle. Jamais !

Il secoua la tête.

– Je ne me moquais pas de vous, mais de moi, murmura-t-il. Parce que, au lieu de quitter Cimarron, je vais rester ici toute la nuit. *Dans cette chambre.* Le petit papillon s'est approché trop près de la bougie...

6

Dès l'instant où James avait vu Tina courir vers sa chambre, sa chemise de nuit blanche voltigeant autour d'elle, il avait cessé de raisonner pour se laisser guider par son désir. Il brûlait de la prendre enfin. Même s'il savait pertinemment qu'en la possédant il ne serait pas libéré de son obsession.

Sa peau était aussi douce qu'il l'avait rêvée. Ses cheveux aussi soyeux... Il était fasciné par sa beauté. Par son regard. Il devinait son appréhension, bien qu'elle luttât pour n'en rien montrer.

Il se pencha pour caresser un de ses seins du bout de la langue. Elle frissonna et ne put retenir un petit gémissement de plaisir.

Il aventura les lèvres plus bas, sur son ventre. Avant de descendre encore, il se redressa sur un coude pour la regarder. Elle avait fermé les yeux, ses lèvres tremblaient légèrement, mais elle ne faisait rien pour l'arrêter. A la lumière du clair de lune, sa peau avait la blancheur de l'ivoire – sauf le petit triangle roux à la naissance de ses cuisses. James le caressa du bout des doigts, avant d'y plonger ses lèvres.

Jamais il n'avait désiré une femme à ce point. Il avait envie de la posséder entièrement, de se fondre en elle. Plus il la caressait et plus son désir s'exacerbait. N'y tenant plus, il s'allongea sur elle et la pénétra.

Elle ne dit rien, ne poussa pas le moindre cri, mais à la résistance qu'il rencontra, James comprit qu'elle était vierge. Cette découverte le surprit. Pour quelque étrange raison, il s'était convaincu qu'elle avait déjà eu un amant. Il se sentit vaguement en colère. Contre elle, parce qu'elle était venue le provoquer. Contre lui-même, parce qu'il n'avait pas été capable de lui résister.

Mais son désir reprenait déjà le dessus. Il s'enfonça au plus profond de sa féminité. Elle gardait les yeux fermés, sans rien dire, mais James éprouvait la sensation délicieuse d'avoir pénétré un monde magique, doux comme la soie, chaud et lumineux comme un feu. Plus il s'enfonçait en elle et plus le reste du monde disparaissait. Il avait oublié la guerre, la violence, les luttes sans merci entre les Blancs et les Peaux-Rouges. Son orgasme fut si intense qu'il laissa échapper un grand cri de jouissance...

Il la tint encore un moment dans ses bras, avant de rouler sur le côté. Il voulut la regarder, mais elle s'était tournée. Il ne voyait plus que son dos et ses cheveux. Elle n'avait toujours pas prononcé un mot.

Une fois son désir assouvi, James se reprocha sa folie. Pas longtemps, cependant. Il sentait déjà son désir renaître. N'en aurait-il donc jamais fini avec elle ? Il ne comprenait pas ce qui lui arrivait. En pleine guerre, il avait compromis la fille de Warren. Cela ne lui vaudrait rien de bon. Pourtant, il la désirait encore !

– Tina...

– Ce n'est pas la peine, murmura-t-elle.

– Pas la peine de quoi ?

– De vous excuser.

– De m'excuser ! (Il l'attrapa par les cheveux, pour l'obliger à se retourner.) Je n'avais aucune intention de m'excuser, lui assura-t-il en la regardant droit dans les yeux. Je voulais savoir pourquoi vous étiez venue devant ma chambre.

– Vous me faites mal.

– Alors, répondez-moi donc.

– Vous avez eu ce que vous vouliez.

– Moi ? Ou vous ? Qu'est-ce qui me dit que vous n'avez pas agi ainsi pour donner une raison supplémentaire à votre père de détester les Indiens ?

– Michaël Warren n'a rien à voir là-dedans ! répliqua Tina en essayant de se libérer.

Elle était au bord des larmes, mais James ne voulait pas la lâcher.

– Répondez-moi, insista-t-il en tirant encore plus fort sur ses cheveux.

– Vous avez décidé de me scalper ?

– Si vous m'y obligez, oui.

– Lâchez-moi, sinon je crie.

– C'est inutile. Mon frère ne se mêlera pas de notre explication.

– Tout ce que je vous demande, c'est de me laisser seule.

– C'est trop tard, miss Warren.

– Non, il n'est pas trop tard. Il suffirait que vous vous releviez et que vous partiez.

Il secoua la tête.

– Je vous l'ai déjà dit : je reste ici cette nuit.

– Vous avez votre propre chambre, il me semble.

– Oui, mais j'aime bien celle-ci.

– Vous n'y êtes pas le bienvenu.

– Les Séminoles ont l'habitude d'entendre les Blancs leur dire cela. Nous avons appris à faire la sourde oreille.

Il desserra ses doigts, sans relâcher complètement ses cheveux. Si elle voulait encore lui tourner le dos, elle en serait vite empêchée.

– Pourquoi êtes-vous venue dans ma chambre ? demanda-t-il pour la énième fois.

Elle secoua la tête.

– Je ne sais pas. Je voulais...

– Vous vouliez quoi ?

– Vous !

– Un Indien ?

Elle soupira d'exaspération. Ses yeux brillaient de colère, à présent.

– J'avais envie de vous, monsieur McKenzie. C'est aussi simple que cela. Libre à vous d'habiller la réalité selon ce qui vous arrange. Je vous ai tout dit, alors maintenant, si vous voulez bien avoir la gentillesse de...

– Non, miss Warren.

– Mais...

– Non, répéta-t-il. Je vous ai dit que je restais ici.

James se pencha sur elle et elle ferma les yeux. Il laissa à nouveau courir sa langue sur ses seins, sur son ventre. Mais, cette fois, il s'appliquait à prendre son temps. Pas pour lui. Pour elle. Sa fierté l'avait empêché de lui présenter des excuses, mais à présent il voulait la combler de plaisir pour compenser la douleur qu'elle avait, tout à l'heure, endurée stoïquement.

Elle gardait toujours les yeux fermés, cependant il voyait bien qu'elle frissonnait de plaisir sous ses caresses. Il promenait fiévreusement ses mains sur tout son corps, le long de ses hanches, entre ses cuisses...

Elle rouvrit un instant les yeux, avant de les refermer aussitôt, comme si elle n'osait pas soutenir son regard. Il l'embrassa tendrement au moment de la pénétrer.

Bientôt, leurs deux corps ondulèrent au même

rythme. Cette fois, il savait qu'elle ne souffrait plus, mais quand il laissa éclater sa jouissance, il se demanda ce qu'elle avait ressenti exactement.

Elle se tourna sur le côté, et de nouveau il ne vit plus que son dos et ses cheveux. Comme sa respiration haletante mettait longtemps à retrouver un rythme normal, James crut qu'elle pleurait. Peut-être les choses étaient-elles allées beaucoup plus loin qu'elle ne l'avait imaginé – ou désiré.

Il ferma les yeux à son tour, pour tenter de comprendre ce qui lui arrivait. Depuis la mort de Naomi, il avait couché avec beaucoup de femmes, blanches ou indiennes. Mais aucune n'était vierge, ni ne ressemblait à Tina. Du reste, il se rappelait à peine leur visage et il avait déjà oublié leur prénom. Pas une seule fois il n'avait dormi avec l'une d'entre elles. Or, ce soir, partir lui semblait impossible. Il avait beau tenter de se raisonner, il ne voyait pas où il aurait pu se trouver mieux que dans ce lit, avec elle.

Pendant qu'il songeait à tout cela, le regard rivé au plafond, il s'aperçut que Tina, quoique parfaitement immobile, paraissait moins tendue. Sa respiration était devenue lente et régulière. Il se souleva sur un coude et constata qu'elle s'était endormie.

– Votre imprudence va nous conduire tous deux en enfer ! chuchota-t-il pour la provoquer.

Elle ne réagit pas.

James se rallongea en la maudissant et en se maudissant lui-même. Sa plaisanterie était à peine forcée : sans doute paierait-il très cher ce qui venait de se passer. Cette perspective l'incita à se serrer davantage contre Tina. Si l'avenir devait leur être cruel, autant profiter pleinement de cette nuit.

Tina fut tirée de son sommeil par quelques coups frappés discrètement à sa porte.

En ouvrant les yeux, elle découvrit que James se trouvait toujours à côté d'elle. Assis dans le lit, il la regardait et semblait réveillé depuis longtemps. On frappa de nouveau à la porte. Cela ne parut pas le déranger le moins du monde.

Tina s'assit au bord du lit en s'enroulant dans les draps. Ce réveil en sursaut la déroutait. Elle se rendait compte qu'elle avait dormi avec ce diable aux yeux bleus et elle aurait voulu disposer d'un peu de temps pour remettre de l'ordre dans ses idées. Une chose était sûre : elle avait désiré tout ce qui s'était passé. Pas consciemment, bien sûr : elle n'aurait jamais osé imaginer les caresses dont il l'avait couverte. Mais elle avait bel et bien voulu le toucher. Et qu'il la touche en retour.

On frappa une troisième fois.

Elle implora James du regard. Il lui sourit, comme s'il avait compris sa détresse. Si elle ne regrettait rien, en revanche elle craignait d'être découverte. La fille de Warren partageant son lit avec un homme ! Et pas n'importe quel homme : un sang-mêlé !

– C'est Charles, miss Warren, annonça une voix à travers la porte. Je vous apporte votre thé. Mrs McKenzie a prévu de se promener à cheval, ce matin et elle a pensé que vous aimeriez l'accompagner. C'est pourquoi je me suis permis de vous réveiller.

Tina bondit de son lit pour attraper sa robe. Elle faillit pousser un cri de rage en la découvrant froissée et à moitié déchirée. Elle se tourna vers James, furieuse. Il lui souriait toujours en enfilant déjà son pantalon. Il traversa la pièce sur la pointe des pieds, ouvrit la penderie, choisit une robe au hasard et la lui tendit avant de s'esquiver sur la galerie. Tina fut tentée de refermer la porte-fenêtre derrière lui, mais Charles s'impatientait.

– Miss Warren ?

– Oui, oui. Tout de suite.

Elle enfila la robe en un éclair avant d'aller ouvrir la porte. Le plateau d'argent supportant la théière semblait très lourd. Elle rougit de confusion.

– Posez-le là, Charles, dit-elle en désignant un guéridon. Merci beaucoup. Et dites à Mrs McKenzie que je serai ravie de l'accompagner en promenade.

– Je n'y manquerai pas, miss Warren.

Il fit demi-tour pour ressortir, mais s'arrêta sur le seuil.

– Monsieur McKenzie... commença-t-il.

Comme il tournait le dos à Tina, elle crut qu'il s'adressait à Jarrett dans le couloir. Elle s'approcha pour regarder : personne.

– J'ai pris la liberté d'apporter deux tasses, continua Charles. Et j'ai informé votre frère et votre belle-sœur que vous aviez changé vos plans à la dernière minute et décidé de passer la nuit à Cimarron. Comme vous n'étiez pas dans votre chambre, tout à l'heure, j'ai pensé que vous aviez rejoint miss Warren pour partager son petit déjeuner. Excusez-moi encore de cette intrusion.

Il repartit sur ces mots, en fermant la porte derrière lui. Tina resta un moment à contempler le battant, interdite, avant d'entendre un bruit derrière elle. Elle se retourna : James avait quitté la galerie pour revenir dans sa chambre. Elle se sentit devenir toute pâle.

– Mon Dieu... murmura-t-elle d'une voix défaite.

Il prit une tartine sur le plateau et mordit dedans.

– Charles est la discrétion même, miss Warren. Vous n'avez pas à redouter qu'il salisse votre réputation.

– Je... je me moque de ma réputation.

– Vraiment ? demanda-t-il d'un air moqueur.

– Vous n'avez pas le droit de me juger !

– Alors, dites-moi pourquoi vous avez si peur d'être découverte ?

– Parce que... parce que ça ne se fait pas.

– Bien sûr que si. Et plus souvent que vous ne l'imaginez.

Il s'avança vers elle. Elle recula, mais il fut plus rapide.

– Voulez-vous vous asseoir avec moi ? demanda-t-il en lui prenant le bras. Je vais vous servir votre thé.

– Je peux m'en occuper moi-même.

– Parfait, dit-il en s'asseyant devant le guéridon. J'aime le mien avec du lait et deux sucres. Pour une fois, n'ayons pas peur du luxe. D'ordinaire, quand je couche à la belle étoile, je dois me contenter d'un mauvais café noir.

Tina préféra ne pas répondre. Elle s'approcha du plateau, remplit une tasse, ajouta du lait et compta deux sucres avant de la lui tendre sans dire un mot. Tout d'un coup, elle écarquilla les yeux et pâlit de nouveau.

James se retourna pour voir ce qui venait de la troubler. Il aperçut le drap blanc maculé d'une tache rouge.

A la grande surprise de Tina, il reposa sa tasse, quitta la table et se dépêcha d'enlever le drap, qu'il roula en boule. Puis il ouvrit précautionneusement la porte et jeta un coup d'œil alentour avant de disparaître dans le couloir. Deux minutes plus tard, il revint avec un drap propre qu'il déposa sur le lit, avant de se rasseoir tranquillement.

– Excusez-moi, mais j'ai tellement l'habitude de me coucher sous des branchages que je ne suis pas habitué à manipuler des draps. Je suis sûr que vous réussirez mieux que moi à refaire ce lit.

Elle le regarda, éberluée, en hochant la tête silencieusement. Curieux homme... Il avait déjà repris son ton moqueur et sans doute la haïssait-il toujours autant. Il devait plus que jamais la considérer comme une petite lady de Charleston qui avait voulu se donner des émotions dans les bras d'un sauvage.

– Je suis désolé, dit-il, provoquant de nouveau son étonnement. Je n'aurais pas dû venir dans votre chambre. Non, ce n'est pas ce que je veux dire. Je n'aurais pas dû... dormir avec vous.

Tina était persuadée qu'il avait eu un autre mot sur le bout de la langue. Au dernier moment, il s'était retenu de le prononcer. Elle secoua la tête et releva fièrement le menton.

– Si c'était à refaire, monsieur McKenzie, j'agirais exactement de la même façon, réussit-elle à dire avant de baisser brusquement la tête en faisant mine de s'absorber dans la contemplation de sa tasse.

Il se releva tout d'un coup pour venir s'agenouiller à côté de sa chaise et lui prendre la main.

– Ah, Tina !..., dit-il avec un sourire qui n'était plus du tout moqueur. Que pensera votre fiancé de tout cela ?

– Je n'ai pas de fiancé.

– Le colonel Warren n'est sûrement pas de cet avis.

– L'avis du colonel Warren n'est pas le mien.

– John Harrington est un bon garçon, assura James, mal à l'aise.

C'était vrai, John était un bon garçon. Blanc de la tête aux pieds et militaire, de surcroît. Warren ne pouvait mieux choisir pour sa fille. James eut soudain l'impression d'avoir trahi un ami.

– J'aime beaucoup Mr Harrington, répondit Tina. Il m'a paru très aimable. Sur ce point, je suis entièrement d'accord avec vous.

– Vous sembliez bien vous amuser en dansant avec lui, lui rappela James.

– Je ne vois pas le rapport.

– Bon sang, Tina ! (Il se releva et s'approcha de la porte-fenêtre.) Que croyez-vous que nous puissions faire, désormais ? Je ne m'appelle pas Harrington. Ce n'est pas comme si vous aviez « fauté » avec un jeune homme blanc de bonne famille qui pourrait vous proposer un mariage honorable pour réparer le dommage.

Tina se releva à son tour.

– Je ne vous ai rien demandé. Et je ne veux rien de vous. Sinon que vous ne me parliez plus de cela ! s'écria-t-elle avec colère.

– Si je comprends bien, il aura suffi d'une nuit pour satisfaire votre curiosité à l'égard des sauvages. Vous aimeriez me savoir déjà reparti dans les marais, n'est-ce pas ?

– Je me moque éperdument de l'endroit où vous irez mais, puisque vous devenez agressif, j'aimerais en effet que vous quittiez rapidement ma chambre.

Il se retourna. Elle voulut reculer, mais c'était trop tard. Il l'avait déjà saisie aux épaules.

– Bon Dieu, arrêtez ce petit jeu ! Il va nous conduire trop loin et...

Le reste de sa phrase mourut dans sa gorge. Il l'attira brusquement contre lui pour l'embrasser à pleine bouche, passionnément.

Tina aurait voulu se débattre, le repousser, mais elle s'en trouva incapable. La magie de ses baisers l'ensorcelait. Elle s'apprêtait à rendre totalement les armes quand il la relâcha.

– Oh, excusez-moi, miss Warren ! J'avais oublié que vous m'aviez demandé de partir. Il serait temps que je me souvienne que ma moitié de sang blanc m'oblige à une certaine courtoisie.

Il s'inclina cérémonieusement pour la saluer, avec un sourire moqueur, avant de tourner les talons et de disparaître par la porte-fenêtre.

7

– J'aurais juré t'avoir dit au revoir hier soir ! plaisanta Jarrett en voyant James le rejoindre dans son bureau.

Ce dernier portait une chemise blanche et un pantalon noir. Il s'assit face à son frère et posa ses bottes sur le coin du bureau. Il avait l'air sombre.

– Note bien que je suis très heureux de te savoir toujours à la maison, ajouta Jarrett. Ces temps-ci, chaque fois que je te vois partir, j'ai toujours peur de ne plus te revoir.

James hocha la tête en souriant.

– Merci de ton affection, vieux frère.

Jarrett le regarda droit dans les yeux.

– Qu'est-ce qui te tracasse ?

James hésita, comme s'il cherchait la réponse.

– Je m'interrogeais sur la vie que je mène actuellement. Quand je viens ici, j'ai un bon lit, de bons repas. Les revenus des terres que nous avons reçues en héritage me permettent de bien m'habiller. J'ai même le luxe de pouvoir laisser ma fille en pension chez vous.

– Tu sais bien que tu es ici chez toi...

– Ce n'est pas le problème. Je ne peux pas oublier que tu es complètement blanc et moi pas. Il m'est impossible d'oublier les souffrances de mon peuple. A force d'être tiraillé entre deux mondes, j'en viens à me demander si je ne vais pas finir par perdre mon âme.

Jarrett dévisagea un moment son frère en silence, avant de se lever :

– Je crois qu'un bon verre de brandy ne nous ferait pas de mal.

Il prit une carafe en cristal sur un guéridon, remplit deux verres et en tendit un à James qui le remercia d'un hochement de tête. Jarrett but une gorgée de son propre verre, avant d'ajouter :

– Je pense que tout cela se terminera bientôt.

– Non. Réfléchis deux minutes : les terres de Floride sont trop fertiles. Les Américains n'auront de cesse que les Indiens soient chassés. Les deux peuples ne pourront jamais s'entendre. Ils seront toujours ennemis.

– En ce qui me concerne, je suis américain mais pas ton ennemi. Simplement ton frère.

James leva son verre à sa santé.

– Et un merveilleux frère, je suis d'accord là-dessus.

– C'est bon, c'est bon, répondit Jarrett en secouant la main. Vas-tu prolonger ton séjour ici ? J'en serais le premier ravi.

– Peut-être un peu... mais je ne pourrai pas rester très longtemps. Je dois rencontrer Osceola pour...

– On peut compter sur lui pour que cette guerre ne finisse jamais, le coupa Jarrett.

James contempla un instant son verre.

– Je n'en suis pas si sûr. Il ne va pas très bien.

– Il est malade ?

– L'an dernier, il a contracté la fièvre des marais et depuis, il n'est plus aussi solide. Ses forces déclinent rapidement.

– Pour l'instant, je peux t'assurer que son nom continue d'effrayer les soldats blancs.

– Osceola est un homme étrange. Charismatique, fascinant... mais parfois il se trompe. En tout cas, c'est le chef incontesté des Séminoles. Je pense le connaître assez bien et je suis convaincu qu'il n'est motivé que par le bien de son peuple. Si la guerre se durcit, il n'en sera pas l'unique responsable. Parfois, j'aimerais que tout cela soit fini. Mais je n'ai pas la force de tout arrêter à moi seul.

– James, peu d'hommes auraient tenté ce que tu as déjà accompli pour les Indiens. Tu n'as rien à te reprocher. Et tant que tu continueras d'agir selon ta conscience, tu n'auras pas à t'inquiéter pour le salut de ton âme.

James fit tourner le verre dans sa main avant de relever les yeux sur son frère.

– Tu n'es pas seulement un frère épatant, Jarrett. Tu es aussi un type bien.

– Merci du compliment. (Il sourit.) En fait, je m'efforce d'être parfait !

– Tara en est-elle suffisamment consciente ?

– J'essaie de la convaincre.

– A Tara ! dit James en levant son verre. (Il but une gorgée, avant de reprendre :) Ce brandy est sacrément bon. J'ai peur d'y prendre goût. (Il se releva et s'approcha de la fenêtre pour contempler le paysage.) Je déteste cette situation, Jarrett ! dit-il soudain. Je déteste être obligé de combattre, alors que je n'en ai pas envie. J'aimerais que la vie soit différente. Pour Jennifer. Pour moi-même...

– Je sais, murmura Jarrett. Je sais.

– Si seulement... reprit James. Tiens, j'aperçois Tara à cheval. Ta femme est exceptionnelle, tu sais.

– C'est aussi mon avis, acquiesça Jarrett.

– J'espère qu'elle ne va jamais se promener trop loin. J'ai peur qu'elle n'ait pas réalisé à quel point la situation s'était dégradée. Elle pourrait rencontrer des bandes de guerriers incontrôlés.

– Tara est très prudente. Elle ne s'aventure jamais en dehors des limites de la plantation.

– Elle se promène avec la fille de Warren, murmura James.

– Hum ! se contenta de répondre Jarrett.

Il semblait légèrement fâché, tout d'un coup.

James soupira.

– Excuse-moi de m'être montré un peu dur avec elle pendant votre réception, l'autre soir.

– T'es-tu seulement excusé auprès d'elle ?

James se raidit imperceptiblement.

– Je crois m'être convenablement expliqué avec elle.

– Puisque tu restes un peu, nous pourrions peut-être les rejoindre ? A condition que tu te montres poli, cette fois.

– Je serai poli.

– Promis ?

– Promis.

– Alors, allons-y, dit Jarrett en ouvrant la porte, avant de s'effacer pour laisser passer son frère.

James secoua la tête, amusé.

– J'ai toujours pensé que tu avais trop de sang blanc dans les veines, se moqua-t-il en sortant dans le couloir.

Tina ne tarda pas à s'apercevoir que la propriété des McKenzie était immense. Et magnifique.

Tara lui avait montré les champs, les chemins bordés de chênes, les prairies longeant le fleuve... Elle termina la promenade en lui désignant la direction de la maison de Robert Trent, leur plus proche voisin, puis celle de l'ancien village indien où avait vécu son beau-frère.

– Il n'en reste pas grand-chose, précisa Tara. Les membres de la tribu ont tous déménagé. Du moins, ceux qui, comme James, ont résisté aux fièvres et à la guerre.

– Et... sa femme ? demanda Tina. Comment est-elle morte ?

– De la fièvre. James en a éprouvé beaucoup de chagrin. Je crois d'ailleurs que c'est pour cela qu'il passe tant d'heures à galoper dans les marais sans se soucier des dangers. Il aimait profondément

Naomi et, à mon avis, il n'a pas accepté sa mort. Il avait une autre fille, aussi adorable et innocente que vous pouvez l'imaginer. Elle est morte avec sa mère. Si Jennifer n'avait pas survécu, je pense que James aurait renoncé à la vie.

Le cœur serré, Tina contempla le chemin qui menait vers l'ancien village séminole. James avait adoré sa femme et il l'aimait toujours. Que pouvait-elle donc espérer ? Elle était venue dans sa chambre, l'avait provoqué. Il lui avait répondu en la possédant. Mais leur histoire était sans avenir. En fait, il était désolé d'avoir séduit une femme qu'il considérait comme la fiancée d'un de ses amis. Seule une brutale attirance physique les avait conduits dans le même lit. Rien de plus. En tout cas, aux yeux de James.

Tina avait beau se répéter ces vérités, elle ne pouvait s'empêcher de repenser à leur nuit d'amour. Elle pressentait qu'elle ne retrouverait jamais autant de douceur et de sauvagerie mêlées chez aucun autre homme. L'idée qu'il repartirait sans doute dans la journée la torturait. Peut-être ne le reverrait-elle plus jamais. Mais elle ne pourrait pas l'oublier.

– Quand on parle du loup... murmura Tina.

Tina tourna la tête. James et Jarrett McKenzie arrivaient dans leur direction en chevauchant à vive allure.

– Ils font la course, commenta Tara en secouant la tête d'un air amusé. Les hommes ne changeront jamais.

Tina sourit à son tour. Les deux frères faisaient effectivement la course. Mais aucun ne semblait vouloir prendre l'avantage sur l'autre.

Ils ralentirent leurs chevaux en arrivant près des deux femmes.

– Alors, miss Warren ? demanda Jarrett. Que pensez-vous de Cimarron ?

– Superbe ! lui répondit-elle en essayant d'ignorer James. J'ai rarement vu une aussi belle plantation.

– Vraiment ?

– Vraiment.

– Eh bien, puisque vous aimez tant Cimarron, j'espère que vous vous y sentirez comme chez vous. (Il se tourna vers Tara :) N'est-ce pas, mon amour ?

– Evidemment. Sauf que la région est moins sûre que Charleston, nuança sa femme.

– Elle est peuplée de créatures sauvages ! ajouta James en croisant le regard de Tina.

– J'ai déjà eu l'occasion d'en rencontrer, répondit-elle d'une voix doucereuse. (Elle sourit à James et à Tara, avant d'ajouter :) Mais j'ai cru remarquer que leur férocité s'estompe quand elles s'aperçoivent que la personne en face d'elles ne constitue pas un danger.

– Certaines créatures ne se laissent pas apprivoiser, la prévint James.

Tara, qui n'avait rien compris aux sous-entendus de cette conversation, se hâta de renchérir :

– Je n'ai jamais entendu dire qu'on pouvait apprivoiser un serpent. Alors, gardez-vous bien de les approcher si d'aventure vous en rencontrez sur votre chemin.

– Je serai très prudente, lui répondit Tina en même temps qu'elle offrait son plus beau sourire à James.

– Lui as-tu tout montré ? demanda Jarrett à sa femme.

– Oui.

– Alors, vous devez avoir faim et soif. Si nous retournions à la maison ?

– Avant de partir, j'ai demandé à Charles de nous prévoir un déjeuner sur la terrasse. C'est encore un peu tôt pour la saison, mais le soleil brille si généreusement, aujourd'hui...

– Un déjeuner en plein air ! Quelle délicieuse idée ! s'enthousiasma Jarrett.

Ils se sourirent. Tina trouvait qu'ils formaient un couple merveilleux et, une fois de plus, cette constatation lui serra le cœur. Elle détourna le regard... pour croiser celui de James. Il semblait l'observer. Tina se sentit rougir en repensant à leur nuit. Mais lui-même s'en souvenait-il seulement ?

– Rentrons à la maison, proposa Tara.

Les deux époux prirent la tête. Tina chevaucha donc à côté de James. Ils étaient si près l'un de l'autre que leurs cuisses se touchaient presque.

– Vous n'êtes pas parti, finalement, dit Tina au bout d'un moment.

– En effet.

– Comptez-vous rester encore plusieurs jours ?

– Juste le temps de régler certaines choses.

– Ah !

Ils restèrent silencieux un instant puis, cette fois, ce fut James qui demanda :

– Vous allez bien ?

– Très bien, pourquoi ?

Il la regarda, étonné.

– Vous n'avez peut-être pas encore réalisé que... vous ne serez plus tout à fait la même.

Tina regarda droit devant elle.

– Je ne suis pas complètement innocente, merci. Vous n'aviez pas besoin de vous montrer si grossier.

– Je n'étais pas grossier.

– Cruel, alors.

– Quoi ?

– Peut-être pas dans l'intention, mais dans le ton, certainement.

– Oh, excusez-moi ! Vous auriez sans doute préféré que je vous remercie de m'avoir si gracieusement offert votre chair blanche et virginale ?

Elle lui décocha un coup d'œil assassin avant de regarder à nouveau droit devant elle.

– Pardonnez-moi, s'excusa-t-il. Vous avez raison, je suis grossier. Je m'en veux de vous avoir blessée.

– Vous ne m'avez pas blessée.

– Vous mentez.

– Juste un peu.

– Je vous ai blessée un peu, ou vous mentez un peu ?

– Les deux.

Il rit. Cette musique parut délicieuse aux oreilles de Tina.

Ne l'aime pas trop ! se reprocha-t-elle. Mais il était sans doute déjà trop tard. « Le papillon s'est approché trop près de la bougie », lui avait-il dit, hier soir. Même si demain il quittait définitivement sa vie, elle ne volerait plus jamais comme avant.

– James...

– Chut ! Nous arrivons à la maison.

Jarrett et Tara avaient déjà mis pied à terre. Deux jeunes valets venus chercher les chevaux attendirent que James et Tara descendent de selle à leur tour.

– La limonade est servie sur la terrasse ! s'exclama Tara. Charles est vraiment merveilleux. Je vais lui annoncer que nous sommes rentrés.

– Venez vous asseoir, miss Warren, l'invita James en lui prenant le bras pour l'escorter jusqu'à la table où étaient disposés les rafraîchissements.

Jarrett observait la scène en souriant.

– On dirait que vous avez pardonné à James son comportement pendant la réception, dit-il à Tina en lui offrant une chaise.

– En effet, monsieur McKenzie. Je lui ai pardonné son odieux comportement de l'autre soir.

James s'assit à côté d'elle.

– Miss Warren a un tempérament généreux, dit-il poliment. Mais je ne demande pas qu'on me pardonne mes sentiments à l'égard du colonel Warren.

Tina se raidit. Bien qu'elle se sentît à l'égard de son beau-père dans la même disposition d'esprit que James McKenzie, elle ne lui reconnaissait pas le droit de parler ainsi.

– James... commença Jarrett.

Mais Tina l'interrompit :

– Vous sentez-vous coupable des péchés de votre père, monsieur McKenzie ?

– Mon père n'a jamais commis le moindre péché.

– Tout le monde en commet.

– Pas mon père, insista James.

Tina comprit qu'il le révérait et cela le lui rendit encore plus sympathique. Il devait d'autant plus détester cette guerre qu'il avait adoré son père blanc. Cependant, elle-même n'avait aucune responsabilité dans les événements et elle n'entendait pas payer pour les autres.

– Quelle coïncidence ! murmura-t-elle. Le mien non plus. Je veux parler de mon vrai père, bien sûr.

Il n'a jamais eu le moindre péché sur la conscience. C'était un homme parfait, du matin au soir et trois cent soixante-cinq jours par an !

Les deux frères ne purent s'empêcher de rire de bon cœur.

– Je vous sers votre limonade ? demanda James.

– Oui, s'il vous plaît.

– Dormiras-tu encore ici cette nuit ? l'interrogea Jarrett.

James regarda Tina.

– L'idée est tentante. Cette maison est si confortable, répondit-il en lui tendant son verre.

Elle faillit le laisser tomber et Jarrett la regarda avec étonnement. Il s'apprêtait à dire quelque chose quand Tara les rejoignit.

– Charles s'occupe de tout, annonça-t-elle. Pendant que nous nous promenions, Jennifer a joué avec Ian dans ma chambre. Ils se sont endormis dans les bras l'un de l'autre comme deux chérubins. Tu devrais monter les voir, James.

– Jennifer s'occupe donc si bien du bébé ? demanda-t-il.

– Oui. Elle est merveilleuse avec lui, je t'assure, répondit Tara en posant affectueusement sa main sur l'épaule de son beau-frère.

Tina se sentit le cœur gros. Ils étaient tous si proches les uns des autres : les adultes, les enfants... C'était une vraie famille. Depuis la mort de sa mère, elle-même ne connaissait plus qu'une immense solitude affective.

– Jennifer est une fillette adorable, dit-elle en luttant pour ne pas fondre en larmes. Ressemble-t-elle à sa mère ?

Elle réalisa, trop tard, que sa question manquait

singulièrement de tact. C'était une vraie gaffe. Heureusement, James décida de ne pas s'en offusquer.

– Oui, elle ressemble beaucoup à Naomi, répondit-il, sans colère.

– Mais votre fille a hérité de vos cheveux, reprit Tina pour dévier la conversation.

– Les cheveux de notre père, rectifia Jarrett.

– De notre père si dénué de péchés, précisa James avec un sourire qui soulagea Tina.

Au même instant, Tara se leva en pointant du doigt le fleuve.

– Quelqu'un vient nous voir, annonça-t-elle.

Ils suivirent son regard. Un bateau s'apprêtait en effet à accoster le quai de Cimarron.

– C'est un bateau militaire, murmura Jarrett en s'adressant à son frère.

– Attendais-tu quelqu'un ? demanda Tara à son mari.

– Harrington... mais il ne devait revenir que cette nuit ou demain de Tampa. De toute façon, ce bateau arrive de la direction opposée.

Dès que le bateau fut amarré, l'équipage abaissa la passerelle et aussitôt un homme en uniforme descendit sur le ponton. Tina se leva à son tour, éberluée, et ne put retenir un cri de déception.

– Warren ! s'exclama James.

Le son de sa voix trahissait toute la haine qu'il éprouvait pour cet homme.

C'était Warren, en effet.

Tina serra les dents en regardant son beau-père remonter l'allée à grands pas. Tout d'un coup, la beauté de cette journée fut détruite. Elle ferma les yeux, voulant croire à une hallucination, à un mirage. Mais quand elle les rouvrit, Warren était déjà arrivé au pied du perron.

James était peut-être un sauvage, mais il avait au moins raison sur un point : cet homme était le diable.

Et il venait la chercher pour la ramener dans son enfer.

8

En apparence, le colonel Michaël Warren était l'un des militaires les plus soigneux que James ait connus. Son uniforme était toujours impeccable, sans un pli au pantalon ni au col. Seul le bleu de son chapeau à larges bords semblait avoir quelque peu souffert des rayons impitoyables du soleil de Floride.

C'était un homme proche de la cinquantaine, avec des cheveux bruns, un regard très noir et des lèvres éternellement pincées. Il avait dû être beau dans sa jeunesse, mais on aurait dit qu'il s'était ingénié depuis longtemps à ce que cela ne se voie plus. James l'avait déjà rencontré à plusieurs reprises, lors de négociations.

A chaque tractation, Warren était surpris de le voir prendre parti pour les Indiens. A l'en croire, il était fou de ne pas se servir du nom de son père. Selon lui, il aurait pu sauver sa peau en venant vivre avec les Blancs mais, assurément, sa stupide fierté de sang-mêlé le conduirait à sa perte.

– Bonjour, McKenzie ! s'exclama-t-il en montant le perron.

Il retira son gant immaculé et tendit la main à Jarrett, qui hésita un court instant avant de la serrer. Puis Warren s'inclina poliment devant Tara.

– Mrs McKenzie, c'est toujours un plaisir de vous voir.

– Colonel Warren, j'avais cru comprendre que c'était John Harrington qui devait escorter votre fille, répondit-elle.

– En effet, je n'avais pas prévu de me rendre par ici. Mais puisque c'est finalement le cas, je tenais à vous remercier moi-même de l'avoir hébergée.

– Ce fut un plaisir pour nous, dit Jarrett.

Warren accorda un bref regard à sa belle-fille. James fut surpris d'y découvrir un sentiment qui ressemblait fort à de la haine. Du reste, Tina ne montrait pas plus de chaleur à son égard. Ni le père ni la fille n'avaient encore échangé un mot et il paraissait exclu de les voir se jeter dans les bras l'un de l'autre pour s'embrasser.

Warren se tourna vers James.

– Ours-Rapide... dit-il en le saluant d'un mouvement de tête.

James sourit en voyant Tina écarquiller les yeux. Elle ne l'avait encore jamais entendu appeler par son nom séminole. Il n'était pas plus mal qu'elle découvre que c'était celui que son beau-père employait pour s'adresser à lui.

– Colonel... dit-il en lui retournant son salut.

– Quelle bonne surprise de vous trouver dans des parages aussi civilisés.

– J'ai toujours plaisir à venir chez mon frère, rétorqua placidement James.

– Vous auriez même intérêt à y séjourner plus souvent.

– Hélas, colonel, chacun doit se plier à ses devoirs.

Warren haussa les épaules. Se tournant enfin vers Tina, il lui dit :

– J'espère que ton voyage s'est bien passé ?

– Je suis arrivée entière, répliqua-t-elle.

– Mais sans tes gardes.

– C'est ma faute, intervint Jarrett. J'avoue que j'ai appareillé de Tampa sans les inviter à mon bord.

– Cette escorte était nécessaire, précisa Warren. En Floride, le danger rôde partout.

– Pas chez moi, répondit Jarrett. Toutefois, colonel, vous avez raison de parler de danger. Franchement, je m'étonne qu'un homme aussi impliqué que vous dans les événements ait tenu à faire venir sa fille ici.

Jarrett s'était exprimé avec un sourire poli, pour bien montrer que son reproche restait courtois. Mais Warren n'était pas homme à accepter facilement la moindre remarque sur ses actes.

– Monsieur McKenzie, Tina sera plus en sécurité près de moi. Du reste, c'est sa place naturelle. Et ne vous fiez pas aux apparences. C'est une fille coriace. Elle me suivra partout où j'irai.

– La région regorge de dangereux guerriers, lui rappela James.

– Ils ne me font pas peur, répliqua Warren.

Charles sortit de la maison avant que quelqu'un ait pu répondre. Il portait un plateau chargé d'assiettes et de plats. Une jeune soubrette le suivait avec un second plateau. Ils dressèrent le couvert sur la table de la terrasse.

– Colonel, voulez-vous déjeuner avec nous ? lui proposa Tara.

– J'en serai ravi. (Il se tourna vers Jarrett :) A vrai dire, monsieur McKenzie, j'aimerais que vous m'autorisiez à laisser mon bateau amarré à votre ponton jusqu'au retour d'Harrington.

– Volontiers. Vous serez toujours le bienvenu chez nous aussi longtemps que vous n'y mènerez pas bataille, répondit Jarrett.

Warren se tourna vers James.

– Je ne pense pas avoir quelqu'un à combattre dans les parages...

James désigna du bras la forêt qui commençait au-delà des terres de son frère.

– Quelques tribus vivent par là, mais je ne vois pas un seul Séminole venir chercher bagarre à Cimarron.

– Vous en êtes donc si sûr ? s'étonna Warren.

– Ma propriété est terrain neutre, intervint Jarrett. Osceola le sait.

– Nous pourrions peut-être nous asseoir ? suggéra Tara.

Ils s'assirent autour de la table. James se retrouva entre Tina et Warren, son frère entre Tina et sa femme. Tara se montra une parfaite hôtesse, résolue à stopper tout sujet de conversation susceptible de dégénérer.

Malheureusement, avec Warren, presque tous les sujets étaient explosifs.

– C'est bien dommage que vous ne soyez pas arrivé deux jours plus tôt, lui dit Tara. Vous auriez pu assister à une charmante réception donnée pour l'anniversaire de mon mari.

– Je le regrette, en effet. J'aurais aimé présenter

moi-même Tina au jeune Harrington. J'espère qu'elle est consciente de ses qualités.

– Il est charmant, concéda froidement Tina.

Elle mangeait à peine. Warren lui avait coupé l'appétit. James s'en aperçut et il eut soudain envie de se battre avec cet homme. Il ne pouvait pas supporter qu'il se montre si méprisant et si autoritaire avec Tina.

– Parfait ! se félicita Warren. Je suis content de voir que tu reviens à la raison, ma fille. J'aime autant te prévenir que je n'aurais pas supporté un autre scandale comme celui de Charleston.

Personne ne posa de question, mais Warren était décidé à tout raconter. Il s'adressa à Jarrett :

– Imaginez un peu, monsieur McKenzie : un père, agissant au mieux des intérêts de sa fille, lui organise un brillant mariage et cette idiote ne trouve rien de mieux que de s'enfuir au beau milieu de la cérémonie, après avoir clamé qu'elle refuse d'épouser son fiancé ! Je vous laisse deviner le scandale !

– J'avais dit, depuis le début, que je ne voulais pas épouser Jeremy Lantreau, répliqua Tina en soutenant son regard. Si on m'avait écoutée, il n'y aurait pas eu de scandale.

Warren crispa ses doigts sur sa fourchette.

– Les filles sont faites pour obéir à leur père, *mademoiselle.* C'est lui qui décide de leur mariage. Mais ne parlons plus du passé. Le jeune Harrington sera un excellent mari. Il vient d'une très bonne famille et il montera rapidement en grade dans l'armée.

– Que pense son père de vos projets ? demanda Tina.

– Nous en avons déjà parlé. Il les approuve.

Tina contempla un instant son assiette en silence. Il était visible qu'elle cherchait à éviter un esclandre avec son beau-père, mais qu'elle n'avait pas le choix.

– Monsieur ! explosa-t-elle soudain. Je refuse d'épouser un homme que je connais à peine !

– Tu viens pourtant de me dire que tu le trouvais charmant, répliqua Warren, irrité.

– Ne serait-il pas préférable de me soumettre vos candidats avant d'annoncer publiquement mon mariage ?

– Il serait préférable, en tout cas, que nous attendions d'être seuls pour parler de ton avenir.

– En effet, admit Tina d'un ton glacial.

– Quand tu connaîtras mieux Harrington, tu conviendras qu'il ne peut pas exister meilleur choix, insista Warren. Dites-lui, McKenzie. Harrington est de vos amis, je crois.

– Tout le monde est d'accord pour reconnaître qu'Harrington est un excellent garçon, répondit prudemment Jarrett.

– Et vous ? Qu'en pensez-vous ? demanda Warren en s'adressant à James.

James hésita un instant. Il voyait que Tina l'implorait du regard.

– Je partage l'avis de mon frère, finit-il par répondre. John Harrington est un très bon garçon.

Il sentit le regard de Tina s'enflammer.

– Tu vois, Tina, tout le monde est d'accord, triompha Warren.

– Je préfère choisir moi-même mon mari.

– Ne dis pas de bêtises.

– N'aviez-vous pas suggéré de reparler de ce sujet quand nous serions seuls ?

Warren semblait maintenant d'un autre avis.

– Si tu épousais Harrington, tu ne serais plus obligée de vivre avec moi, Tina. Penses-y. En attendant la fin de la guerre, tu pourrais même habiter ici, à Cimarron. A condition que Mrs McKenzie soit d'accord, bien sûr. Tu serais à l'abri des Indiens. Ces sauvages sont tellement imprévisibles. On dirait qu'ils sont toujours sur le sentier de la guerre.

James se retint de planter sa fourchette dans la table.

– Monsieur, vous oubliez que c'est vous qui avez rompu la trêve, lui dit-il d'une voix blanche de colère.

Warren balaya l'argument d'un revers de la main.

– Il n'y a pas de paix valable avec les Indiens. Ce sont tous des traîtres en puissance.

– Comment osez-vous ! s'étrangla Tina.

Warren pointa un doigt vers elle.

– Tu parleras quand on te le demandera, sinon, gare à toi ! la menaça-t-il.

– Ce sont les Blancs qui ont appris la traîtrise à mon peuple, répliqua James. En le dépouillant de ses terres de manière indigne. Pourtant, aucun Indien ne s'est jamais montré aussi cruel que vous, colonel.

Warren se leva d'un bond, fou de rage, manquant de renverser la table.

– Vous allez me rendre compte de ces paroles, Ours-Rapide !

– Non, ne vous battez pas ici ! s'écria Tina. Auriez-vous perdu la raison ?

Jarrett et Tara se levèrent à leur tour.

– Colonel Warren, la guerre n'existe pas sur nos terres ! s'écria Jarrett avec colère. M'avez-vous bien entendu ? *Pas de guerre ici !* Vous serez le bienvenu aussi longtemps que vous vous en souviendrez.

– Eh bien, puisque vous préférez laisser cet homme m'insulter, il ne me reste plus qu'à emmener ma fille et partir.

– Ne soyez pas absurde, colonel ! lui dit James, en se levant également. C'est moi qui vais vider les lieux. Et je prierai pour que vous n'exposiez pas inutilement votre fille au danger.

Sur ces mots, il tourna les talons et rentra dans la maison.

Autour de la table, son départ provoqua un silence embarrassé. Même Michaël Warren en était resté sans voix. Finalement, Jarrett recula sa chaise.

– Vous voudrez bien m'excuser, dit-il sèchement à Warren avant de quitter la table pour rejoindre son frère.

– Monsieur McKenzie ! s'écria Warren. Nous sommes en guerre ! Vous ne pouvez pas rester neutre, alors que chaque jour des sauvages massacrent nos compatriotes. Vous êtes blanc. Vous devez prendre position !

Jarrett se retourna, pour lui répondre calmement :

– Ne me demandez pas une chose pareille, colonel. Il se trouve que le sauvage qui vient à l'instant de partir est mon frère. Si jamais, un jour, je dois choisir... James sera toujours mon frère. Nous partageons le même sang.

Il ouvrit la porte pour rentrer dans la maison. Tina voulut le suivre mais une main la retint brusquement en arrière.

– Où vas-tu comme ça ?

– Excuser vos mauvaises manières ! dit-elle à Warren.

Il la gifla en plein visage.

Tara ne put retenir un cri.

– Colonel ! Je suis horrifiée.

– Madame, vous n'avez pas passé votre vie à essayer de dresser une enfant insolente et obstinée. Parfois, rien ne vaut les bonnes vieilles méthodes pour faire entendre raison à ce genre de caractère.

Tina serra les dents pour retenir ses larmes. Etre frappée devant Tara lui avait fait plus mal que le coup lui-même. Sa colère fut si vive contre Warren qu'elle lui retourna sa gifle.

Devant Tara, sidérée par la scène, l'homme lui attrapa le bras et le serra à la faire crier. Tina craignit d'être allée trop loin. Elle ne voulait pas que Tara appelle James et Jarrett à la rescousse. C'en serait fini de ce havre de paix.

Au lieu de chercher à se débattre, elle baissa la tête, en signe de soumission. Warren lui chuchota à l'oreille une sévère mise en garde :

– Te rappelles-tu la correction que tu as reçue, le jour où tu as rompu ton mariage ? Eh bien, je te promets que celle de ce soir sera pire encore. Tu apprendras à m'obéir, ma fille ! Sinon, je me vengerai contre les frères McKenzie ! Choisis ce que tu préfères.

– Lâchez-moi ! cria-t-elle avant de se rappeler qu'elle devait se montrer plus humble. (Elle décida de jouer la fibre religieuse pour amadouer son beau-père :) S'il vous plaît, lâchez-moi, je vous en prie. Ce soir, je prierai Dieu pour qu'Il m'aide à obéir à votre volonté.

– En attendant, tu pars avec moi.

– J'ai besoin de rassembler mes affaires.

– Je t'accorde une heure pour te préparer. Après quoi, tu devras me rejoindre sur le bateau.

Il la relâcha et Tina se hâta d'entrer dans la maison avant qu'il ne se ravise. Elle se rua dans le salon, puis dans la bibliothèque. Les deux pièces étaient vides et le reste du rez-de-chaussée semblait désert. Elle grimpa à l'étage, passa dans sa chambre et rejoignit celle de James par la galerie. Vide, elle aussi. Quand elle ressortit dans le couloir, elle tomba nez à nez avec Tara.

– Si vous cherchez James, il est parti, lui annonça-t-elle.

– Déjà... ?

– Il était trop furieux. S'il était resté, il aurait étranglé votre père.

– *Ce n'est pas mon père !* s'écria Tina, au bord des larmes.

– Je suis désolée, répondit Tara d'une voix douce. James devait vraiment s'en aller, vous savez. S'il avait tué Warren, nous l'aurions tous payé trop cher.

– Je le hais ! répliqua Tina avec véhémence.

– James ? s'étonna Tara.

– Mon beau-père !

– Pauvre petite ! se désola Tara en la serrant chaleureusement dans ses bras pour la consoler. Malheureusement, nous ne pouvons pas l'empêcher de vous emmener. Je suis horrifiée par la façon dont il vous traite, mais c'est votre tuteur légal. Nous ne pouvons rien contre lui...

Tina restait silencieuse. Elle luttait désespérément contre l'envie de fondre en larmes. Elle ne pouvait pas supporter l'idée de partir avec Warren.

– Il faut que vous prépariez votre valise, lui rappela Tara. Ne vous inquiétez pas pour James. Depuis le début de cette guerre, il a pris l'habitude de combattre des hommes comme votre beau-père.

– Tout est ma faute, murmura Tina d'une voix misérable. C'est à cause de moi qu'il a dû partir...

– Non, Tina. Vous n'y êtes pour rien. Pour rien du tout, insista Tara. Souvenez-vous que nous serons toujours disposés à vous aider. Quand Jarrett se sera un peu calmé, je lui demanderai d'essayer de convaincre Warren de vous laisser habiter ici. Jarrett connaît bien le général Jésup. Je suis sûre que Jésup aura de l'influence sur son colonel. Nous ferons tout notre possible, Tina. En attendant, votre intérêt est de lui obéir. Je sais que c'est dur pour vous, mais un peu d'humilité rend parfois de grands services.

– C'est un monstre, répliqua Tina.

– Je sais, acquiesça Tara, en haussant les épaules d'un air d'impuissance. Pour l'instant, c'est lui le plus fort. Cela ne veut pas dire que nous devions renoncer.

Tina lui sourit.

– Je vais boucler ma valise, annonça-t-elle. Je n'ai pas envie de vous causer davantage d'ennuis.

– Ne vous inquiétez pas pour nous, nous savons nous défendre, l'assura Tara. Pendant que vous rassemblez vos affaires, je vais essayer de parler à Jarrett.

Tina retourna s'enfermer dans sa chambre. Elle commença par ouvrir le tiroir de sa table de nuit et compta les quelques billets d'argent de poche qui lui restaient. Elle ignorait à quoi ils pourraient lui servir, mais décida quand même de les emporter avec elle.

Tina était persuadée de la sincérité de Tara. Mais

personne ne pouvait réellement lui venir en aide dans sa situation présente. Elle ne voulait ni partir avec Warren ni rester à Cimarron, pour ne pas gêner les McKenzie. Il ne lui restait donc qu'une solution : s'enfuir.

Mais où ? Elle ne connaissait pas ce pays et n'avait aucun endroit où se réfugier.

A moins que...

Pendant leur promenade, ce matin, Tara lui avait parlé de ce village indien abandonné. Elle arriverait sans doute à retrouver le chemin.

Mais ensuite ?

Tina souriait presque de sa situation. Elle avait été élevée dans une maison confortable, avec des domestiques pour s'occuper d'elle. Elle n'avait jamais manqué de rien. Certes, elle savait comment fabriquer du savon et des chandelles, elle savait aussi coudre et jouer du piano et encore beaucoup d'autres choses. Mais elle ignorait tout de la manière dont on pouvait se nourrir par soi-même dans une contrée sauvage peuplée de serpents, d'alligators... et d'Indiens.

Elle ferma un instant les yeux pour se redonner courage. Après tout, la situation était simple. Il était impossible qu'elle suive Warren, comme il le lui avait ordonné. Elle préférait encore mourir. Tina n'envisageait pas non plus de rester chez les McKenzie pour ne pas leur causer d'ennuis. La fuite s'imposait bel et bien. Du reste, une morsure de serpent ou une attaque d'Indien ne serait pas pire que le sort que Warren lui réservait.

Renonçant à se charger d'un sac, elle ouvrit précautionneusement la porte de sa chambre et se faufila dans le couloir jusqu'à l'escalier qu'elle descendit sur la pointe des pieds. Parvenue dans le hall, elle s'arrêta pour écouter. Jarrett et Tina discutaient dans la bibliothèque et le ton montait.

– Il mérite d'être tué ! J'aurais dû m'en charger moi-même !

– Jarrett ! Jarrett ! Tu ne peux pas dire une chose pareille ! Même s'il le mérite, ce n'est pas à toi de le tuer. Pense à ce que je deviendrais si tu étais emprisonné... Nous devons plutôt essayer de le raisonner... Il a giflé Tina devant mes yeux. On voit bien qu'il la déteste. Elle a beau ne pas se laisser faire, il aura toujours le dernier mot. Nous devons trouver un moyen de la garder ici.

– Lequel, Tara ? Dis-moi lequel ?

– Tu pourrais au moins faire fi de ton maudit orgueil pour sauver cette fille !

– Si elle épouse Harrington, elle sera sauvée.

– Peut-être pourrons-nous l'en convaincre. D'autant que John est déjà amoureux d'elle. Mais il faut trouver une solution *pour aujourd'hui*. Warren ne doit pas repartir avec elle. Sinon il la battra. J'en suis sûre.

Tina entendit Jarrett soupirer tristement.

– Malheureusement, en tant que tuteur, il a tous les droits sur elle.

– Pas le droit de la battre, Jarrett ! Personne n'a ce droit et tu le sais très bien !

– Pour l'amour de Dieu, Tara, bien sûr que je le sais ! Bon. Il nous reste un peu moins d'une heure devant nous. Je veux bien tenter de le raisonner. Puisque tu me le demandes, mon amour, pour une fois j'essaierai d'oublier mon orgueil.

Tina leur était si reconnaissante à tous les deux qu'elle en avait les larmes aux yeux. Elle ne voulait pas en écouter davantage : elle ne désirait surtout pas causer le moindre ennui aux deux seules personnes qui s'étaient montrées si gentilles avec elle depuis la mort de sa mère. Or, ils ignoraient encore l'un et l'autre qu'il n'existait aucun moyen de raisonner Michaël Warren. Leur intention était louable mais vouée à l'échec.

Tina quitta la maison et courut vers les écuries où elle retrouva sans peine la belle jument qu'elle avait chevauchée dans la matinée. Elle se dépêcha de la seller. Au moment de détacher ses rênes, elle eut la sensation que quelqu'un l'observait. Elle se retourna.

Il y avait bien quelqu'un. Jennifer s'était réveillée de sa sieste et l'observait depuis la porte avec ses grands yeux clairs.

– Vous partez ? demanda-t-elle tristement.

Tina posa un doigt sur ses lèvres.

– Chut ! Ne dis rien à personne, pour l'instant. Je pars, parce que je n'ai pas le choix. Mon... mon père n'est pas aussi gentil que le tien. Je ne veux pas le suivre sur son bateau et il ne me laissera pas rester ici. Je *dois* partir, comprends-tu. (Elle sourit soudain.) Tu me manqueras beaucoup, Jennifer. J'aurais aimé pouvoir encore jouer avec toi et le bébé.

– Vous me manquerez aussi. Et à mon père.

– Ton père... ton père est déjà parti.

La fillette hocha gravement la tête.

– Oui. Parfois, il doit partir très vite.

– Aujourd'hui, c'est ma faute. Je suis désolée, tu sais.

– Ce n'est pas grave. Mon papa reviendra, répondit Jennifer avec une assurance tout enfantine.

Elle s'approcha de Tina et lui tendit l'objet qu'elle

tenait dans les mains. Tina écarquilla les yeux de surprise en constatant qu'il s'agissait d'une gourde remplie d'eau.

– Oh, merci beaucoup ! Je n'avais même pas pensé que j'aurais besoin d'eau potable.

– Vous en trouverez d'autre sur votre chemin. Mais attention aux serpents !

Tina hocha la tête.

– Je serai prudente. Merci encore.

Elle sortit la jument de son box avant d'embrasser la fillette.

– Je reviendrai, moi aussi. Pour te voir. Dès que je le pourrai.

Jennifer hocha encore gravement la tête.

– Vous allez où ?

– Dans l'ancien village indien où vivait ton père.

Jennifer sourit malicieusement.

– Je dirai que vous avez pris une autre direction.

– Bravo, Jennifer ! s'exclama Tina en montant en selle. Prends bien soin de toi, ajouta-t-elle en souriant.

La fillette lui rendit son sourire. Tina relâcha les rênes et fit sortir la jument de l'écurie. Une fois dehors, elle s'arrêta une seconde, le temps de s'assurer que personne ne la voyait depuis la maison, puis elle lança sa monture au galop.

Quelques minutes plus tard, elle avait atteint la lisière de la forêt qui marquait la fin des terres de Jarrett. Au-delà, commençait l'inconnu.

Tina s'arrêta un instant, un peu effrayée à l'idée de ce qui l'attendait. Des serpents... des alligators... des Indiens... Le chemin qui conduisait au village abandonné s'ouvrait sur sa gauche. Au moment d'y engager la jument, Tina entendit quelqu'un crier, loin derrière elle. Elle ne prit pas la peine de se retourner pour savoir qui avait crié et pourquoi. Elle piqua des éperons et s'élança sur le chemin qui la conduisait vers son destin.

9

Tara se précipita dans la bibliothèque où son mari réfléchissait encore à la manière d'aborder Warren. Elle paraissait si affolée qu'il se releva d'un bond.

– Elle est partie ! s'exclama-t-elle.

– Que veux-tu dire ?

– Partie ! Elle est partie ! Elle n'est plus dans sa chambre, ni avec le bébé. Je ne la trouve nulle part.

– Elle ne serait pas montée sur le bateau sans nous dire au revoir, répondit Jarrett. Je vais la chercher dehors.

– Et moi, je vais aller voir dans les écuries, proposa Tara.

– Les écuries ! s'écria Jarrett.

Ils se ruèrent vers les stalles des chevaux. Il manquait une jument. Celle-là même que Tara avait chevauchée dans la matinée.

– Elle a... commença Tara. (C'est alors qu'elle aperçut Jennifer qui jouait dans un box vide :) Jennifer, viens ici !

Jennifer obéit à sa tante en souriant.

– Sais-tu où est partie Tina ? lui demanda-t-elle.

– Elle est partie avec Heidi.

– Heidi, oui bien sûr, la jument. Mais je te parle de miss Warren, ma chérie. La région est trop dangereuse pour une jeune femme de la ville comme elle. Elle ne connaît pas les risques des marais.

– Elle est peut-être allée chez oncle Robert ? suggéra Jennifer.

– Lui avais-tu montré le chemin conduisant à son domaine ? demanda Jarrett à sa femme.

– Oui. Mais j'imagine mal Tina décider de s'y rendre seule.

Jarrett s'agenouilla devant sa nièce.

– Jennifer, dans quelle direction est partie miss Warren ? C'est important. Elle est peut-être en danger.

Jennifer secoua la tête en regardant le sol.

– Je sais pas. Je suis restée dans l'écurie.

Jarrett se releva.

– Je vais aller faire un tour dans la forêt, annonça-t-il.

– Surtout pas ! protesta Tara. Warren va revenir d'une minute à l'autre. Il te suivrait et tu risquerais de le conduire directement à elle.

– Préfères-tu qu'elle meure en pleine nature ?

Tara s'entêta.

– Si tu laisses Warren l'attraper, il risque de la tuer. Il faut donner à Tina une chance de lui échapper. Elle a seulement besoin de quelques heures d'avance. Demain, tu pourras partir à sa recherche.

Un bruit derrière eux les fit se retourner. L'heure s'était écoulée et Warren venait chercher sa fille. Il se tenait à la porte de l'écurie, encadré par deux soldats à la stature impressionnante. Jarrett fit un effort pour contenir sa colère. Si Warren espérait l'intimider, il se trompait lourdement.

– Où est ma fille, McKenzie ? demanda-t-il d'une voix rogue.

– J'aimerais le savoir, moi aussi, colonel. Apparemment, elle nous a emprunté une jument.

– Vous l'avez laissée s'enfuir ! tonna Warren, fou de rage.

– J'ignorais qu'elle était ma prisonnière, monsieur ! répliqua Jarrett, indigné.

– Le pays est dangereux. Elle risque une mort atroce !

« Tina s'est enfuie pour échapper à une vie atroce », pensa Jarrett, mais Tara avait raison : il devait se montrer humble et conciliant, dans l'intérêt de la jeune fille.

– Nous pensons, colonel, qu'elle est partie vers la propriété d'un voisin, et...

– Alors, dépêchez-vous de montrer le chemin à mes hommes, McKenzie. En attendant, je vais retourner sur mon bateau prier Dieu pour qu'Il la prenne sous Sa bonne garde. Ayez l'obligeance de m'informer dès que vous aurez des nouvelles.

Jarrett bouillait de lui dire ce qu'il pensait de ses manières mais, par miracle, il réussit à se maîtriser.

– Je vais seller mon cheval et procurer des montures à vos hommes, annonça-t-il. Croyez bien que je comprends tout à fait votre inquiétude.

Warren ne répondit rien. Jarrett commença à s'occuper de sa monture, tandis que Tara sortait appeler un valet pour qu'il donne des chevaux aux deux soldats. Avant de quitter l'écurie, elle dit, assez fort pour que tout le monde l'entende :

– Quand même, quelle pitié de voir une jeune fille avoir plus peur de son père que de perdre son scalp !

Jarrett ne put retenir un sourire. Heureusement, Warren avait déjà tourné les talons. Le mari de Tara prit tout son temps pour terminer de préparer son cheval. Son intention était d'indiquer aux deux soldats la direction des terres de Robert et rien de plus. Avec un peu de chance, ils seraient assez bêtes pour se perdre. Tina augmenterait ainsi son avance.

La jeune fille était terrifiée.

La forêt était tellement sombre qu'on aurait pu croire que la nuit était déjà tombée. Il y régnait un silence angoissant, comme si la vie l'avait quittée. Soudain, le ululement d'une chouette la fit sursauter. Puis le silence retomba.

Tina chevauchait depuis des heures et le soleil ne tarderait plus à se coucher. Quand elle émergea enfin des arbres, l'horizon se parait des couleurs flamboyantes du crépuscule. Maintenant, elle se trouvait dans les marais. Tina s'arrêta un instant pour contempler le spectacle. Une rivière serpentait entre les fourrés et s'attardait parfois, formant de petits étangs. Un bruit de plongeon l'intrigua. A quelques mètres devant elle, elle aperçut distinctement les yeux d'un alligator qui semblait nager droit sur elle. Paniquée, elle lança sa monture au galop pour s'éloigner au plus vite du monstre. Quand elle se jugea hors d'atteinte, elle ralentit l'allure. Combien de temps lui restait-il avant d'arriver ?

La nuit était tout à fait tombée, à présent. Heureusement, le clair de lune lui permettait de distinguer son chemin. Mais dès que le disque lumineux disparaissait derrière un nuage, elle devait arrêter son cheval et attendre que la clarté revienne.

Elle avait faim et commençait à s'endormir sur sa selle quand un bruissement dans les feuillages, derrière elle, l'alarma. Un loup ? Un Indien ?... Elle arrêta son cheval, tout à fait réveillée à présent et tendit l'oreille.

Plus rien.

Elle laissa repartir sa monture.

Le bruissement se répéta.

Tina empêcha de nouveau sa jument d'avancer.

Encore le silence.

L'animal, lassé de ces arrêts répétés, regimba.

– Allons, ma douce, l'encouragea Tina. Ce village ne peut plus être très loin, maintenant. Nous sommes bientôt arrivées.

La jument repartit au petit trot. Une branche d'arbre barrait le chemin et Tina dut se pencher pour l'éviter. Au dernier moment, elle poussa un cri d'horreur en réalisant que la branche était en réalité un serpent qui se balançait dans le vide. Dieu merci, l'horrible bête ne lui tomba pas dessus. Le cœur battant, elle continua d'avancer, de plus en plus terrifiée, quand le bruissement se fit à nouveau entendre. Cette fois, il n'y avait plus de doute : elle était suivie.

Elle accéléra l'allure, sans plus se soucier de l'obscurité qui lui cachait une partie du chemin. Quelqu'un la suivait ! Elle réalisa tout d'un coup sa folie d'être partie seule à l'aventure, dans un pays infesté d'Indiens qui seraient ravis d'arracher le scalp de la fille de Warren.

Le bruit devint soudain plus fort et elle reconnut le martèlement des sabots d'un cheval. Elle se retourna, horrifiée et vit un cavalier, torse nu, arriver droit sur elle. Tina poussa un grand cri. Son poursuivant ne parut pas s'en inquiéter. Elle se pencha sur l'encolure de sa jument et la lança au triple galop, en espérant encore lui échapper. C'était peine perdue. Il la rattrapa en moins d'une minute et, d'une poigne de fer, saisit les rênes de sa monture pour l'obliger à s'arrêter. Puis, d'un mouvement rapide comme l'éclair, il la jeta à bas de sa selle et la plaqua au sol. Paniquée, Tina hurla de plus belle.

– Tina ! lui cria son agresseur.

La surprise lui fit perdre sa voix. Elle tourna la tête et, à la faveur d'un rayon de lune, reconnut les traits de l'homme.

– James !

– Bon Dieu, que fichez-vous ici à cette heure ?

– Pourquoi me suiviez-vous ? demanda-t-elle, au lieu de lui répondre. A cause de vous, j'ai failli mourir de peur !

Elle voulut le frapper, mais il lui emprisonna le poignet.

– Calmez-vous, bon sang !

– Espèce de bandit ! Vous auriez pu me faire comprendre que c'était vous qui...

– Je voulais d'abord m'assurer que vous étiez seule. Warren vous suivait peut-être, lui aussi. Vous ne m'avez pas répondu : que fichez-vous ici ? En pleine nuit ? On ne vous a donc pas mise en garde contre les dangers de ce pays ?

– Si !

– Alors ?

– Seriez-vous assez aimable pour me laisser me relever ? lança-t-elle d'un ton pincé.

Il s'exécuta mais la tira plus qu'il ne l'aida à se redresser. Puis il la poussa sur un sentier qui coupait la piste.

– Que...

– Avancez droit devant vous.

– Nous pouvons reprendre nos chevaux.

– *Nous aurions pu,* oui. Mais ils ont continué sans nous, l'informa-t-il sèchement.

Elle marcha quelques pas devant. Les buissons qui les entouraient semblaient fourmiller de dangers invisibles. Prenant la tête, James lui ouvrit le chemin en écartant les branches sur son passage.

Au bout d'un quart d'heure, ils débouchèrent dans une petite clairière parsemée de huttes solidement bâties en rondins. Leurs chevaux les avaient précédés. Celui de James avait dû conduire la jument de Tina. James pénétra dans l'une des huttes. La jeune fille hésita à le suivre mais, quand elle vit une lumière éclairer l'intérieur de la case, elle se décida à entrer à son tour.

Il avait allumé un feu dont les flammes orangées dansaient joyeusement sur les murs sombres. Alors que tout le village semblait abandonné depuis longtemps, cette cabane portait des traces de vie récentes : des ustensiles de cuisine posés devant le foyer, un pot à café, quelques vêtements entassés dans un coin et des couvertures propres étalées sur le sol. L'aménagement était rudimentaire mais, après son épuisante chevauchée, Tina n'aurait osé rêver d'un havre si accueillant.

Plus accueillant, en tout cas, que son propriétaire.

Il se tenait debout devant le feu, bras croisés, le regard dur.

– Que faisiez-vous dehors en pleine nuit ? redemanda-t-il.

– Je vous garantis que ce n'était pas pour vous chercher ! répliqua-t-elle sèchement.

– Ça n'est pas une réponse.

Elle soupira.

– Que vous le sachiez ou non, je ne vois pas la différence.

– Moi, si. Une énorme différence. Si jamais vous aviez conduit votre père ici...

– Beau-père ! s'écria-t-elle. *Mon beau-père !*

– Si vous l'aviez conduit ici...

– Qu'imaginez-vous ? J'essayais de le fuir, au contraire !

Il la dévisagea un long moment, avant de paraître se détendre.

– Ainsi, vous êtes venue seule ici, en pleine nuit ?

– Quand je suis partie, il faisait encore grand jour.

– Et vous avez suivi un chemin sans savoir où il vous mènerait ?

– Si. Je savais qu'il menait à ce village abandonné. Ce matin, Tara m'en a parlé. Elle m'a aussi expliqué que vous y aviez vécu, avant... (Elle s'arrêta, consciente de sa maladresse) ... je ... j'ignorais que je vous y trouverais. Je cherchais simplement un endroit où me réfugier.

Il hocha lentement la tête.

– Quelqu'un sait-il que vous êtes venue ici ?

– Non ! Excepté...

– Excepté ?

– Votre... fille. Jennifer a même pensé à me donner de l'eau, avant mon départ.

– Ma fille de six ans a plus de bon sens que vous. Elle aurait certainement plus de chances de s'en tirer seule en pleine nature.

– Tout allait bien avant que vous ne m'attaquiez.

– Je ne vous ai pas attaquée.

– Vous m'avez jetée à bas de mon cheval. Si ça ne ressemble pas à une attaque...

– Je vous l'ai déjà dit : je voulais m'assurer que vous étiez seule.

Tina se sentit bouillir de rage.

– Comment osez-vous imaginer que j'aurais pu conduire Warren sur vos traces ? explosa-t-elle.

Il haussa les épaules.

– Je me moque bien qu'il me suive. Mais je ne veux pas le voir ici parce que je ne veux pas que l'armée trouve cet endroit.

– Je ne comprends pas. Le village a été abandonné...

– L'armée le brûlerait. Et ça, c'est hors de question.

– Je vous assure que je cherchais simplement un refuge et pas à vous causer le moindre trouble.

– Votre seule présence est déjà un trouble, miss Warren, répondit-il sèchement.

Tina resta silencieuse un instant, avant de tourner les talons.

– Très bien. Je m'en vais.

Revenez ici !

Par pur défi, elle sortit quand même de la hutte. Il la rattrapa en un éclair et la ramena de force à l'intérieur.

– Asseyez-vous devant le feu et réchauffez vos mains, lui ordonna-t-il. Elles sont glacées.

Tina s'exécuta : elle n'avait pas vraiment le choix. Du reste, il avait raison. Elle commençait sérieusement à avoir froid. Elle s'étira devant le feu en savourant la chaleur qui réchauffait ses membres. Il s'assit à côté d'elle et lui tendit une flasque en métal.

– C'est du brandy. Ça vous fera du bien.

Elle but une gorgée d'alcool, puis une deuxième,

avant de lui rendre le flacon. Il la regardait en secouant la tête.

– Pourquoi avez-vous risqué votre vie en traversant un pays que vous ne connaissiez pas ? La nouvelle a déjà dû se répandre, chez les guerriers, que Warren a une fille. Vous ne pouvez pas savoir à quel point il est haï.

– Vous ne pouvez pas savoir à quel point je le hais moi-même.

Il resta longtemps silencieux, puis soudain il l'attira contre lui. D'abord, Tina se raidit. Mais en comprenant qu'il n'était plus fâché après elle, elle se laissa aller dans ses bras. Ils restèrent enlacés, à contempler le feu.

– Vous avez vraiment renoncé à votre mariage devant l'autel ? demanda-t-il au bout d'un moment, d'une voix amusée.

– Je n'avais pas le choix.

– Vous êtes une fille audacieuse. Mais ici, votre attitude pourrait vous perdre. Le pays est en guerre. Vous feriez mieux de rentrer à Charleston.

– Je n'ai pas voulu venir ici. On m'y a forcée.

– Jarrett connaît des officiers supérieurs capables d'influer sur Warren. Ils le convaincront que votre place n'est pas en Floride. Epousez Harrington. Après la guerre, il vous rejoindra à Charleston.

Tina s'écarta de lui.

– Voilà que vous parlez comme Warren ! l'accusa-t-elle.

Elle se releva et fit le tour de la hutte. Quelques tentures représentant des scènes de chasse ornaient les murs. Des rideaux de calicot paraient la fenêtre minuscule. Elle se tourna vers James et comprit qu'ils pensaient la même chose. Cette hutte avait été la sienne. Il y avait vécu heureux avec sa femme. Tina eut l'impression de violer un sanctuaire.

Il détourna le regard pour remettre une bûche dans le feu.

– Jarrett vous retrouvera ici demain matin, annonça-t-il.

– Mais...

– Je le connais. Il aura deviné la direction que vous avez prise. Et indiqué une autre à Warren !

– Autrement dit, si je ne rentre pas avec lui à Cimarron demain matin, je devrai m'enfoncer encore plus loin dans les marais.

Il se releva d'un bond avec colère.

– Petite idiote ! Ce serait au péril de votre vie ! (Il se baissa pour dérouler d'épaisses couvertures qu'il lui désigna du doigt.) J'ai peur que ce ne soit pas aussi confortable que la maison de mon frère, mais pour cette nuit ce sera votre lit, miss Warren.

Tina hésita une seconde. Mais elle mourait de fatigue et n'avait pas plus le choix que tout à l'heure.

Elle s'assit sur les couvertures, puis s'étira de tout son long. Voyant que James l'observait sans mot dire, elle lui lança un regard hargneux.

– Bon sang ! explosa-t-il, avant de la rejoindre sur les couvertures.

Tina ferma les yeux. Elle sentit ses lèvres impérieuses s'emparer des siennes et l'attira plus près d'elle pour mieux sentir ses muscles sous ses doigts.

Tout en la caressant, James défaisait un à un les boutons de sa robe, qu'il finit par lui enlever totalement. Puis il dénoua le lacet de son corset, l'enleva à son tour et laissa courir ses lèvres sur ses seins nus, faisant frissonner Tina de plaisir.

Il acheva de la déshabiller. Quand elle se retrouva

entièrement nue, il se hâta d'ôter son vêtement, puis il s'étendit sur elle et, en l'embrassant de nouveau, il la pénétra brutalement comme s'il n'avait pu résister davantage à l'urgence de son désir.

Tina ferma les yeux. Elle se sentait consumée par un feu plus ardent que celui qui brûlait dans le foyer. C'était encore plus fort et plus beau que leurs premiers enlacements. Pourtant, une fois leur étreinte achevée, elle se demanda pourquoi elle lui cédait si facilement, alors qu'elle savait qu'il la considérait toujours comme son ennemie.

Ils restèrent silencieux un long moment, puis James la serra violemment contre lui.

– Le diable vous emporte ! murmura-t-il tendrement.

Tina en eut les larmes aux yeux.

– Le diable vous emporte ! répliqua-t-elle, au comble de l'émotion.

– Il faut comprendre que vous devez rentrer à Charleston. La guerre va empirer. Je vous en conjure, Tina, partez pendant qu'il en est encore temps. (Sa voix se durcit.) Je ne peux pas vous protéger de Warren, ni des autres dangers. Je n'ai pas de maison à moi, comprenez-vous. Je change de lieu chaque jour. Nos vies ne pourraient pas s'accorder.

– Peu importe l'endroit où je vis, du moment qu'*il* ne s'y trouve pas... murmura Tina.

Il l'embrassa tendrement sur l'épaule et ce geste faillit la faire pleurer.

– Jarrett fera tout son possible pour vous aider. Il demandera à Jésup de convaincre Warren de vous laisser tranquille. Mais pour votre sécurité, vous devez quand même partir.

– Je n'ai pas peur...

– Alors, c'est que vous êtes inconsciente.

– James...

– *Ours-Rapide,* ne l'oublie pas.

– Un autre nom suffit-il à faire de vous un homme différent ?

– Parfois, oui, répondit-il gravement, avant de reprendre, souriant : Je suis résolu à vous éloigner de ma vie et du danger, miss Warren. Mais je suis heureux que nos chemins se soient croisés.

Leurs lèvres se frôlèrent et Tina faillit succomber une nouvelle fois, mais elle trouva la force de le repousser.

– Vous voulez m'éloigner de votre vie ! l'accusa-t-elle.

– Dès demain matin, confirma-t-il. Mais cela nous laisse encore toute la nuit. Quand vous aurez retrouvé votre lit confortable à Charleston, je veux que vous vous souveniez du plaisir qu'on peut prendre sur une couche de fortune dans la hutte d'un sauvage. Dans les bras de ce sauvage...

– Je vous déteste ! cria Tina, en essayant de lui échapper.

Mais les bras du sauvage étaient très forts. Aussi forts que ses lèvres étaient sensuelles.

Elle le haïssait, ça oui !

Mais elle le désirait tout autant...

10

Tranquillement accoudée à la balustrade de la terrasse, Tara regardait Michaël Warren s'approcher de la maison. Sans doute n'aurait-elle pas affiché la même sérénité si elle n'avait pas su Robert Trent à l'intérieur, prêt à intervenir. Leur voisin et ami avait raccompagné jusqu'à Cimarron les deux soldats qui avaient cru pouvoir trouver Tina chez lui.

Tara avait du mal à imaginer que Warren ose tenter quoi que ce soit contre elle-même. Il savait pertinemment que Jarrett était l'un des propriétaires les plus influents de la région et qu'il entretenait d'excellentes relations avec les membres de l'état-major. Par précaution, Tara préférait cependant pouvoir compter sur la présence de Robert, ainsi que sur celles de Rutger, leur solide régisseur d'origine allemande, et de Charles. Malgré ses manières parfaitement policées et son habit impeccable, Charles était un grand gaillard capable d'en imposer. Avec ces trois hommes pour la défendre, Tara n'avait plus rien à redouter de Warren.

Il s'arrêta au pied du perron.

– Où est ma fille, madame McKenzie ?

– Je suis désolée, mais je l'ignore autant que vous, colonel.

– Voulez-vous savoir ce que je pense ?

– J'en serais très honorée, répondit Tara d'un ton sarcastique qui sembla échapper à Warren.

– Je pense que votre beau-frère a kidnappé ma fille.

– C'est absurde, colonel. James n'enlèverait jamais personne.

– Nous sommes en guerre, madame McKenzie. Et James McKenzie est un Peau-Rouge. Un Séminole. Autant dire, un renégat !

Tara crispa ses mains sur la balustrade, refrénant sa colère.

– Votre fille désirait peut-être simplement un peu de tranquillité. Elle aura voulu s'isoler dans la forêt. Jarrett est parti à sa recherche. Je suis sûre qu'il la trouvera.

– Avant ou après les sauvages, madame McKenzie ? Avant ou après les alligators ?

– Colonel Warren, comme vous le savez déjà, les alligators ne s'attaquent pas à des proies aussi grosses, sauf si on les provoque. Tina est assez intelligente...

– La Bible explique que toute fille doit obéir à son père, l'interrompit Warren. C'est la volonté de Dieu ! Du jour où j'ai épousé sa mère, je suis devenu le père de Tina. Si j'estime qu'il est bon pour elle de se marier, elle n'a pas à discuter mon choix. Dans l'immédiat, j'aimerais savoir si elle s'est enfuie de son propre chef ou avec la complicité de ce sang-mêlé.

– Colonel, j'aimerais beaucoup que vous évitiez d'appeler James McKenzie « ce sang-mêlé » lorsque vous vous trouvez chez moi.

Warren leva un doigt menaçant.

– Si c'est lui qui l'a kidnappée, il le paiera très cher. Et vous aussi !

– Vous vous trompez lourdement en croyant que James irait enlever une femme alors qu'elles sont si nombreuses à rechercher sa compagnie. Oubliez donc vos soupçons, avant de provoquer un incident qui aggraverait encore la situation avec les Indiens.

– Je veux avoir retrouvé ma fille d'ici demain matin, madame McKenzie, décréta Warren. Un point, c'est tout.

Il tourna les talons et repartit vers son bateau.

Tara soupira longuement. Malgré elle, elle tremblait. De rage contre Warren et d'angoisse pour Tina et James. En s'enfuyant, Tina avait voulu échapper à la cruauté de son beau-père. Elle n'avait sans doute pas imaginé une seconde que Warren accuserait James de l'avoir kidnappée. Et qu'arriverait-il à Tina, seule dans la forêt, si Jarrett perdait sa trace ?

Tara se décida à rentrer dans la maison, soucieuse. L'accueil de ses trois protecteurs lui fit retrouver le sourire.

– Vous avez témoigné d'un courage digne d'une McKenzie ! la félicita Robert.

– Je suis très fier de vous, madame, confirma Charles, tandis que Rutger marquait son approbation en hochant vigoureusement la tête.

– Hélas, rien n'est résolu, répondit Tara. Si Jarrett ne retrouve pas Tina, qui sait quel danger l'attend ! Et Warren est capable de tirer au canon sur cette maison !

– Jarrett connaît ce pays comme personne, madame McKenzie, la rassura Rutger. Il la retrouvera.

– A moins que monsieur James ne s'en soit déjà chargé, ajouta Charles, d'un air entendu.

Tina le regarda, étonnée. Il semblait très sûr de lui.

– N'oubliez pas nos appuis politiques, intervint Robert. Il en va des militaires comme des Indiens, certains sont cruels, d'autres sont bons et loyaux. Si Warren se montre trop menaçant, nous arriverons bien à convaincre ses supérieurs de l'obliger à en rabattre.

– Dieu vous entende... murmura Tina.

De retour à bord, Michaël Warren rejoignit le capitaine du navire, Julian Weatherby. Sur les quarante-deux hommes d'équipage du *Lyssandra,* à peine plus de la moitié étaient d'authentiques marins de la navy – dont Weatherby, bien sûr. La difficulté du gouvernement à recruter des troupes pour cette guerre contre les Indiens, l'obligeait à embarquer de simples soldats d'infanterie sur nombre de ses vaisseaux chargés de patrouiller les eaux de la Floride.

Né au milieu des bayous de Louisiane, Weatherby se sentait aussi à l'aise dans les marais de Floride qu'un alligator. Il avait lié amitié avec beaucoup d'Indiens, dont il estimait le mode de vie et les coutumes. Tout naturellement, il détestait Warren. Mais ce dernier, en tant que colonel, était son supérieur, bien qu'il n'appartînt pas à la navy. Weatherby était bien forcé de lui obéir.

– Ont-ils retrouvé votre fille, colonel ? demanda-t-il poliment, même s'il avait déjà deviné la réponse en voyant les traits crispés de Warren.

– Evidemment, non. Il est clair, à présent, que ce maudit sang-mêlé l'a capturée.

Weatherby secoua la tête.

– Je connais James McKenzie, colonel. Ce n'est pas le genre d'homme à kidnapper qui que ce soit. Et encore moins une femme. D'autant qu'il pleure toujours la mort de la sienne.

– Renoncez à votre compassion pour les Peaux

Rouges, capitaine. Elle finira par vous coûter votre scalp.

– Je connais bien McKenzie, insista Weatherby. C'est un homme d'honneur.

– Homme d'honneur ou pas, si demain matin je n'ai pas récupéré ma fille, ce sera un Indien mort.

– Sang-mêlé, rectifia Weatherby.

– Vous êtes sous mes ordres, capitaine ! lui rappela Warren.

– C'est exact, colonel. Pardonnez-moi, s'excusa Weatherby.

Il laissa Warren quitter sa cabine en ruminant sa rage. Il n'avait aucune raison de risquer sa vie, ni celle de son équipage, simplement parce que le colonel avait décidé d'en découdre avec McKenzie. Il savait que James ne tuerait personne de gaieté de cœur, mais en cas d'attaque, il se défendrait comme un beau diable et tous les Indiens viendraient à son secours.

Weatherby était un militaire. La guerre ne lui faisait pas peur, mais il ne voulait pas courir au suicide pour le bon plaisir de Warren !

Le capitaine s'apprêtait à se coucher quand il l'entendit haranguer l'équipage sur le pont.

– Quand vous voyez un petit scorpion, vous ne vous dites pas, attendris : « Tiens, voilà un bébé scorpion. Je vais le laisser vivre. » Non ! Vous savez qu'il va grandir, qu'il deviendra agressif et que sa piqûre sera dangereuse. Alors, vous l'écrasez. Pareil pour les serpents. Quand ils sont tout petits, ils n'ont pas beaucoup de venin, mais pensez à ce qu'ils deviendront plus tard. Les Indiens ressemblent à ces scorpions et à ces serpents. Surtout les Séminoles. Plus on les laisse grandir, plus ils sont dangereux. Un bon

Indien est un Indien mort, ne l'oubliez jamais. Si ma fille n'a pas été retrouvée demain matin, nous nous enfoncerons dans les marais pour exterminer ces sauvages !

Une clameur d'approbation salua son discours.

Weatherby grimaça. Ces soldats étaient encore des « bleus », sinon ils n'auraient pas accueilli de telles paroles avec autant d'enthousiasme. Quand ils se seraient un peu frottés aux Séminoles, ils comprendraient vite leur douleur.

Weatherby se résolut enfin à se coucher, plus soucieux que jamais. La journée du lendemain s'annonçait pénible.

James se réveilla un peu avant l'aube. En ouvrant les paupières, il vit Tina allongée contre lui, si douce et si féminine. Il ferma les yeux. Cette vision lui avait soudain rappelé des souvenirs. Pendant des années, il s'était ainsi réveillé chaque matin en tenant une femme dans ses bras.

Naomi lui manquait terriblement. Il s'était jeté dans la guerre pour oublier son chagrin et jamais il n'avait imaginé se réveiller un beau matin aux côtés d'une délicate jeune fille blanche venue de la ville. Même si cela était très agréable, ça ne pouvait pas durer. A cause de la guerre. Et parce qu'il n'était pas un planteur blanc, comme Jarrett, mais un sang-mêlé qui dormait plus souvent dans les bois que sous un drap.

Naomi était née en Floride. C'était une femme de ce pays. Elle avait toujours partagé la vie des Indiens. Tandis que Tina...

James la contempla longuement, sans bouger, fasciné par sa beauté. Elle l'attirait depuis le début. Lorsqu'il lui avait fait l'amour, il n'avait pas été obligé de fermer les yeux en pensant à Naomi. Tina était la première femme à lui avoir fait oublier son chagrin – mais aussi à le rendre plus malheureux qu'avant. A peine s'étaient-ils rencontrés que leurs vies devaient se séparer. Tina ne pourrait pas survivre dans les marais.

Il promena tendrement un doigt le long de son dos, en prenant garde de ne pas la réveiller. Elle gémit dans son sommeil et se tourna pour se blottir contre lui. Elle semblait si innocente que James eut soudain envie de la protéger contre Warren. Depuis qu'il connaissait Tina, il haïssait encore plus cet homme.

Elle ouvrit les yeux et le regarda, encore à moitié endormie, avant de les refermer en soupirant. Il se pencha pour embrasser ses lèvres, sa gorge, ses seins... Puis il lui fit tendrement l'amour, la laissant se réveiller progressivement pour qu'elle profite pleinement du plaisir qu'il lui offrait. Quand elle rouvrit les yeux, James lut dans son regard qu'elle s'abandonnait totalement à lui.

Ils étaient encore enlacés lorsqu'un bruit de sabots se fit entendre. James se releva d'un bond et saisit sa carabine posée près du foyer.

– James !

Il se détendit en reconnaissant la voix de son frère. Jarrett poussait déjà le battant alors qu'il n'avait pas fini d'enfiler son pantalon.

Tina était encore couchée. Elle remonta les couvertures jusqu'à son menton et James se demanda comment elle supporterait d'être découverte ici, avec lui. Mais de toute façon il était trop tard pour revenir en arrière.

– James, nous avons de gros ennuis, annonça Jarrett en entrant dans la hutte. Miss Warren s'est enfuie et le colonel...

Jarrett s'arrêta au milieu de sa phrase. Il venait de découvrir Tina.

– Doux Jésus ! murmura-t-il en refermant la porte derrière lui.

– Elle sait qu'elle doit rentrer, déclara James d'une voix sèche. Je vois mal son père accepter de la confier à un sang-mêlé.

– Il est évident qu'elle doit rentrer... commença Jarrett.

– Pourriez-vous arrêter de parler de moi comme d'un objet ? le coupa Tina.

Jarrett regarda son frère, interloqué. James haussa les épaules.

– Elle est incroyablement bornée. Je comprends que Warren ait des difficultés avec elle. Elle va repartir avec toi, mais nous devons trouver un moyen d'empêcher son beau-père de la traîner derrière lui à travers toute la Floride. Si jamais des guerriers l'attaquent, il est certain qu'elle mourra aussi. De toute façon, il va la battre.

Tina soutint son regard.

– Je ne crains pas mon beau-père, dit-elle. Je le hais, mais je n'ai pas peur de lui.

– Vous n'avez pas le bon sens d'avoir peur quand il le faudrait, répliqua James.

– Ecoutez-moi, tous les deux, intervint Jarrett. Nous avons la solution : Harrington est avec moi. Il est revenu de Tampa. Il saura convaincre Warren de laisser sa fille à Cimarron.

– Comment peux-tu en être aussi sûr ? demanda James.

Jarrett hésita.

– Eh bien... il suffirait que...

James hocha la tête.

– J'ai compris. Il suffirait qu'il annonce à Warren qu'il accepte d'épouser Tina, c'est ça ?

– Oui, répondit Jarrett.

– Je refuse ! s'exclama Tina en se redressant.

James se tourna vers elle.

– Vous n'avez pas le choix.

– Ce n'est pas...

– Bon sang, Tina, cessez de vous entêter ! Vous ne pouvez pas continuer à vous enfuir dans les marais ! (Il se tourna vers son frère :) Je te fais confiance pour prendre soin d'elle.

– Je ferai de mon mieux, assura Jarrett.

– Non ! protesta de nouveau Tina.

James aurait juré qu'elle était prête à pleurer. De colère sans doute. Elle semblait vraiment furieuse.

– Je vais ressortir pendant que... euh... vous vous habillez, miss Warren, dit Jarrett. Nous devons partir immédiatement, sinon votre beau-père lancera ses hommes à nos trousses. Il ne faudrait pas qu'ils viennent jusqu'ici.

Dès qu'il eut refermé la porte, James s'approcha de Tina. Il avait une terrible envie de la rejoindre sous les couvertures, d'oublier le monde extérieur et de lui refaire l'amour.

C'était pure folie, bien sûr, mais tout d'un coup il ne voulait plus se préoccuper de Warren, ni de la guerre ni de rien d'autre. Après tout, les marais étaient si grands qu'il trouverait toujours un endroit où se cacher avec Tina. Mais s'il l'emmenait avec lui, il deviendrait complètement hors la loi. Les soldats tortureraient ses frères de sang pour obtenir des renseignements à son sujet. Et Tina ne pourrait plus jamais goûter au confort dans lequel elle avait toujours vécu...

– Habillez-vous, lui ordonna-t-il sèchement.

– Je sais que je dois partir d'ici, dit-elle. Je ne veux pas que Warren trouve ce village...

– S'il le trouvait, il signerait son arrêt de mort, assura James d'un ton résolu.

– Je veux bien rentrer, mais je n'ai pas changé d'avis sur l'essentiel. Je n'épouserai pas un homme que je n'ai pas choisi.

– Harrington vous aime.

– Moi, je ne l'aime pas.

– Vous ne lui avez même pas donné sa chance.

Tina resta silencieuse un moment, avant de déclarer :

– Ne vous inquiétez pas. Je ne dirai rien qui puisse vous trahir.

– Je n'ai pas peur de Michaël Warren. Au contraire. J'espère même avoir un jour la chance de le tuer.

– Ou c'est lui qui vous tuera.

– Il mourra avant moi.

– Vous n'êtes pas invincible !

– Je vous dis qu'il mourra avant moi.

Tina ne répliqua pas. Elle se leva et commença aussitôt à s'habiller. James la contemplait, émerveillé par sa beauté. Il s'approcha pour l'aider à boutonner sa robe.

– John est un bon garçon, se força-t-il à dire.

– Précisément ! C'est pour cela que je ne veux pas lui mentir.

– Alors, ne lui mentez pas. Mais donnez-lui sa chance.

Avant que Tina ait pu lui répondre, il quitta la hutte sans se retourner.

Dehors, Jarrett et Harrington discutaient tranquillement, à côté de leurs montures. Jarrett avait dû inventer un mensonge plausible pour justifier auprès de son compagnon la présence de Tina dans la hutte de James. En tout cas, John ne se doutait de rien, à en juger par le sourire avec lequel il accueillit James. Harrington était tombé amoureux de Tina le jour de leur rencontre. James pouvait difficilement le lui reprocher, lui-même ayant succombé à son charme avec tout autant de rapidité.

– Merci d'avoir retrouvé Tina avant qu'elle ne soit en danger, fit John.

– Il n'y a pas beaucoup d'Indiens à proximité, répondit James.

– Je pensais aux animaux sauvages. Ce Warren est vraiment une crapule, pour que sa fille préfère affronter les serpents et les alligators plutôt que de le suivre. (Il serra les poings.) Je jure que je ferai tout mon possible pour la protéger de ce monstre.

– Protège-la aussi de la guerre, John.

– Tu peux avoir confiance en moi.

– Je sais.

– Il est temps de partir, à présent, les interrompit Jarrett. Elle est prête.

James se retourna. Tina était sortie de la hutte. Elle les attendait, droite et digne, mais son regard trahissait le tumulte de ses sentiments.

James alla détacher la jument de Tina et aida la jeune fille à monter en selle.

– Soyez prudente, lui recommanda-t-il.

Comme elle restait silencieuse, il se tourna vers son frère :

– Prends soin d'elle.

– Ne t'inquiète pas, lui promit Jarrett en enfourchant sa monture.

James serra ensuite la main de John, avant de se retourner vers Tina. Elle le regardait froidement.

– Au revoir, miss Warren.

– Au revoir, monsieur McKenzie.

James se recula et les chevaux partirent. Il les regarda s'éloigner sur le chemin. Au bout d'un long moment, Tina se retourna enfin...

Il la salua de la main.

– Nous nous reverrons, miss Warren, murmura-t-il. Nous nous reverrons.

11

– Ainsi, te revoilà parmi nous, Ours-Rapide. Le séjour chez ton frère t'a rappelé qu'une seule goutte de sang indien fait de toi un Peau-Rouge.

Au lieu de répondre tout de suite, James s'assit par terre en croisant les jambes devant le feu qui chauffait la hutte d'Osceola. Le chef indien était un très bel homme, avec ses pommettes hautes, ses fins sourcils et son regard pénétrant. Un homme fier, également, qui n'admettait pas facilement ses faiblesses. Mais James n'était pas dupe. Il voyait bien qu'Osceola n'était plus que l'ombre de lui-même. La maladie le minait.

– Je suis venu vous avertir que je conduirai bientôt les survivants d'une tribu jusqu'à Fort Brooke. Il n'y a plus aucun guerrier. Ils sont tous morts. Leurs veuves sont épuisées et les enfants affamés.

Osceola contempla longuement le feu, avant de répondre :

– Le général Jésup est un ennemi redoutable.

James haussa les épaules.

– Il obéit aux ordres des politiques.

Osceola soupira tristement.

– Quels imbéciles ! Ils s'imaginent qu'il leur suffirait de me capturer pour mettre fin à la guerre. Ils ne comprennent pas que chaque guerrier combattra jusqu'à la mort pour défendre notre territoire. (Il secoua la tête, avant d'ajouter :) Ton frère est toujours neutre ?

– Jarrett n'entrera jamais en guerre contre le peuple de sa belle-mère. Si jamais lui ou sa famille étaient attaqués, il se défendrait, bien sûr. Mais je ne vois pas quel Indien s'en prendrait à eux.

Osceola contempla encore le feu. James l'imita.

Cela faisait plus de dix jours, à présent, qu'il n'avait pas revu son frère. Le lendemain du jour où Jarrett avait ramené Tina, il s'était rendu secrètement à Cimarron et avait appris de la bouche de Charles les informations qui l'intéressaient. Le jeune Harrington avait joué à la perfection son rôle de prétendant inquiet pour la sécurité de sa fiancée. Sermonnée par Tara, Tina avait consenti à ne pas jeter d'huile sur le feu. Finalement, Warren avait accepté qu'elle reste à Cimarron.

James avait attendu la nuit pour retrouver discrètement son frère dans la bibliothèque. Personne d'autre n'avait été averti de sa visite. Il était reparti dans les bois en renonçant à son désir d'aller rejoindre une nouvelle fois Tina dans sa chambre. Après tout, ils s'étaient dit au revoir. Et ne lui avait-il pas demandé de considérer Harrington comme son futur mari ?

– J'ai des informations dont tu ne disposes certainement pas encore, dit soudain Osceola, rompant son silence.

– Concernant mon frère ? demanda James, vaguement inquiet.

– Non. Concernant les Blancs. Le général Jésup a reçu des ordres de son grand chef, le nouveau ministre de la Guerre. Un dénommé Poinsett.

– Et alors ?

– Poinsett exige que nous partions tous vers l'Ouest. La guerre va donc continuer.

– Pensiez-vous qu'il aurait pu en être autrement ?

– L'espoir n'est jamais interdit. J'ai du mal à comprendre pourquoi les Blancs veulent à tout prix conquérir cette terre inhospitalière. Après le départ des Indiens, les conditions de vie dans les marais seront toujours difficiles, les serpents et les alligators infesteront encore les lieux.

James haussa les épaules. Il ne se l'expliquait pas lui-même.

– Tina !

Elle était assise sur la pelouse, entre la maison et la rivière, occupée à brosser les cheveux de Jennifer, tandis que Ian dormait paisiblement dans son couffin. En entendant crier son nom, elle releva la tête et aperçut John Harrington. Son bateau venait d'accoster le ponton. Il se précipitait déjà à terre pour la rejoindre.

Tina l'aimait beaucoup. Il était si gentil et prévenant avec elle ! Elle se sentait affreusement coupable de lui faire de la peine, sachant qu'elle ne pourrait jamais lui retourner l'amour qu'il lui offrait. Elle le considérait comme un bon ami d'agréable compagnie. Malheureusement, c'était tout...

Depuis qu'elle était revenue à Cimarron, Tina se rendait bien compte que Tara ne la regardait plus tout à fait comme avant. Jarrett avait dû lui raconter dans quelles circonstances il l'avait retrouvée. Dieu merci, Tara ne lui avait posé aucune question indiscrète. Tina lui en était d'autant plus reconnaissante qu'elle n'aurait pas su quoi lui répondre. Si elle était certaine de ne pas aimer John Harrington, elle n'aurait pas su dire ce qu'elle ressentait exactement pour James.

Serait-elle prête à le suivre dans les marais s'il le lui demandait ? De toute façon, il ne le lui demanderait jamais...

James avait été attiré physiquement par elle. Rien de plus. Il n'entendait ni changer de mode de vie ni lui ménager une place à ses côtés. D'ailleurs, depuis qu'elle était rentrée à Cimarron, il n'avait même pas cherché à la revoir.

Pourtant, Tina ne pensait qu'à lui. La nuit, c'était de James qu'elle rêvait. Et elle passait ses journées à espérer sa visite.

Sans doute était-ce cela qu'on appelait l'amour...

Quoi qu'il en soit, elle se sentait d'autant plus coupable vis-à-vis de John. Elle se releva pour l'accueillir. Il l'embrassa sur la joue avant de se pencher vers Jennifer :

– Bonjour, miss Jennifer McKenzie. Comment allez-vous ?

Jennifer esquissa une révérence en souriant.

– Très bien, lieutenant Harrington, merci.

– Je suis heureux de l'entendre. Seriez-vous assez aimable, miss Jennifer, pour aller trouver votre tante et lui demander d'accepter à sa table un soldat affamé ?

Jennifer hocha vigoureusement la tête et courut remplir sa mission.

Tina devina qu'il avait écarté la fillette pour qu'ils puissent parler tranquillement.

– Que se passe-t-il ? demanda-t-elle, vaguement inquiète.

– Rien de grave, la rassura John. (Il prit le couffin de Ian et accompagna la jeune fille vers la maison.) Je voulais simplement vous informer.

– De quoi ?

– Plusieurs dizaines de Séminoles sont détenus à Tampa, dans un camp. Osceola a lancé une offensive pour les libérer.

– La guerre va donc s'aggraver...

– On raconte que James McKenzie a aidé Osceola dans son entreprise.

– J'ai du mal à le croire, répliqua Tina. Il n'aurait pas voulu se mettre dans une situation délicate vis-à-vis des Blancs. Et encore moins exposer son frère.

– Je ne le crois pas non plus. James a toujours évité d'attaquer les Blancs, sauf quand lui-même était agressé. Ce qui lui a valu d'être respecté des deux côtés. Il n'aurait pas bêtement sacrifié sa position. (Il hésita, avant d'ajouter :) Tina, il y a une autre rumeur ; on dit aussi qu'il vous aurait enlevée, mais que nous refusons, vous et moi, de le reconnaître parce que nous avons pris parti pour les Indiens.

– Mon Dieu ! Si seulement j'avais pu deviner cela, jamais je ne me serais enfuie !

– Ne vous accusez pas, Tina ! D'ailleurs, James ne le voudrait pas.

– Oh, John, je suis sûre que je vous cause aussi des...

– Il m'est très agréable d'annoncer à tout le monde que je suis fiancé à la plus belle jeune femme de Floride.

– Mais...

– Chut ! (Il s'arrêta de marcher.) Je n'ignore pas que vous ne souhaitez pas devenir ma femme. Mais sachez que je serai toujours heureux de pouvoir vous rendre service... (Il hésita, avant d'ajouter :) ... ainsi qu'à James.

Tina le regarda, intriguée.

– Un jour, il m'a sauvé la vie, précisa John.

– Comment cela ?

– Lors d'une échauffourée au bord d'une rivière. Un guerrier m'avait saisi par les cheveux. Il était prêt à me scalper, mais James est intervenu et l'a obligé à me relâcher. (John haussa les épaules.) Nous sommes devenus amis du jour où nous nous sommes rencontrés. Précisément dans cette maison. J'espère ardemment que nous ne serons jamais obligés de nous combattre.

– Je suis heureuse qu'il vous ait sauvé la vie. Vous le méritiez.

Il s'apprêtait à répondre, quand plusieurs détonations les firent sursauter tous les deux. En aval du fleuve, d'où provenait le bruit, des dizaines d'oiseaux s'enfuirent au-dessus des arbres.

– Une fusillade ! s'exclama John.

Il confia le couffin à Tina, s'apprêtant déjà à regagner son bateau.

– Attendez ! l'arrêta Tina. Où allez-vous ?

– Nous devons descendre le fleuve, lui expliqua John. Des soldats ont peut-être besoin de notre aide.

– Je viens avec vous !

– Quoi ?

Tina se précipita vers la maison. Charles était sorti sur la terrasse. Une main en visière au-dessus de ses yeux, il regardait dans la direction d'où étaient venus les coups de feu. Tina lui confia prestement le couffin – par miracle, Ian dormait toujours.

– Ne le secouez pas trop, lui dit-elle avant de tourner les talons.

– Une minute, miss Warren... ! s'écria Charles.

Elle courait déjà vers le bateau où John venait juste de monter. Des marins s'affairaient à dénouer les cordages qui le retenaient au ponton.

– Attendez ! cria-t-elle.

John, occupé à converser avec un officier, la vit prendre son élan pour sauter à bord. Il était trop tard pour l'en empêcher. Elle serait tombée à l'eau.

– Tina ! s'exclama-t-il au moment où elle se rétablissait sur le pont. C'est de la folie ! Vous ne pouvez pas venir...

– Si ! Je veux voir...

– Il ne s'agit sans doute que d'un accrochage.

Quelques officiers les entourèrent. Certains regardaient Tina avec curiosité, d'autres avec amusement. John l'attira contre lui.

– Je vous présente ma fiancée, messieurs. Miss Tina Warren.

– Une lady n'a pas sa place dans les zones de

combat, décréta un jeune homme qui parlait avec l'accent du Tennessee.

– Après tout, pourquoi pas, répliqua un autre. Puisque la fille de Warren est fiancée à un lieutenant, il n'est pas plus mal qu'elle découvre à quoi ressemble notre vie. (Il tendit la main.) Je me présente : Thomas Brandeis, chirurgien aux armées. Si vous avez assez d'estomac pour m'aider sur le terrain, alors vous êtes la bienvenue à bord, miss.

Tina lui serra la main.

– Avez-vous prêté le serment d'Hippocrate, docteur ?

– Bien sûr.

– Et comment agiriez-vous devant un Indien blessé ?

Thomas Brandeis haussa les épaules.

– Chère miss Warren, je ne partage pas les opinions de votre père sur les Indiens. Je m'occupe de tous les blessés, quelle que soit la couleur de leur peau. Alors, me suivrez-vous ?

– Je refuse qu'elle soit exposée au danger ! protesta John.

Tina décida de ne pas l'écouter.

– Je vous suivrai, docteur, répondit-elle d'une voix ferme.

– Tina ! lui chuchota John. Si ma fiancée ne m'écoute pas, comment voulez-vous que mes hommes m'obéissent ?

– C'est très simple. Ne les laissez pas entendre ce que vous souhaitez me dire et ainsi ils ne connaîtront pas nos désaccords.

– Il s'agit plutôt de désobéissance.

– John, pour l'amour de Dieu, je n'obéis à personne. Vous devriez commencer à le savoir ! Il n'y a pas à discuter. Je viens avec vous.

Il était trop tard pour l'en empêcher. Le bateau descendait déjà le fleuve et se rapprochait du lieu de la fusillade.

– Je promets de veiller à votre sécurité, lui dit John.

– Qu'arrivera-t-il si nous tombons sur James ?

– Les Séminoles sont très nombreux. Il n'est pas...

– Mais à supposer qu'il se trouve là ?

– Le regarderez-vous mourir ?

– John ! Je vous en conjure...

– Nous arrivons ! s'écria-t-il en s'éloignant pour distribuer des ordres à ses hommes.

Faute de ponton pour accoster, l'équipage jeta l'ancre au milieu du fleuve avant de mettre à l'eau des canots où les soldats s'entassèrent avec une discipline toute militaire.

John partit avec les premiers. Le Dr Brandeis était allé chercher sa trousse de secours. Au moment de quitter le bateau, il se retourna vers Tina et lui tendit la main.

– Venez-vous ?

Elle n'hésita pas une seconde. Elle courut vers lui et accepta sa main. Il l'aida à descendre dans le canot où huit soldats avaient déjà pris place.

Au même instant, on entendit de nouvelles détonations, très rapprochées.

– Baissez la tête, miss ! lui conseilla un soldat.

– Merci, répondit Tina en s'exécutant.

Le canot atteignit la rive du fleuve. Aussitôt, les soldats bondirent pour tirer l'embarcation sur la berge, avant que Tina et le docteur descendent à leur tour.

A peine eut-elle fait quelques pas qu'elle aperçut des corps étendus dans l'herbe. Elle ne put retenir un cri en s'approchant du premier.

C'était un Indien. Ses yeux grands ouverts fixaient le néant. Il était torse nu et son ventre, déchiré par une baïonnette, était couvert de sang. Tina crut qu'elle allait défaillir, mais un gémissement derrière elle la fit se retourner.

Un jeune soldat blond grimaçait de douleur. Sa tunique bleue était maculée de sang au niveau de l'épaule. Quand Tina s'approcha, il rouvrit brusquement les yeux.

– Ô Dieu, je dois être mort. Je vois un ange !

Tina s'agenouilla à côté de lui, bientôt rejointe par le Dr Brandeis.

– Tu as reçu une balle, mon garçon ?

– Oui, monsieur.

Le médecin lui déchira sa tunique.

– Passez-moi la pince à extraire les balles, ordonna-t-il à Tina.

Elle n'avait même pas assisté à un accouchement de sa vie, pourtant, en fouillant dans la trousse du docteur, elle trouva immédiatement l'instrument désiré. Elle le lui tendit. Brandeis réclama ensuite un scalpel.

Ses ordres étaient secs et précis. Tina soutint le soldat pendant qu'il retirait la balle. Après quoi, elle lava la blessure à l'alcool, en essayant de ne pas entendre les cris de douleur du soldat, puis le docteur sutura la plaie et termina son travail en bandant l'épaule du blessé.

– Ça ira pour toi, mon garçon, lui dit-il. Les autres viendront te chercher tout à l'heure, ajouta-t-il en se relevant. Venez, miss Warren.

En se levant pour suivre le chirurgien, elle vit que sa robe était couverte de sang.

Brandeis déambulait parmi les corps. D'un seul coup d'œil, il repérait ceux qui n'avaient plus besoin de ses soins et ceux qui étaient seulement blessés. Il s'arrêta auprès d'un soldat touché au ventre et se contenta de lui administrer un calmant.

– Le malheureux n'en a plus pour très longtemps, expliqua-t-il à Tina.

Elle hocha la tête et continua de le suivre, bien qu'elle frissonnât de la tête aux pieds. Brandeis avait dit vrai : il se penchait aussi bien sur les soldats que sur les Indiens.

On n'entendait plus un seul coup de feu, à présent. Tina en conclut que l'échauffourée était terminée. Ils s'enfoncèrent dans les buissons, où ils trouvèrent d'autres corps.

Tina aida le docteur à panser un soldat gravement touché à la jambe. Les médecins de Fort Brooke seraient sans doute obligés de l'amputer. En attendant, Tina et le chirurgien le bandèrent de leur mieux puis lui firent boire un peu de whisky.

– Nous patrouillions en espérant surprendre des Indiens et ce sont eux qui nous ont surpris, expliqua le soldat entre deux grimaces de douleur.

Brandeis lui administra un somnifère et le blessé ferma rapidement les yeux.

– Pendant qu'il dormira, il oubliera son infortune, commenta Brandeis en se relevant pour se diriger vers un autre patient.

Tina le suivit encore, bien que cela lui parût de plus en plus difficile. Elle n'en pouvait plus de voir tous ces corps, blancs ou indiens, fauchés dans leur jeunesse par cette guerre atroce.

Soudain, son regard fut attiré par un Séminole étendu face contre terre. Il semblait grand, large d'épaules. Il était torse nu et ses cheveux noirs couvraient sa nuque. Son dos était taché de sang.

Le cœur battant, Tina s'agenouilla pour le retourner. Elle soupira de soulagement en constatant que ce n'était pas James. Sa blessure était vilaine, mais il respirait encore.

Tina s'apprêtait à appeler Brandeis, quand un bruissement dans les fourrés l'alerta. Elle releva la tête et resta muette de stupeur en voyant James venir droit sur elle. Il l'avait sans doute épiée un moment depuis sa cachette.

Tina mourait d'envie de se jeter dans ses bras. Il paraissait incroyablement fort et puissant, comme s'il avait pu défier l'armée entière à lui tout seul.

Sans un mot pour elle, il s'agenouilla près du blessé.

– Le Dr Brandeis est très compétent, risqua Tina. Il soigne aussi bien les Séminoles que les...

– Chut ! la coupa-t-il.

Il examina la blessure du guerrier, qui rouvrit brusquement les yeux. James lui murmura quelques mots dans sa langue et l'autre hocha gravement la tête. Puis tout alla très vite. Tina eut à peine le temps de porter une main à sa bouche et de détourner la tête en voyant James enfoncer ses doigts dans la blessure pour en extraire la balle.

Quand elle osa regarder de nouveau, étonnée de ne pas avoir entendu crier le malheureux, elle constata qu'il s'était évanoui. Mais James avait eu la balle et il déchirait déjà sa propre chemise pour en bander l'épaule du guerrier.

– Il faut désinfecter la plaie ! protesta Tina. Brandeis peut s'en charger. Ce n'est pas un mauvais homme, même s'il est du côté des soldats...

– Je n'ai jamais dit le contraire, répliqua James en redressant le guerrier, comme s'il voulait le prendre dans ses bras.

– Laissez-le donc ici... Il a besoin d'être mieux soigné, insista Tina.

– Non. C'est impossible. Votre bon docteur l'expédierait vers l'Ouest après l'avoir rendu à la vie. Yohola a toujours dit qu'il préférait mourir plutôt que de quitter son pays. Ne vous occupez plus de lui. (Il planta soudain son regard dans celui de Tina.) Dites-moi plutôt ce que vous fichez ici.

– Je... je... bégaya Tina, prise au dépourvu.

– Je vous avais pourtant dit de quitter la Floride !

– Ce n'est pas si simple...

– C'est très simple, au contraire ! Vous avez eu beaucoup de chance, aujourd'hui. Ce n'était qu'une escarmouche. Croyez-vous que vous vous en seriez aussi bien tirée au milieu d'un véritable combat ?

– J'étais venue aider...

– Bon Dieu, vous ne pouvez aider à rien du tout, miss Warren. Votre place n'est pas ici ! Rentrez chez vous !

– James...

– Brandeis ! hurla-t-il soudain.

– Chut ! s'exclama Tina, horrifiée. Vous êtes fou, quelqu'un va venir !

Elle inspecta les alentours. Heureusement, personne ne semblait avoir entendu l'appel de James. Quand elle se retourna, il avait juché le blessé sur ses épaules. A la façon dont il la regardait, elle devina qu'il essayait de lui faire comprendre qu'ils ne seraient jamais dans le même camp.

– Votre ami a besoin d'aide, insista-t-elle tout de même.

– Je m'en chargerai moi-même. (Il fit un pas vers elle et, de son bras libre, l'attira contre lui. Tina n'eut pas le temps de reculer.) Souvenez-vous de ce que je vous ai dit, miss Warren. Rentrez chez vous. Retournez dans votre petit univers de jeune lady que vous n'auriez jamais dû quitter. Et ne remettez plus jamais les pieds sur un champ de bataille.

– Bon sang, James...

– Je vous aurai prévenue ! Les Blancs ne gagnent pas toujours. Et je ne serai pas toujours là pour vous protéger. Pensez à votre scalp, petite idiote !

Il la relâcha et, après un dernier regard menaçant, il tourna les talons et disparut dans les fourrés.

Tina se retrouva brusquement seule. Comme s'il n'avait jamais été là.

12

Ce n'est que lorsque le bateau revint s'amarrer au ponton de Cimarron que Tina réalisa qu'elle était partie sans prévenir personne. Pour la seconde fois !

Tara et Jarrett l'attendaient au bord du fleuve. Dès que Tina eut descendu la passerelle, Tara, rassurée sur son sort, se précipita pour la serrer dans ses bras. En revanche, Jarrett ne semblait pas disposé à lui accorder son pardon si vite.

– Tina Warren, vous obligerez-nous à vous enfermer à double tour dans votre chambre ? demanda-t-il avec colère. Nous avons juré à votre père de veiller sur votre sécurité. A cause de votre conduite, ma parole d'honneur n'a plus aucune valeur. Sans compter que vous nous avez fait une peur bleue.

– Mon Dieu, je suis désolée ! s'exclama Tina, pleine de remords. Moi-même, j'ai eu si peur que...

– Vous aviez peur au point de vous jeter en plein milieu d'une fusillade ?

– Je... je voulais savoir si...

Soudain, Jarrett comprit qu'elle avait craint de trouver James impliqué dans cet échange de coups de feu. Si ce n'est blessé, ou mort...

– Ce qui est fait est fait, dit-il d'une voix radoucie. (Mais il retrouva toute son indignation en voyant Harrington descendre à son tour du bateau.) John... ! s'écria-t-il, d'un ton de violent reproche.

Harrington rougit jusqu'à la racine des cheveux.

– Je vous jure que je ne voulais pas l'emmener avec nous, Jarrett.

– Et moi, j'étais diablement content qu'elle soit là ! intervint Brandeis en les rejoignant. (Il serra la main de Jarrett.) Miss Warren s'est révélée une excellente infirmière. Très efficace. Grâce à elle, nous avons pu sauver quelques vies supplémentaires.

– Si seulement elle pouvait d'abord mettre ses compétences à se garder elle-même en vie ! répliqua Jarrett.

– N'en parlons plus, intervint Tara. Tout est bien qui finit bien. Venez, ma pauvre, votre robe est littéralement couverte de sang. Je vais vous faire préparer un bain. Vous restez à dîner, John ?

– Non, Tara, ce n'est pas possible. Nous avons embarqué les blessés à bord et nous devons les conduire le plus vite possible à Tampa. Certains ont besoin d'être opérés à l'hôpital.

Le Dr Brandeis s'inclina devant Tina :

– Miss Warren, puis-je dire que je vous trouve plus utile sur un champ de bataille que votre père ?

John ne put retenir un sourire.

– Rien ne vous empêche de le dire, si vous ne craignez pas de passer en cour martiale... ou de recevoir une balle perdue !

Brandeis haussa les épaules. Il prit la main de Tina et la baisa.

– Adieu, miss Warren. Si d'aventure vous souhaitiez encore apporter votre aide à nos malheureux soldats, sachez que je serai toujours ravi de vous avoir à mes côtés.

– Merci, répondit Tina.

– Au revoir, ma chérie, lui dit John. Prenez soin de vous.

Il l'embrassa chastement sur le front avant de remonter à bord avec le docteur.

– Venez, maintenant, dit Tara.

Tina la suivit en direction de la maison, pendant que Jarrett assistait au départ du bateau.

A présent que tout était fini, Tina s'aperçut qu'elle tremblait. Sans savoir si c'était à cause de la tuerie, ou parce qu'elle avait retrouvé James juste le temps de le reperdre aussitôt.

Quand elles arrivèrent sur la terrasse, Tara lui proposa de s'asseoir sur un rocking-chair.

– Reposez-vous en attendant que votre bain soit prêt, dit-elle. (Elle secoua la tête.) Votre robe est perdue. On ne pourra jamais enlever tout ce sang.

– Ce n'est pas bien grave, répondit Tina.

– Vous avez raison, admit Tara. Après tout, quel qu'en soit son prix, une robe n'est jamais qu'un morceau de tissu. La vie est autrement plus précieuse.

Elle disparut dans la maison et Tina resta à contempler le coucher de soleil en se balançant sur le rocking-chair.

Jarrett finit par rentrer à son tour. Blessée par le regard froid qu'il lui jeta au passage, Tina eut envie de le rattraper pour se justifier. Elle savait qu'il était parti s'enfermer dans la bibliothèque, aussi alla-t-elle frapper à sa porte. La jeune fille poussa le battant avant même d'y avoir été invitée.

Il se tenait face à la fenêtre, les mains croisées dans le dos.

– Refermez la porte, miss Warren, dit-il sans se retourner, comme s'il attendait sa visite.

Elle s'exécuta, puis s'avança jusqu'au milieu de la pièce. Intimidée, elle ne savait plus par quoi commencer.

Jarrett se retourna enfin.

– Quelles sont exactement vos intentions à l'égard de mon frère, miss Warren ?

– Par... pardon ?

– S'agit-il d'un jeu, pour vous ?

Excusez-moi, mais ne trouvez-vous pas votre question indiscrète ?

– En d'autres circonstances, certainement. Mais la situation est particulière, comme vous avez déjà pu le constater. Mon frère est un sang-mêlé engagé dans un conflit où les deux camps seraient fondés à souhaiter sa mort. Il ne peut pas se permettre de se laisser distraire par une jeune femme romantique qui s'amuserait de lui. Voilà pourquoi je vous demande quelles sont vos intentions à son égard ?

Tina hésita avant de répondre. Elle se demandait ce que Jarrett avait précisément en tête.

– Contrairement à ce que vous semblez penser, sachez que je n'ai rien fait par « amusement ».

– Pourquoi vous êtes-vous précipitée avec une telle inconscience au milieu des coups de feu ?

– Parce que la fusillade semblait venir de la direction où James... je... je voulais savoir !

– Cela valait-il la peine de nous inquiéter, Tara et moi ? Et de risquer de compromettre l'accord passé avec votre père ? Avez-vous au moins trouvé la réponse que vous souhaitiez ?

– Oui ! Oui ! Je l'ai vu. Maintenant, je sais qu'il est vivant.

Jarrett soupira de soulagement.

– Vous l'avez rencontré là-bas ?

Tina hocha la tête.

– Il a emmené un de ses amis blessés avant de disparaître. Je pense être la seule à l'avoir vu. Lui-même ne portait aucune blessure.

Jarrett hocha gravement la tête.

– Je ne voulais pas me montrer désagréable avec vous, dit-il après un long silence. Mais comprenez-moi : James est mon frère.

– Certes. Mais il est adulte. Et je ne suis pas...

Jarrett sourit.

– Non, vous n'êtes pas responsable de cette guerre, termina-t-il à sa place. Cependant, je m'inquiète pour vous deux. J'ignore où tout cela peut vous conduire.

– Votre frère n'a peut-être pas l'intention de me conduire où que ce soit.

– Où pourrait-il vous conduire, du reste ? Y avez-vous seulement réfléchi ? Seriez-vous capable de le suivre jour après jour dans les marais, un bébé sur le dos et les soldats à vos trousses ?

Tina se sentit rougir. Cependant, elle pouvait difficilement nier devant Jarrett la nature de sa relation avec James, alors qu'il les avait trouvés un matin, dans le même lit.

– La vie que mène James est très dure, reprit-il. Parce que la Floride est un pays rude. La température peut y dépasser les quarante degrés l'été, comme elle peut descendre à moins quinze en hiver. Sans parler des animaux sauvages et des fièvres pernicieuses. Mon frère ne peut pas s'embarrasser d'une femme, pour le moment. Vous devriez plutôt songer à rentrer chez vous.

– Est-ce à dire que je ne suis plus la bienvenue ici ?

Jarrett soupira.

– Bien sûr que si. J'essayais simplement de vous faire comprendre la situation.

– Je suis adulte, moi aussi.

Il sourit.

– Adulte peut être, mais sacrément entêtée !

Tina médita ses paroles.

– Non. Je crois simplement suivre mon destin.

– Vous l'aimez, n'est-ce pas ?

– A votre avis ?

– Ça se lit sur votre figure.

– Et... lui ? s'entendit-elle demander.

– Je l'ignore, répondit honnêtement Jarrett. Il pleure encore Naomi. Il pleure aussi pour mon pays. Cette guerre occupe toute sa vie. Il n'y a plus de place pour le reste.

Tina hocha la tête sans rien dire.

– Remontez dans votre chambre, lui conseilla Jarrett. Votre bain doit être prêt.

Il se retourna vers la fenêtre et Tina quitta la pièce sans rien ajouter.

Dans sa chambre, Tina découvrit Tara occupée à surveiller les deux servantes qui achevaient de remplir le tub d'eau chaude.

– C'est prêt ! annonça-t-elle en renvoyant les deux soubrettes. Vous trouverez des serviettes propres et du savon à côté du tub. J'ai également pensé à vous faire monter du thé et un peu de brandy. J'imagine que vous avez besoin d'un remontant. (Juste avant de sortir à son tour, elle ajouta :) Reposez-vous bien. Nous nous retrouverons au dîner.

– Merci, répondit Tina, touchée une fois de plus par tant de gentillesse. (Elle avait envie de serrer Tara dans ses bras, mais se rappela à temps que sa robe était couverte de sang.) Merci, répéta-t-elle en refermant la porte derrière elle.

En passant devant le miroir, elle s'arrêta un instant pour se regarder. Elle ressemblait à une héroïne de tragédie après la scène du meurtre. Mais on n'était pas au théâtre. Les victimes étaient véritables et leur mort violente. Elle se dépêcha d'enlever sa robe et la jeta au feu avant de se glisser dans l'eau délicieusement chaude du bain. Puis elle se frotta longuement avec le savon, pour être sûre d'effacer toutes ces taches rouges synonymes de mort.

Au moment où elle allait sortir de l'eau pour s'essuyer, elle sentit avec horreur une main se poser sur sa bouche pour l'empêcher de crier. Elle réussit à se retourner pour voir son assaillant, car ce dernier ne la contraignait pas très fermement. C'était James !

Il libéra sa bouche mais posa un doigt sur ses

lèvres pour lui faire comprendre de ne pas parler fort.

– Que faites-vous ici ? demanda-t-elle, furieuse qu'il lui ait tant fait peur.

– Le bateau de John était amarré au ponton. Y a-t-il des soldats dans la maison ?

– Non. Ils sont tous repartis conduire les blessés à Fort Brooke.

Il s'approcha de la table où Tara avait fait servir le thé et le brandy. Il y avait aussi une assiette remplie de pâtisseries. Il en mangea deux avant de revenir s'agenouiller près du tub.

– J'avais faim, expliqua-t-il. On mange quand on peut, par les temps qui courent.

– Pourquoi participiez-vous à cette bataille ?

– Ce n'était pas une bataille. Juste une échauffourée, lui rappela-t-il.

– Quoi qu'il en soit, il y a eu des morts.

– Parlez-vous des soldats ou des guerriers ?

– Des deux.

Il secoua la tête.

– J'ai peur que vous n'ayez pas encore réalisé que nous sommes en guerre, miss Warren. Je me trouvais avec ces Indiens quand les soldats ont croisé notre chemin. Les deux camps ont tiré en même temps. Il n'y avait ni embuscade, ni préméditation. Ce genre d'accrochage est malheureusement courant.

– Il y avait tellement de sang...

– Beaucoup de sang coulera encore. Vous n'êtes pas faite pour ce monde-là.

– J'ai tenu le choc.

– En soignant les Séminoles aussi bien que les Blancs ?

– Exactement !

– J'ai manqué quelque chose. Que n'ai-je été, moi aussi, étendu dans l'herbe, à perdre mon sang...

– Ce n'est pas drôle !

– Ce n'était pas votre place !

– J'étais venue parce que j'avais peur de vous trouver parmi les blessés.

– Vous n'avez pas à vous inquiéter pour moi.

– Vous n'avez pas à vous mêler de ces combats !

– Ça, malheureusement, c'est ce que vous refusez de comprendre. Ma place est avec les guerriers. La vôtre n'est pas au milieu des soldats.

– J'ai fait ce que mon devoir me commandait.

– Vous auriez pu y laisser votre vie !

– Vous risquez la vôtre tous les jours.

– Parce que cette guerre me concerne directement. Pas vous.

– J'ai le droit de...

– Bon Dieu, non !

Il se redressa d'un bond, lui saisit les poignets et l'obligea à se lever. Tina frissonna au contact de l'air sur sa peau mouillée. Il la sortit du tub et, sans même prendre la peine de l'enrouler dans une serviette, la porta ruisselante à travers la chambre.

Tina ferma les yeux et s'accrocha instinctivement à son cou, heureuse de se sentir à nouveau contre lui. Même s'il était fâché. Même si elle ignorait le sort qu'il lui réservait.

Désormais, dès qu'elle était séparée de lui, elle souffrait atrocement de la solitude. Jarrett avait raison. Elle était tombée amoureuse de James. Et toutes les bonnes raisons qui auraient dû l'en dissuader ne faisaient que la conforter dans son amour. Outre qu'il n'avait pas choisi une voie facile, il voulait qu'on le reconnaisse pour ce qu'il était et il ne renoncerait pas aux armes tant que les Séminoles seraient injustement traités. C'était précisément tout cela qui l'attirait en lui.

– Vous ne pouvez pas vous introduire ainsi dans ma chambre, dit-elle en rouvrant les yeux.

– Ah non ?

– Vos manières sont dignes...

– ... d'un sauvage ? suggéra-t-il.

– Ne jouez pas avec ça !

Il la posa sur le lit et s'étendit sur elle. Cette position rappela à Tina des souvenirs qui exacerbèrent son désir.

– Il se trouve que je me sens très sauvage, murmura-t-il.

– Dans ce cas, vous devriez retourner dans les bois.

– Pour l'instant, je suis bien ici.

Il se releva, le temps d'ôter son pantalon et ses bottes, puis revint sur elle et la pénétra avec une force et une rage qu'elle ne lui avait jamais vues. Elle aurait voulu se défendre, au moins protester contre ce qui ressemblait à un viol. Tout au plus réussit-elle à le maudire intérieurement, avant d'être emportée par une vague de plaisir qui surpassa tout ce qu'elle avait connu.

Après leur étreinte fougueuse, il la serra un long moment dans ses bras. Puis, subitement, il se releva, se rhabilla rapidement et disparut par la galerie.

Tina s'assit au bord du lit, furieuse contre lui et contre elle-même. Puis elle retourna vers le tub et s'aspergea le visage avec l'eau devenue froide. Ensuite, elle se sécha vigoureusement avant de s'enrouler dans une serviette en marmonnant sa mauvaise humeur.

– Le diable l'emporte ! Ce n'était même pas de la sauvagerie. Plutôt de la méchanceté. De la cruauté, oui ! Je le déteste ! Cette fois, c'est bien fini. Je ne veux plus le voir !

Décidée à rejoindre au plus vite Tara et Jarrett, elle sortit des sous-vêtements propres de son armoire, les enfila, puis se sécha les cheveux avec une autre serviette tout en les démêlant avec ses doigts. Quelques minutes passèrent. Elle ne décolérait pas. La prochaine fois qu'il surgirait devant elle...

Elle se retourna en entendant s'ouvrir la porte de sa chambre.

Il était revenu. Cette fois, il était habillé en « civilisé », avec une chemise blanche et un pantalon noir. Il s'était aussi brossé les cheveux.

– Sauvage ou pas, je vous serais reconnaissante de frapper avant d'entrer.

Il attendit un moment, avant de répondre calmement :

– J'ai annoncé à mon frère que vous ne descendrez pas ce soir.

– Vous n'avez aucun droit de parler à ma place. Je descendrai.

Il secoua la tête.

– Non.

– Si !

– Pas ce soir. (Il s'approcha en souriant.) Je suis venu pour vous.

Tina ne se sentait plus la force de s'opposer à lui. Il était si près d'elle qu'il remplissait tout l'espace.

– Je partirai à l'aube, reprit-il. Mais, d'ici là, je veux vous avoir persuadée de quitter cette région.

– Partez tout de suite ! murmura-t-elle en retrouvant, l'espace d'un instant, toute sa véhémence.

Il secoua encore la tête, avant de l'attirer contre lui pour l'embrasser à pleine bouche. Incapable de résister à sa sensualité, Tina le laissa l'emporter sur le lit, comme elle le laissa déchirer les sous-vêtements qu'elle venait juste d'enfiler. Puis il se déshabilla en un tournemain. Ils firent longuement l'amour et recommencèrent jusqu'à ce que leurs corps exténués reposent l'un contre l'autre sur les draps.

L'aube pointait déjà. Tina ne voulait pas dormir, mais la fatigue fermait ses paupières.

– Je ne peux pas vous aimer, Tina, lui dit-il. C'est impossible. Vous devez vous éloigner d'ici. Il le faut.

Elle rouvrit les yeux.

– Partez ! insista-t-il, avant de l'embrasser passionnément.

– Allez au diable ! murmura-t-elle entre deux baisers.

Ils firent une dernière fois l'amour puis, quand le jour fut tout à fait levé, ainsi qu'il l'avait promis, il disparut.

13

Plusieurs semaines passèrent.

Les premiers temps, Tina redoutait que Michaël Warren ne revienne à l'improviste la chercher. Mais, grâce à l'aide de John, il semblait s'être convaincu qu'elle se conduirait désormais en fille sage attendant l'heure de son mariage. La jeune fille se sentait plus que jamais horriblement coupable à l'égard de John. Que serait devenue leur relation si elle l'avait connu dans d'autres circonstances ?

Et surtout, si elle l'avait rencontré avant James ?

Son beau-père ne donnant pas de nouvelles, Tina finit par se détendre. C'était l'été. Elle put profiter pleinement du bonheur de vivre à Cimarron avec Tara, Jarrett et les enfants.

Hélas, tout n'était pas rose. La chaleur augmentant, les fièvres des marais faisaient des ravages parmi les soldats. Tina l'avait appris de la bouche du capitaine Argosy qui, assigné au fort de Tampa, remontait fréquemment en bateau passer la soirée à Cimarron. Les premières fois, Jarrett s'était enfermé avec lui et Tara dans la bibliothèque pour évoquer la situation. Lorsque Tina avait demandé à participer elle aussi à ces réunions, Tara avait pris son parti en arguant que si elle avait pu supporter aussi longtemps Michaël Warren, elle pouvait bien endurer une guerre.

Après s'être fait un peu tirer l'oreille, Jarrett avait fini par céder. Tina voyait bien qu'il restait méfiant à son égard. Non pas qu'il ne l'aimât pas. Au contraire. Il s'inquiétait pour elle comme il se tourmentait pour son frère. Mais il semblait toujours persuadé que James était plus réaliste.

Grâce à Tara, la jeune fille était désormais admise dans la bibliothèque à l'heure du brandy, les soirs où le capitaine Argosy avait partagé leur dîner. C'est ainsi qu'elle apprit que les Indiens, profitant de l'affaiblissement des soldats pendant les chaleurs, multipliaient les pillages de plantations. La situation était donc tendue, pour ne pas dire explosive. Le général Jésup semblait attendre l'étincelle qui déclencherait l'orage final : l'extermination complète des Séminoles.

La nuit, seule dans sa chambre, Tina attendait. Mais James ne revenait pas lui rendre visite et elle n'entendait même plus parler de lui. Jarrett devait ignorer lui aussi où se trouvait son frère.

Tina goûtait amèrement l'ironie de sa situation. Alors que la plupart des Blancs vivaient dans la peur des Indiens, elle redoutait jour et nuit qu'il arrivât quelque chose à James.

Parfois, elle accompagnait Tara et Jarrett chez Robert Trent. Tina appréciait beaucoup Robert, au point qu'un jour elle demanda à Charles de l'escorter pour se rendre seule chez lui. Elle passa l'après-midi à écouter Robert lui raconter des histoires de pirates ou d'explorateurs. Puis il lui montra sur une carte de Floride tous les territoires occupés autrefois par les différentes tribus indiennes. A la fin, il était si tard que Robert lui proposa de rester dîner et dormir.

Quoique plus petite que Cimarron, la maison de Robert était construite sur le même plan. Elle offrait pareillement à l'étage une galerie surplombant la terrasse du rez-de-chaussée. Tina se réveilla à l'aube. En sortant sur la galerie pour contempler le lever du soleil, elle se trouva être témoin d'une scène inattendue.

Accoudé à la balustrade, Robert fixait les fourrés qui commençaient au-delà de la pelouse.

Tina suivit son regard.

D'abord, elle ne vit rien, puis distingua une jeune Indienne, immobile, qui semblait se fondre dans la végétation. Elle avait les yeux aussi noirs que les cheveux, le teint mat, les pommettes hautes, les traits fins. Elle approcha ses doigts de ses lèvres, comme si elle voulait envoyer un baiser, avant de disparaître dans les branchages.

Robert resta un moment à contempler les fourrés. Il finit par s'apercevoir que Tina le regardait.

– Avez-vous bien dormi, miss Warren ? demanda-t-il calmement.

– Très bien, merci. Qui était-ce ?

– Personne.

– Cette fille...

– Personne, je vous ai dit.

– Robert, vous devez vous douter que je pourrais parfaitement comprendre...

– Tina, vous n'avez vu personne ! la coupa-t-il d'un ton autoritaire. (Comme s'il regrettait son attitude, il ajouta d'une voix triste :) Ma situation n'est pas comparable à la vôtre, voyez-vous. James est un homme. Il peut faire ce qu'il veut. Même si votre beau-père est cruel, il ne vous égorgerait pas s'il apprenait ce que vous avez fait. Mais les femmes séminoles doivent une fidélité absolue à leur mari. Si jamais on découvrait que Tamara vient ici, elle serait tuée par sa tribu et les guerriers réduiraient ma maison en cendres, comprenez-vous ?

– Je n'ai vu personne, répondit simplement Tina avant de rentrer dans sa chambre, devinant que Robert préférait être seul.

Elle n'oublia pas cette scène, mais n'en reparla plus jamais avec lui.

L'après-midi, elle rentra à Cimarron avec Charles. Un peu avant le dîner, elle proposa à Jennifer de l'aider à baigner Ian. Tara vint les rejoindre dans la nursery et Tina s'aperçut qu'elle la regardait étrangement. Quand le bébé eut retrouvé son berceau et que Jennifer fut retournée dans sa chambre, Tina voulut aller se changer pour le dîner, mais Tara l'arrêta.

– Avez-vous apprécié votre séjour chez Robert ? lui demanda-t-elle à brûle-pourpoint.

– Bien sûr. Il est si charmant.

Tara sourit.

– Oui. Et puis, il s'intéresse à tant de choses.

Tina hocha la tête, tout en se demandant où Tara voulait en venir.

– Comme vous êtes restée plus longtemps que prévu... reprit-elle, embarrassée, nous espérions que...

– Vous espériez quoi ?

Tara rougit légèrement.

– Eh bien, euh... que vous vous étiez appréciés mutuellement et que c'était la raison pour laquelle vous étiez restée dormir chez lui, finit-elle d'une traite.

– Tara, c'est déjà assez difficile pour moi d'être engagée avec un homme tout en...

– Couchant avec un autre, c'est ça ? compléta Tara à sa place. Ne vous méprenez pas. Loin de moi l'intention de vous juger. Pour tout vous avouer, Robert est un si bon ami que j'espérais qu'il se passerait quelque chose entre vous.

Tina secoua la tête.

– Non, dit-elle posément. Comme vous, je ne vois en lui qu'un ami.

– Donc, vous êtes toujours amoureuse de mon beau-frère, conclut Tara d'une voix presque triste, en s'approchant de la fenêtre.

– Je ne sais pas si je l'aime, mentit Tina, mais je

me sens effectivement très attirée par lui. C'est plus fort que moi.

– Je comprends vos sentiments, Tina. Hélas, vous ne réussirez pas à changer James. Il ne faut pas lui en vouloir. Pour lui, vous appartenez au camp de votre beau-père. Pas à celui des Indiens. Franchement, je n'arrive pas à voir d'issue heureuse à votre histoire.

– Je ne demande rien à James.

– Mais vous l'attendez. Alors que personne ne sait quand il reviendra.

Tina baissa les yeux pour ne pas croiser le regard de Tara.

– Je devrais peut-être m'en aller.

– Grands dieux, je n'ai pas dit ça ! répondit Tara, horrifiée. Nous sommes si heureux de vous avoir parmi nous. Tout le monde vous aime, dans cette maison.

Tina ne put retenir ses larmes.

– Je vous aime tous... moi aussi... sanglota-t-elle. Très fort...

Tara se précipita pour la serrer dans ses bras.

– Je ne voulais pas vous faire de mal, croyez-le bien. Je sais que James, lui aussi, est très attiré par vous, mais... oh, et puis vous devez bien vous en rendre compte toute seule : votre situation est vraiment impossible !

Tina hocha tristement la tête.

– Si nous allions nous habiller pour le dîner ? proposa Tara.

Tina acquiesça de la tête. Elle s'apprêtait à quitter la pièce quand Tara la rappela :

– Tina ?

– Oui ?

– J'aurais dû vous préciser que James est « violemment » attiré par vous. Je crois bien qu'il me jetterait dans le fleuve s'il apprenait que je vous ai encouragée à fréquenter Robert.

– Pourtant, c'est lui qui m'a conseillé d'épouser un autre homme.

– Il était peut-être sincère. James veut votre bien avant tout. Il est persuadé que vous devez quitter la Floride. Mais c'est un homme très possessif. Il a dû avoir beaucoup de peine à s'éloigner de vous.

Tina ne répondit rien. Elle n'avait pas vu James depuis si longtemps qu'elle se sentait abandonnée. Elle retourna dans sa chambre et se prépara pour le dîner.

Un peu plus tard, elle retrouva Tara et Jarrett dans la salle à manger. Tout au long du repas, la conversation roula sur des sujets anodins, personne ne tenant à parler de la guerre.

C'est au moment du dessert que le messager se présenta.

Charles entra dans la salle à manger et vint chuchoter quelques mots à l'oreille de Jarrett. Aussitôt, celui-ci se leva et s'excusa auprès des deux femmes avant de quitter la table. Tina et Tara s'interrogèrent du regard, puis Tara sortit à son tour et Tina la suivit sur la terrasse. Au pied du perron, un guerrier séminole attendait, tranquillement assis sur son cheval, que Jarrett ait terminé de lire la lettre qu'il venait de lui remettre.

– Que se passe-t-il ? voulut savoir Tina.

– Tout va bien, répondit Jarrett.

Il échangea dans sa langue quelques mots avec le messager qui lui répondit d'une voix posée et calme. Pendant ce temps, le guerrier n'avait pas quitté Tina du regard. Elle avait le sentiment qu'il enregistrait chaque détail de ce qu'il voyait pour en donner plus tard le compte rendu à quelqu'un.

Elle ne put comprendre un traître mot de leur conversation. Charles arriva avec deux sacoches remplies de nourriture que le guerrier accepta de bon cœur, avant de tourner la bride à son cheval et de disparaître dans les bois.

– Qui était-ce ? demanda Tina.

– Si nous retournions à table, terminer notre dessert ?

– Mais...

Jarrett était déjà rentré à l'intérieur. Les deux femmes le suivirent et se rassirent à leur place. Tina bouillait d'impatience. Elle explosa en voyant Jarrett siroter tranquillement une gorgée de vin.

– Jarrett, s'il vous plaît !

Il la regarda avec surprise, avant de sourire.

– Il ne s'est rien passé de grave, Tina, rassurez-vous. Ce guerrier appartient à la même tribu que mon frère.

– Et ?

– Il m'apportait une lettre de ma belle-mère. Elle se porte à merveille et ne se plaint de rien.

– Votre belle-mère ?

– Mary McKenzie, expliqua Tara.

– La mère de mon frère, précisa Jarrett. C'est elle qui nous a élevés, tous les deux.

– Et elle vit dans les marais ! s'exclama Tina, abasourdie. Alors que des soldats comme mon père traquent les femmes et les enfants pour les massacrer ?

– Votre beau-père, lui rappela Tara avec amusement.

Mais Tina n'était pas d'humeur à rire.

– Jarrett, comment pouvez-vous la laisser vivre au milieu du danger ?

– Dites-moi plutôt comment je pourrais l'en empêcher ?

– Mais...

– Tina, la coupa Tara. Mary ne souhaite pas vivre chez les Blancs. Nous lui avons proposé de s'installer ici, elle a refusé. Elle est née dans les marais. Elle ne conçoit pas d'habiter ailleurs.

– Mais... protesta encore Tina.

– Ça suffit ! se fâcha Jarrett. Je n'ai aucun droit de lui imposer notre existence alors qu'elle n'en veut pas.

Tina s'entêta.

– Que se passera-t-il si les soldats gagnent cette guerre ? demanda-t-elle. Que ferez-vous, s'ils décident d'exterminer tous les Indiens encore vivants ? La laisserez-vous massacrer sous prétexte qu'elle n'a pas voulu renoncer à son mode de vie ?

– Tina, il ne s'agit pas simplement d'un « mode de vie », répondit Tara. Mary dépérirait, si on l'obligeait à habiter une maison comme la nôtre.

Elle assortit ses paroles d'un regard qui fit comprendre à Tina qu'il était préférable de ne pas insister. Mais c'était trop tard : Jarrett se releva brusquement en jetant sa serviette sur la table.

– Soyez assurée, miss Warren, commença-t-il, que je ne laisserai massacrer aucun membre de ma famille. Mais il n'est pas question non plus que je force ma belle-mère, ni mon frère, à se ranger à mes opinions. Chacun est responsable de ses actes ici-bas, ajouta-t-il avant de quitter la pièce.

Tina se sentit horriblement confuse.

– Je suis désolée, dit-elle à Tara. Je crois que je

me suis montrée très insolente. Comprenez-moi : j'étais si étonnée d'apprendre que sa belle-mère vivait dans les marais...

Tara lui sourit.

– N'en parlons plus. Jarrett adore Mary. Moi aussi. Nous nous inquiétons beaucoup à son sujet, mais comme Jarrett vous l'a expliqué, elle préfère vivre au milieu des siens.

– Comment est-elle ?

– Mary ? C'est une brave femme. Généreuse, forte, intelligente... (Tara sourit.) D'ailleurs, on le devine rien qu'à voir les deux garçons qu'elle a élevés.

– Et Naomi ? Comment était-elle ?

– Très belle, répondit Tara. James l'aimait passionnément. Ils étaient du même peuple. Parlaient la même langue. Il y avait beaucoup plus, entre eux, qu'une simple attirance physique.

Tina se leva de table.

– Tina...

– Non, Tara, ce n'est pas la peine, dit-elle en souriant. Je me sens parfaitement adulte, vous savez. Vous vous inquiétez déjà assez pour vos proches. Ne vous souciez pas de moi.

– Tina...

Elle fit comme si elle n'avait pas entendu et courut se réfugier sur la terrasse pour respirer l'air frais venu du fleuve. Adossée à une colonne, le regard dans le vide, elle médita la difficulté de sa position. Elle aimait ce pays, comme elle aimait cette maison et les gens qui l'habitaient, mais elle n'y avait pas sa place. Pourtant, elle ne pouvait pas le quitter, sous peine de voir une escouade de soldats la ramener promptement à son point de départ.

– Mon Dieu, mon Dieu... murmura-t-elle, au bord des larmes, en secouant tristement la tête.

Un bruit derrière elle lui fit brusquement tourner la tête. Jarrett était assis dans un fauteuil. Elle ne l'avait même pas vu ! Il se releva pour s'approcher d'elle. Tina était devenue cramoisie.

– Si j'ai été méchant avec vous, c'était bien involontaire de ma part, lui dit-il gentiment.

Tina essaya de contenir ses larmes.

– Vous n'avez pas été méchant. Comme je l'ai dit à Tara, il ne faut pas s'inquiéter pour moi. Je ne suis pas aussi fragile que je le parais.

A sa grande surprise, elle le vit sourire.

– Vous n'avez pas du tout l'air fragile, dit-il en s'asseyant sur la balustrade. C'est même tout le contraire. Vous ne manquez ni de courage ni de volonté, Tina.

Elle sourit tristement.

– Pourtant, vous étiez fâché contre moi, tout à l'heure et vous aviez raison. Chacun doit pouvoir vivre comme il l'a choisi. Je devrais être la première à le savoir.

Il la dévisagea un moment, avant de répondre :

– Le messager avait vu James.

Tina s'imagina que Jarrett entendait les battements de son cœur, tellement il cognait fort dans sa poitrine.

– Il va bien. C'est tout ce que je sais.

Tina hocha longuement la tête.

– Merci, dit-elle.

– Vous devriez peut-être dormir, maintenant.

Elle le remercia encore et rentra dans la maison, très nerveuse. Pourquoi James n'avait-il pas donné au messager un mot pour elle ? Sans doute parce qu'il estimait n'avoir plus rien à lui dire. Rien de nouveau, en tout cas.

Elle s'endormit tard et passa une mauvaise nuit. Au petit matin, elle fut réveillée en sursaut par Tara.

– Levez-vous, Tina, vite ! cria-t-elle à travers le battant.

Alarmée, Tina bondit de son lit pour lui ouvrir. Tara était blanche comme un linge.

– James... ? murmura Tina, d'une voix catastrophée.

– Non, non ! se dépêcha de la rassurer Tara. C'est... c'est Michaël Warren. Il est venu vous chercher.

Tina eut soudain l'impression que le monde basculait autour d'elle. Elle s'effondra dans les bras de Tara.

Quand elle rouvrit les yeux, elle était de nouveau allongée sur son lit, Tara assise à côté d'elle.

– Respirez calmement, lui conseilla-t-elle. Et ne vous inquiétez pas. Si Jarrett ne fait rien, j'agirai à sa place. Je... je le tuerai ! Vous ne pouvez pas partir avec lui...

– Tara ! s'exclama Tina en se redressant. Je n'ai pas peur de Warren, vous savez ! En vous voyant, tout à l'heure, j'ai eu tellement peur pour James... C'est ça qui m'a fait perdre connaissance.

– Warren a été nommé à un nouveau poste au sud de Saint Augustine, Fort Deliverance. Il veut vous y emmener avec lui. Tyler Argosy et le Dr Brandeis étant aussi du voyage, je ne pense pas qu'il osera vous maltraiter. Mais ce n'est pas une raison pour le suivre.

– Tara, vous ne pouvez quand même pas assassiner Warren pour moi, objecta Tina, en s'efforçant de sourire.

– Mais...

– Tout se passera bien. Je vous le répète, je n'ai pas peur de lui. Et n'oubliez pas que je suis fiancée à John Harrington. Warren en tiendra compte. Le temps de m'habiller, je vous rejoins en bas.

– Je serai toujours de votre côté, sachez-le, déclara Tara avant de quitter sa chambre.

Après son départ, Tina se dépêcha d'enfiler ses vêtements en essayant de ne penser à rien, même si c'était très difficile. A son propre étonnement, elle se sentait prête à suivre Warren. Bien qu'elle aimât toujours autant Cimarron et ses habitants, elle avait l'impression d'y dépérir en se languissant de James.

Parvenue au rez-de-chaussée, Charles la dirigea vers la bibliothèque. Il semblait effondré. Tina s'arrêta pour l'embrasser sur la joue.

– Tout ira bien, Charles ! le rassura-t-elle avant d'entrer dans la pièce.

Jarrett McKenzie était assis derrière son bureau, le dos raide et l'air grave. Le Dr Brandeis et le capitaine Argosy avaient pris place dans des fauteuils, tandis que Michaël Warren, debout devant un globe terrestre, s'amusait à le faire tourner lentement. Tara se tenait un peu à l'écart. Tina devina que la discussion, avant son arrivée, avait été houleuse.

– Miss Warren ! s'exclama joyeusement le Dr Brandeis. (Il se précipita pour lui serrer la main.) Vous m'avez beaucoup manqué.

– Merci, docteur. Je suis bien contente de vous revoir, répondit Tina, consciente que son beau-père la regardait de ses yeux froids.

– Tu auras largement l'occasion d'apprécier la compagnie du docteur, Tina. Il vient avec nous. J'ai reçu mission d'escorter un convoi à Fort Deliverance et d'y rester jusqu'à nouvel ordre. Mr McKenzie a convenu que tu y seras parfaitement en sécurité. Deux cents hommes m'accompagnent et il y en a encore plus à Fort Deliverance. Quand tu sauras que John Harrington doit nous rejoindre là-bas, je suis sûr que tu seras impatiente de partir.

– Colonel Warren, c'est un voyage long et éprouvant... commença Jarrett.

– Avec autant de soldats pour me protéger, je ne courrai aucun risque, le coupa Tina, en s'excusant d'un sourire. Et puis, si le Dr Brandeis pense qu'il peut encore avoir besoin de mes services.

– Absolument, décréta Brandeis. (Il se tourna vers Jarrett.) Je vous assure qu'elle est utile et efficace.

– Vous êtes toujours la bienvenue ici, Tina, insista Jarrett. En fait, nous préférerions même que vous restiez ici.

– *Vous ?* demanda Warren.

– Ma femme et moi, précisa Jarrett.

– Je vous remercie de tout mon cœur pour votre hospitalité. J'espère bien revenir un jour à Cimarron, répondit Tina. (Elle n'osa regarder ni l'un ni l'autre, au moment d'ajouter :) Si John va à Fort Deliverance, ma place est là-bas.

Jarrett la dévisagea un moment avant de poser ses mains sur le bureau.

– Si vous consentez réellement à partir...

– Oui, répondit simplement Tina.

– Je vais vous aider à préparer votre valise, proposa Tara.

– Pas d'entourloupes, cette fois ! la prévint Warren.

– Je redescends dans quelques minutes, assura Tina.

Warren semblait convaincu. Il haussa les épaules.

– Prends ton temps, ma fille.

Tara suivit Tina dans sa chambre et referma la porte derrière elles.

– Vous n'avez pas besoin de partir, dit-elle. Je sais que vous avez donné votre accord pour ne pas nous causer d'ennuis, mais ne vous inquiétez pas pour nous.

– Tara, tout se passera très bien. En présence du docteur, Warren se conduira correctement.

– Mais...

– Tara, je ne peux pas rester ici plus longtemps. J'aime cette maison, je m'y sens bien, mais j'ai besoin de partir. Avec Thomas, je peux contribuer à sauver des vies.

Tara resta silencieuse un moment, avant de répondre :

– D'accord. Je vous comprends. Mais James ne sera pas content.

– Jusqu'ici, tout le monde m'a répété que James devait suivre sa voie. Maintenant, je vais en faire autant de mon côté. Sinon, je finirai par devenir folle !

A cela, Tara ne répondit rien.

Quand Tina fut prête, elle la serra longuement dans ses bras. Puis les deux femmes redescendirent dans la bibliothèque. Jarrett s'y trouvait seul.

– Prenez bien soin de vous, miss Warren, lui recommanda-t-il avant de l'embrasser sur la joue.

– C'est promis.

– Je me demande si mon frère se rend bien compte à quel point vous l'aimez.

– J'espère que non, étant donné que lui ne m'aime pas.

– Il serait prêt à mourir pour vous. Que pouvez-vous demander de plus ?

– Il serait prêt à mourir pour beaucoup de gens. Pour vous aussi, du reste.

Jarrett secoua la tête.

– Essayez de le comprendre, Tina. James est réaliste...

– Et moi pas ? le coupa-t-elle en souriant. (Elle lui rendit son baiser.) Ne vous inquiétez pas. Je ne le laisserai pas mourir pour moi. A supposer que je le revoie un jour, ajouta-t-elle tristement.

– Mon intuition me dit que vous le reverrez, même si j'espère plutôt le contraire, avoua Jarrett. En attendant, que Dieu vous garde.

– Qu'Il vous garde aussi, Jarrett, répondit Tina.

Sentant qu'elle allait fondre en larmes, elle préféra écourter les adieux. Elle se dépêcha de quitter la maison pour rejoindre le bateau où son père l'attendait.

L'équipage largua aussitôt les amarres.

Debout sur le pont, Tina vit les McKenzie sortir devant leur maison et la saluer avec de grands gestes de la main. La gorge nouée, Tina leur rendit leur salut en agitant son mouchoir.

Bientôt, le bateau descendit le fleuve. Cimarron disparut derrière les arbres.

14

Après une journée de navigation, les hommes accompagnant Michaël Warren rejoignirent la troupe qui devait rallier Fort Deliverance à pied. Comme Warren l'avait annoncé, elle comptait plus de deux cents soldats, dont un quart de cavaliers. La colonne se mit aussitôt en route. Les militaires emportaient une cargaison d'armes, des quantités importantes de nourritures et de marchandises variées. Malgré tout, ils avançaient rapidement.

Tina s'aperçut bien vite que ce rassemblement était très hétéroclite. Une partie des soldats étaient de récents immigrants qui parlaient à peine l'anglais. D'autres, les plus démunis, s'étaient enrôlés sans convictions particulières, simplement parce que l'armée leur offrait le gîte et le couvert. Tina se fit quelques amis parmi eux. En revanche, elle détestait les engagés volontaires qui partageaient les idées de Warren sur les Indiens.

Au troisième jour de marche, ils traversèrent le territoire d'une petite tribu de Yuchis. En tout, moins d'une cinquantaine d'hommes, de femmes et d'enfants et à peine une poignée de guerriers. Un détachement de soldats fanatiques fondit sur leur village et massacra tout le monde. Quand le reste de la colonne arriva sur les lieux, Tina fut horrifiée. Il y avait des corps partout, certains atrocement mutilés.

Elle n'était pas la seule à être révulsée par cette boucherie. Plusieurs militaires murmurèrent leur désapprobation, et elle entendit même l'un d'eux assurer que Dieu ne pourrait pas fermer les yeux sur un tel crime. Tina retint ses larmes et suivit la troupe sans mot dire.

Mais, au coucher du soleil, lorsque la colonne s'arrêta pour bivouaquer au bord d'un cours d'eau, la jeune fille s'approcha du capitaine Argosy, sitôt descendue de cheval.

– Capitaine ?

– Oui, Tina ?

– Qui a dirigé l'attaque du village indien ?

– Tina, ne vous mêlez pas...

– Qui ?

– C'est le capitaine Hampton, intervint un jeune soldat qui passait près d'eux. Tenez, miss, il est là-bas.

– Soldat, occupez-vous de monter les tentes ! lui ordonna Tyler.

C'était trop tard. Tina se précipitait déjà vers le capitaine Hampton.

Il était penché au-dessus de l'eau pour s'asperger le visage. En voyant arriver Tina, il se redressa. C'était un bel homme brun avec une moustache fine et des yeux marron. Tina le gifla à toute volée. Hampton s'attendait si peu à ce geste qu'il faillit tomber à l'eau. Il se rétablit de justesse et se massa la joue en regardant Tina d'un air incrédule.

– Etes-vous devenue folle ?

Folle de rage, oui, songea Tina. Elle s'apprêtait à le frapper encore, mais le Dr Brandeis se précipita pour arrêter son bras.

– Comment avez-vous pu ? demanda-t-elle à Hampton d'une voix blanche de colère. Comment avez-vous pu massacrer des bébés ?

– Venez, Tina, essaya de la raisonner Brandeis.

Argosy les avait rejoints. Il voulut aussi entraîner Tina à l'écart, mais Hampton l'arrêta.

– Attendez, miss Warren ! Vous n'avez vu que ce que vous vouliez voir. Et les bébés blancs massacrés sauvagement ? Et les jeunes femmes blanches scalpées, violées et éventrées ? Le jour où un de ces sauvages vous attaquera, vous comprendrez enfin.

Hampton ramassa son chapeau tombé à terre et tourna les talons.

– Il a dit vrai, Tina, plaida le docteur. Ces horreurs existent.

– Je le sais. Mais est-ce une raison suffisante pour agir de même ?

– Non, reconnut Brandeis. Malheureusement, vous ne pouvez pas boxer l'armée entière. D'autant que c'est votre beau-père qui donne les ordres, ici. Oubliez ce que vous avez vu.

– Je ne pourrai jamais l'oublier.

– Allons, venez boire un whisky. Ensuite nous dînerons et vous vous coucherez. Demain, ça ira mieux.

Tina le suivit, mais elle dormit mal. A l'aube, elle fut réveillée par Michaël Warren. Il était entré sous sa tente et la tira de son lit avant qu'elle ait pu protester.

– Nous allons nous expliquer dehors ! lui annonça-t-il.

Il l'entraîna à l'écart du camp. Tout le monde dormait encore et les soldats de garde saluèrent leur colonel sans se mêler de la situation. Quand Warren estima qu'ils étaient assez loin pour ne pas être entendus, il s'arrêta.

– Ne t'avise plus jamais d'importuner mes officiers, ni de commenter mes ordres, c'est compris ?

– Vous leur avez ordonné de tuer des enfants !

Il la gifla si violemment qu'elle ne put retenir un cri de douleur.

– Cette guerre ne te concerne pas. Ce n'est pas à toi de dire ce qui est bien ou ce qui est mal. A ta prochaine incartade, je te promets que je te fouette devant toute la troupe.

– Chiche !

Tina crut qu'il allait encore la frapper. Il se contenta de la toiser d'un air méprisant.

– Il se trouvera toujours quelques Blancs au grand cœur pour plaindre le sort des « nobles sauvages », mais dis-toi bien que la plupart des Américains et le gouvernement avec eux, veulent chasser les Séminoles de la Floride. Je ne suis qu'un militaire, Tina. Je m'efforce d'accomplir au mieux les missions qu'on veut bien me confier. Et à mes yeux, un sang-mêlé ne vaut pas plus qu'un Indien. James McKenzie est aussi dangereux qu'Osceola en personne. A la première occasion, je me ferai un plaisir de l'abattre. Tu pourras toujours pleurer, Tina : j'aurai toute l'armée derrière moi. Parle-moi encore comme tu viens de le faire, ose encore me défier une seule fois et je te promets que ton James McKenzie est un homme mort.

– Je vous ai obéi. Je me suis fiancée à John Harrington.

– Tant que tu n'es pas sa femme, tu es toujours ma fille. Tu dois continuer à m'obéir et à me parler poliment. Maintenant, soit tu files doux, soit je règle son compte à McKenzie. Nous sommes bien d'accord ?

– Oui.

– Oui, quoi ?

– Oui, nous sommes d'accord.

– Oui, *monsieur,* nous sommes d'accord.

– Oui, *monsieur,* nous sommes d'accord.

Warren s'estima satisfait et il la planta là. Tina resta un moment hébétée, frissonnante et elle dut s'asperger le visage avec l'eau de la rivière pour reprendre ses esprits.

Quand elle se redressa, elle décida qu'elle serait plus forte que lui. Sa détermination, désormais, serait sans faille : elle gagnerait la guerre contre Michaël Warren.

C'était un grand conseil. A la demande d'Osceola, plusieurs chefs indiens s'étaient réunis au sud de Saint Augustine. La plupart étaient venus avec leurs guerriers et même certains avec leurs familles. Ils avaient planté leurs huttes en bordure d'une rivière.

Ce soir-là, alors que tous les chefs se retrouvaient autour d'un grand feu, Osceola avait confié à James le soin de lire une lettre tombée quelques jours plus tôt du paquetage d'un soldat blanc et ramassée par un guerrier. James était en effet le seul à pouvoir lire l'anglais.

Il parcourut la missive et résuma le contenu à haute voix :

– Ce soldat écrivait à son oncle. Il demande des nouvelles de sa famille, puis parle du général Jésup. Apparemment, Jésup a réclamé des renforts auprès du gouvernement. Il n'a pas apprécié l'évasion de Tampa. Il veut aussi recruter d'autres Indiens pour nous combattre : des Shawnees, des Delawares et même des Sioux. Jésup propose au gouvernement de les payer pour venir nous combattre en Floride.

Il espère que leurs guerriers tueront les nôtres et réduiront nos femmes et nos enfants en esclavage.

Un des chefs proféra un juron de colère.

– Raconte-nous la suite, Ours-Rapide, l'encouragea Osceola.

James haussa les épaules.

– Le reste n'est pas très intéressant. Il dit que leur nourriture est mauvaise, la paie dérisoire et qu'il ne se réengagera plus.

– Nous tuerons les Sioux comme nous tuons les soldats blancs ! décréta Coweta.

– Nous les tuerons, approuva Osceola. Mais il en viendra d'autres.

– Nous les tuerons aussi ! s'écria Chat-Sauvage.

– Et il en viendra encore plus, répondit tranquillement James.

Chat-Sauvage bondit sur ses pieds. C'était un guerrier de l'âge de James, grand et très musclé. Il avait gagné son surnom, tout enfant, pour avoir miraculeusement échappé à une panthère qu'il avait troublée dans son sommeil. Il s'adressa à James en serrant les poings.

– Tu parles comme si tu étais l'un d'eux, Ours-Rapide. C'est à croire que tu aimerais assister à notre reddition.

James secoua la tête.

– Je n'ai jamais trahi un ami. De même que je n'ai jamais combattu contre mon peuple.

– Ton sang n'est pas pur, Ours-Rapide.

– Celui d'Osceola est au moins aussi blanc que le mien. Ne me reproche pas mes origines, alors que de nos jours tant de guerriers comptent un de leurs parents chez les Blancs.

– Mais tu ne t'opposes jamais aux Blancs. Sauf s'ils te menacent directement.

– Je me refuserai toujours à piller des plantations et massacrer des innocents ! répliqua James en laissant éclater sa colère. Comme mon frère refusera toujours de massacrer des Indiens qui ne lui ont rien fait. Mon frère est blanc ; ma belle-sœur est blanche ; mon neveu est blanc. Mais leur nièce et cousine est une Séminole. Parce que nous refusons la violence gratuite, sommes-nous pour autant des traîtres ?

Malgré son tempérament bouillonnant, Chat-Sauvage savait se montrer raisonnable.

– Je ne discuterai pas tes convictions, Ours-Rapide, répliqua-t-il d'une voix radoucie, avant de se frapper la poitrine avec son poing. Nous devons combattre pour sauver notre territoire et l'avenir de nos enfants ! proclama-t-il.

– Nous combattons déjà, répondit calmement Osceola. Et nous continuerons. N'oublions pas que nous connaissons mieux ce pays que nos ennemis. Tant que nous réussirons à les surprendre, en apparaissant là où ils ne nous attendent pas, ils ne gagneront jamais cette guerre.

– Nous pourrions aussi négocier, suggéra Coweta.

– Pour l'instant, nous n'avons rien à négocier, décréta Osceola en se relevant. Laissons le général Jésup mettre en place son nouveau plan. Nous verrons ensuite. Je ne suis pas opposé aux négociations, mais qu'on sache bien que je combattrai jusqu'à mon dernier souffle.

Il se drapa dans une couverture bariolée et s'éloigna du cercle. James approuvait son discours de fermeté, mais il voyait bien qu'Osceola essayait de faire illusion. Ses forces déclinaient lentement. La maladie continuait impitoyablement son œuvre de mort.

Après le départ d'Osceola, le groupe commença à se disperser. James resta seul à contempler le feu. Il était fatigué de cette guerre qui n'en finissait pas. Fatigué aussi de lutter pour défendre sa propre indépendance.

Au bout d'un moment, Chat-Sauvage revint devant le feu. Il s'agenouilla à côté de James.

– Nous avons grandi ensemble, lui rappela-t-il. Nous étions de bons amis, autrefois.

James hocha la tête.

– Je ne suis pas devenu ton ennemi.

– Je sais que tu aurais pu choisir de vivre parmi les Blancs. C'est noble et généreux de ta part d'être resté avec nous.

– Souvent, je me sens écartelé, avoua James. J'aimerais tellement que les deux camps s'entendent. Hélas, cette bataille-là est perdue d'avance.

– Ta solitude doit te peser. Fleur-de-Tournesol est veuve, tu le sais. En tant que plus proche parent de son défunt mari, c'est à moi qu'il revient de la délivrer de son deuil. Je le ferai pour toi, Ours-Rapide. Apporte-lui son cadeau de noces et nous vous marierons.

– Je te remercie beaucoup, Chat-Sauvage, mais...

Chat-Sauvage parut indigné.

– Elle est jeune et belle, lui fit-il remarquer.

– C'est précisément pour cela que je ne voudrais pas lui causer de peine. Elle a déjà assez souffert.

– On raconte que tu as eu une aventure avec une Blanche. Refuses-tu Fleur-de-Tournesol parce qu'elle n'est pas blanche ?

– Tu sais bien que non. Naomi était séminole et je l'aimais de toute mon âme.

L'argument sembla convaincre Chat-Sauvage. Cependant, sa curiosité n'était pas satisfaite.

– Et qu'éprouves-tu pour la femme blanche ?

– Quel Peau-Rouge serait assez fou pour aimer une Blanche ? demanda James sans parvenir à cacher son amertume.

– Précisément, un Peau-Rouge qui aurait du sang blanc dans ses veines, répondit Chat-Sauvage. Et qui serait tombé sous le charme de la fille de Warren.

James bondit sur ses pieds.

– Que sais-tu d'elle ?

Chat-Sauvage se releva à son tour. Il souriait.

– Ses cheveux ont l'éclat d'un feu sauvage. Ses yeux sont du même vert que nos forêts...

– Où l'as-tu vue ? le coupa James, qui se retenait de lui sauter dessus pour l'étrangler.

– J'avais bien commencé à la décrire, n'est-ce pas ? Tu ne te doutais donc pas que d'autres Indiens la connaissaient ? Elle est belle, hein ?

Cette fois, James ne put se contenir davantage. Il saisit Chat-Sauvage à la gorge et les deux hommes roulèrent dans la poussière en échangeant des coups de poing. Leur bagarre aurait pu dégénérer si Coweta n'était accouru vers eux.

– Les soldats nous tueront bien assez tôt ! s'exclama-t-il avec colère. Nous ne sommes déjà pas si nombreux ! Notre peuple a besoin de tous ses guerriers. Relevez-vous. Vous n'êtes plus des gamins !

James et Chat-Sauvage se relevèrent, tout penauds. Coweta avait raison. Ils n'étaient plus des gamins qui pouvaient se chamailler entre eux sans conséquence.

A présent, ils devaient unir leurs forces contre leur ennemi commun : l'armée américaine.

James tendit la main.

– J'aurais dû garder mon calme. Je te demande pardon, Chat-Sauvage, mon ami. Tout est ma faute.

– Non, la mienne, répondit Chat-Sauvage en serrant la main de James. Je n'aurais pas dû tourmenter mon ami d'enfance.

– Je souhaite rester ton ami, dit James.

– Et moi, le tien, répondit Chat-Sauvage, avant de préciser : J'ai vu la fille de Warren l'autre jour, en m'approchant de Fort Deliverance. Elle se promenait en haut des murs d'enceinte. Elle était belle. Très élégante. Très blanche.

James se sentit devenir tout blanc, lui aussi.

– Ce n'est pas une femme pour toi, ajouta Chat-Sauvage. Pense plutôt à Fleur-de-Tournesol.

– J'ai trop de préoccupations ces temps-ci pour faire un mari digne de Fleur-de-Tournesol, répondit James, diplomate.

Il était étonné d'arriver encore à parler, alors qu'il lui semblait que son cœur avait cessé de battre.

– Je comprends, répondit Chat-Sauvage.

– Fleur-de-Tournesol mérite d'épouser un guerrier qui saura l'aimer de tout son cœur.

– Tu as sans doute raison. Que le Grand Esprit soit avec toi, mon ami.

– Qu'Il soit aussi avec toi, répondit James avant de tourner les talons.

Il voulait s'éloigner du campement pour y voir plus clair. De tous les sentiments qui se bousculaient en même temps dans sa tête, la colère l'emportait. Bon Dieu, qu'est-ce que cette petite idiote était venue faire par ici ?

– Ours-Rapide ?

James se retourna en entendant Chat-Sauvage le rappeler. Le guerrier le rejoignit. Il semblait mal à l'aise.

– Comme tu es mon ami, je tenais à te prévenir... (Il baissa la voix.) Otter, le chef des Mikasukis, a juré de rendre aux Blancs la monnaie de leur pièce. Avec ses hommes, il veut surveiller Fort Deliverance dans l'intention d'attaquer les détachements qui en sortiraient. Il rêve de trancher le scalp de Warren. Et plus encore, celui de sa fille, pour l'envoyer à son père.

James posa sa main sur l'épaule de Chat-Sauvage.

– Merci.

– Si jamais l'un des nôtres tombe sur elle, nous te la ramènerons vivante, ajouta Chat-Sauvage. Quoi qu'il doive nous en coûter par la suite. Et même si je reste convaincu que cette femme n'est pas pour toi.

– Merci, répéta James.

Il repartit, plus furieux et plus inquiet que jamais. Bon Dieu, il avait pourtant insisté pour que Tina quitte la Floride ! Au moins, chez son frère, elle vivait en sécurité. Pourquoi, diable, avait-elle fui Cimarron ?

Warren ! C'était la seule explication possible. Il était revenu chercher sa fille et Jarrett n'avait pu s'y opposer. Mais, à présent, si Tina quittait la protection du fort, sa vie serait en danger.

James crispa les poings. Il devait absolument surmonter sa colère et son angoisse pour agir. Bon sang, s'il la trouvait le premier, il se chargerait lui-même de l'embarquer sur un bateau qui la ramènerait tout droit à Charleston !

Il revint au campement, s'enferma dans sa hutte et se coucha. Il ne pouvait rien faire en pleine nuit. Sinon prier pour son salut et attendre.

Malgré tous ses efforts, James mit très longtemps à s'endormir.

15

Fort Deliverance était l'une des nombreuses constructions défensives, bâties à la hâte pour protéger l'avancée de l'armée. La solidité et le confort n'étaient pas ses principales qualités. Le vent s'engouffrait entre les planches mal jointes des habitations et le plafond de la chambre de Tina fuyait.

Ces désagréments, cependant, lui pesaient moins que l'obligation de rester ici, depuis qu'elle savait ce dont les hommes de Warren étaient capables.

Sur le chemin de ronde qui entourait le fort, elle admirait le paysage sauvage qui s'étendait à ses pieds. Saint Augustine n'était qu'à une trentaine de kilomètres, pourtant on aurait pu jurer que Fort Deliverance était perdu dans un immense océan de verdure. Aussi loin que portait le regard, ce n'étaient que prairies, forêts ou étangs. On n'apercevait aucune trace de civilisation, sinon les quelques pistes dont le tracé sinueux semblait ne mener nulle part.

Mais des hommes mouraient chaque jour. Il suffisait qu'un groupe de soldats s'engagent sur l'une de ces pistes pour qu'une échauffourée avec les Indiens éclate au détour d'un bosquet.

Tina assistait le Dr Brandeis. Dans un recoin du fort, ils avaient aménagé une sorte d'hôpital où ils accueillaient les blessés. Malgré les souffrances dont elle était quotidiennement témoin, Tina était réconfortée en voyant combien les blessés appréciaient sa présence. Elle leur faisait la lecture ou se chargeait de rédiger leur correspondance. En écrivant ces lettres personnelles souvent destinées aux familles, elle apprenait à mieux connaître les soldats et découvrait à quel point leur existence était précaire – aussi précaire, en fait, que celle des Indiens.

Les uns considéraient les Peaux-Rouges comme des sortes d'animaux sauvages qu'ils n'avaient aucun scrupule à massacrer. Certains s'étaient liés d'amitié avec des Séminoles et rêvaient de s'installer en Floride. D'autres enfin ne voyaient dans cette guerre qu'une simple étape dans leur carrière militaire.

Quand elle n'était pas auprès des blessés, Tina passait généralement ses journées avec le Dr Brandeis. Elle l'appréciait de plus en plus. Il s'occupait de tous les blessés avec la même attention, quelle que soit la couleur de leur peau. Sa mission était de sauver des vies humaines et il s'en acquittait du mieux possible, tout en répétant sans cesse à Tina qu'il était bien heureux de pouvoir compter sur son aide.

Jamais quelqu'un n'avait autant vanté ses compétences et son utilité. Mais James semblait penser qu'elle n'était rien de plus qu'un ornement. Tina s'étonnait d'avoir rencontré en si peu de temps autant d'hommes qui avaient exercé une influence sur elle : John Harrington, si galant et si charmeur ; Robert Trent, qui lui avait fait partager sa passion pour l'histoire de la Floride ; Tyler Argosy, le militaire irréprochable ; le Dr Brandeis, qui la traitait sur un pied d'égalité ; Jarrett McKenzie, qui s'était montré avec elle plus paternel que Michaël Warren et qui n'aurait pas hésité à risquer sa vie pour elle. Et puis...

Et puis, il y avait James. Si elle n'avait pas fait sa connaissance, elle aurait sans doute trouvé John encore plus charmant. Ou peut-être serait-elle tombée amoureuse du Dr Brandeis. Elle ne le saurait jamais, parce que, depuis sa rencontre avec James, personne ne comptait autant pour elle. Elle essayait de se convaincre qu'il était loin d'ici, alors qu'elle se doutait bien que ce n'était pas vrai. Plusieurs chefs indiens s'étaient réunis non loin de Saint Augustine. James n'avait pas pu ne pas assister à ce conseil...

Alors, elle continuait d'espérer.

– Tina !

Elle se raidit instinctivement en entendant son beau-père l'appeler. Elle s'efforçait de l'éviter le plus possible. Hélas, elle n'y réussissait pas toujours !

– Tina !

Elle se retourna à contrecœur. *Que lui voulait-il encore ?* Le simple fait de le savoir près d'elle suffisait à lui donner la chair de poule. Il avait déjà gravi l'escalier qui menait au chemin de ronde et la rejoignait de son pas impeccable de militaire. Comme d'habitude, son uniforme n'avait pas un seul faux pli.

– Ce soir, le commandant donne un bal dans la grande salle du fort, annonça-t-il.

Ce n'était pas la première fois. De nombreuses jeunes filles de bonne famille vivant à Saint Augustine n'hésitaient pas à braver les risques du voyage dans l'espoir de trouver un fiancé promis à une belle carrière militaire. Tina était bien forcée de reconnaître que la tenue de ces bals avait un effet extraordinaire sur les soldats. A l'idée de valser au bras d'une jolie femme, même les plus faibles d'entre eux retrouvaient miraculeusement la santé.

Elle-même, cependant, détestait ces soirées. Si certains soldats étaient devenus ses amis, en revanche, elle haïssait tant ceux qui massacraient allégrement des innocents qu'elle ne supportait pas qu'ils la touchent, même à l'occasion d'une danse. De toute façon, elle ne se sentait plus le cœur à ce genre de réjouissances.

– Je ne sais pas s'il serait convenable de ma part d'y assister, répondit-elle en arborant un sourire poli. En l'absence de John...

– Ce bal est particulier. Le général Jésup y sera l'invité d'honneur. Il a beaucoup entendu parler de toi – en bien, je dois dire. Ta présence est donc indispensable.

– Mais...

– Je pars en mission demain matin. Si tu ne tiens pas à m'accompagner, je te conseille d'obéir.

Elle n'avait pas le choix, bien sûr. Sinon, elle serait obligée d'assister aux crimes de ses hommes.

– Dieu m'est témoin que j'aurai essayé d'être gentil avec toi, poursuivit-il. En souvenir de Lilly, j'ai toujours voulu agir dans tes intérêts, mais je n'ai jamais été payé de retour. Tu mériterais d'être enfermée à double tour dans ta chambre pour apprendre l'humilité en méditant la Bible. Tant que tu n'as pas épousé Harrington, n'oublie pas que tu me dois toujours obéissance. Tu assisteras au bal de ce soir et tu te montreras polie avec le général.

Heureusement, il n'attendait pas de réponse. Il tourna les talons avec une raideur toute militaire et redescendit dans la cour.

Tremblante de rage et d'humiliation, Tina dévala à son tour l'escalier et courut s'enfermer dans sa chambre.

Au bout d'un moment, on frappa à sa porte.

– Tina ?

– Oui, entrez ! répondit-elle en reconnaissant la voix de Katy Walker.

Katy était l'épouse du lieutenant Harry Walker. C'était une ravissante brune approchant la trentaine qui semblait d'humeur toujours égale.

Elle entra dans la chambre de Tina.

– J'ai demandé à Annabella de nous apporter du thé, annonça-t-elle. Je vous ai aperçue avec votre père, tout à l'heure et ensuite je vous ai vue courir jusque chez vous. Rien de grave, j'espère ? Oh, ma pauvre, j'ai compris ! Votre adorable fiancé est absent, mais Michaël a insisté pour que vous veniez quand même au bal, c'est ça ?

– Euh... oui, c'est à peu près ça, murmura Tina. Elle ne se voyait pas avouer à Katy que John Harrington n'était qu'un ami et qu'elle passait ses jours et ses nuits à rêver à un sang-mêlé qui ne voulait même pas d'elle.

On frappa de nouveau à sa porte. Annabella, une jeune soubrette noire au service de Katy, entra avec un plateau.

– Merci, Annabella. Pose-le... (Katy chercha une place du regard, mais la chambre de Tina était meublée au minimum : un lit et une armoire.) Pose-le sur le lit, ce sera parfait.

– Désirez-vous autre chose, madame ? demanda la soubrette.

– Pas pour l'instant, Annabella. Tu peux aller te reposer. Je t'appellerai au moment de me préparer pour le bal.

La soubrette remercia d'un sourire, avant de disparaître.

Katy secoua la tête.

– Les choses, ici, évoluent parfois à une vitesse effrayante, dit-elle. Il n'y a pas longtemps, les soldats ont combattu une tribu presque entièrement composée de guerriers noirs qui étaient encore esclaves à Saint Augustine quelques mois plus tôt ! Dieu merci, leur rébellion a été matée.

– Katy, vous ne pouvez pas blâmer ces gens de vouloir leur liberté.

Katy fit la moue.

– Même les Séminoles ont des esclaves !

– C'est vrai. Mais bien souvent ils les affranchissent.

– Tina, tous les soldats ne sont pas des monstres et tous les Indiens ne sont pas des anges !

– Je le sais, Katy. Personne n'est parfait, nulle part.

– On a vu des fuyards noirs revenir ici après être tombés sous la coupe des Indiens.

– Peut-être étaient-ils simplement affamés, comme le sont beaucoup de Séminoles.

Katy soupira.

– Personne n'est parfait... (Elle s'assit sur le lit, face à Tina et prit la tasse de thé que celle-ci lui tendait.) Tina, vous n'êtes pas la première à compatir au sort de ces sauvages. Même des soldats se lient d'amitié avec les Indiens. Mais ne perdez jamais de vue votre camp.

– Je ne peux pas m'empêcher de désapprouver les massacres d'innocents.

– Je partage votre avis sur ce point, répondit Katy. Surtout lorsque je me trouve du côté des innocents.

– Je ne comprends pas.

Katy porta une main à ses cheveux. Tina crut qu'elle voulait simplement se recoiffer. Elle écarquilla les yeux de stupeur en la voyant enlever un postiche de la même couleur que ses vrais cheveux bruns.

– Oh, Katy ! s'exclama-t-elle, une main devant la bouche, en essayant de ne pas regarder. Je suis désolée, je... ô mon Dieu, je ne pouvais pas deviner... je...

– Ce n'est pas grave, répondit Katy en replaçant le postiche sur son crâne.

– Co... comment est-ce arrivé ?

– Oh, j'ai bien cru que j'allais mourir, ce jour-là. Avec deux amis, Jean et Herb, nous nous rendions dans une plantation de la région. D'ailleurs, ses ruines se trouvent non loin du fort. Une bande de Mikasukis nous a attaqués. Mes deux amis furent tués sur le coup. Par miracle, la balle qui devait m'atteindre ricocha sur le médaillon que je portais en sautoir. Ils m'ont sans doute crue morte, moi aussi. Je n'oublierai jamais le visage du guerrier qui m'a scalpée. Mais le plus triste, dans cette histoire, ce fut la mort de Herb. Il était juif. Il avait subi des persécutions et pensait pouvoir redémarrer une nouvelle vie, ici, en Floride. Il croyait que les Indiens le laisseraient en paix, puisque lui aussi avait eu à souffrir des Blancs. Mais quand il s'est agi de le tuer, ils ne lui ont pas demandé de quelle race il était. A leurs yeux, c'était un Blanc. Donc il méritait la mort. C'est ça, la guerre, Tina.

– Oh, Katy ! murmura Tina, effondrée.

Katy sourit.

– Je suis toujours là, Tina. C'est l'essentiel. Je ne souhaite à personne de vivre ce que j'ai vécu, mais au moins cette expérience m'aura servi de leçon. Dans cette guerre, je sais exactement de quel côté je suis.

Tina reposa sa tasse sur le plateau. Sa main tremblait au point qu'elle avait peur de tout renverser.

Katy reposa également sa tasse, avant de se relever pour partir.

– Peut-être comprendrez-vous mieux les soldats, à présent. Y compris votre père.

– Beau-père, précisa Tina, en secouant la tête. Je peux comprendre beaucoup de choses, ajouta-t-elle, mais certainement pas un homme comme Michaël Warren.

Katy sourit encore.

– Vous êtes une idéaliste, Tina. Vous rêvez d'un monde meilleur où tous les hommes seraient bons.

– Qui n'est pas ainsi ?

– C'est vrai. Mais tout le monde ne cherche pas, comme vous, à voir le bon côté des autres. C'est courageux de votre part. Bravo.

– Oh, Katy, vous avez montré tellement de courage, vous-même ! Je ne sais pas comment j'aurais réagi si j'avais dû subir la même épreuve que vous. C'est... c'est tellement horrible ! Pourtant, je continue à croire de tout mon cœur que la plupart des Indiens luttent uniquement pour leur survie. Comme je crois aussi que la plupart des soldats ne font, hélas, que se conformer aux ordres.

– Tout cela est bien triste, en fait, commenta Katy.

– Oui, admit Tina. Vraiment triste...

Katy se rassit à côté de Tina pour la serrer dans ses bras.

– Comment tout cela finira-t-il, Katy ? demanda-t-elle, frissonnante.

– Je l'ignore. Franchement, je l'ignore.

– Pourquoi restez-vous dans ce fort ? Si près de l'endroit où vous avez été attaquée ? Vous pourriez l'être encore...

– Je reste ici parce que mon mari travaille dans ce fort et que je l'aime. Ma vie est ici.

– Oh ! Katy...

– Vous savez, les risques sont minimes, à condition de ne pas quitter l'enceinte du fort. Il est trop bien protégé. Les Indiens n'oseront pas l'attaquer.

– Vous avez sans doute raison.

– Bon, je vais retourner dans mes appartements prendre un bon bain chaud avant de me préparer pour les festivités de ce soir ! annonça Katy en retrouvant soudain le sourire. (Elle se releva et ouvrit la porte, avant d'ajouter :) Si ce monde meilleur existait, Tina, seules des personnes comme vous auraient pu le créer.

– Katy, si un tel monde existait, vous en feriez partie ! répondit Tina.

– Promettez-moi d'être sage, ce soir. Je ne veux pas voir votre beau-père fâché contre vous.

– Je vous le promets. Pas pour mon beau-père. Seulement pour vous !

– Si vous voulez.

Elles se sourirent, puis Katy s'en alla et Tina posa

le plateau par terre pour se rallonger sur son lit. Elle ferma les yeux et se demanda en quel lieu James McKenzie pouvait bien se trouver ce soir.

Il lui semblait que des siècles s'étaient écoulés depuis leur dernière rencontre. Pourtant, elle se rappelait avec précision chacun de ses traits, l'intensité de son regard, de ses caresses...

Comment avait-il pu l'exclure aussi radicalement de sa vie, après tout ce qu'ils avaient partagé ensemble ? Même s'il pleurait encore sa femme. Même s'il y avait la guerre...

Tina essaya de le chasser de son esprit. Sans succès. Mais elle était si lasse d'être dans l'attente et l'inquiétude qu'elle finit par s'assoupir.

Et rêver.

Elle courait comme une folle à travers les fourrés. Les oiseaux apeurés s'envolaient sur son passage. *Ils la suivaient.* Elle pouvait entendre les sabots de leurs chevaux marteler le sol. Sa course était handicapée par un fardeau. Ses poumons la brûlaient, mais elle devait s'enfuir coûte que coûte. *Ils arrivaient pour la tuer.*

Elle baissa les yeux pour voir ce qu'elle portait de si lourd – et de si précieux.

Il n'y avait rien. Ou plutôt, rien qu'elle-même. Ses mains enserraient son ventre gonflé. Elle attendait un bébé. Et c'était autant pour sauver sa propre vie que celle de l'enfant qu'elle courait si vite.

Elle se retourna. Ils se rapprochaient. Elle ne pouvait pas voir leurs visages, à cause de la poussière soulevée par les sabots des chevaux, mais elle savait que c'était bien elle qu'ils poursuivaient. Ils la chassaient comme si elle n'était qu'un vulgaire gibier, sans même se soucier du bébé qu'elle portait.

Elle reprit sa course, en criant et en sanglotant...

Tina se réveilla en sursaut, le visage baigné de sueur et le cœur battant.

Un coup d'œil autour d'elle l'informa qu'elle était saine et sauve. Rien n'avait changé dans sa chambre. Le plateau avec la théière et les tasses était toujours posé par terre. Elle n'avait sans doute pas dormi plus de quelques minutes, mais son cauchemar lui avait paru si réel qu'elle en tremblait encore. Elle se rappelait le moindre détail de sa course effrénée avec une précision angoissante – sauf un élément : elle était incapable d'identifier les visages de ses poursuivants.

Des Séminoles...

Ou des soldats ?

16

James revenait avec Chat-Sauvage de Fort Deliverance quand un jeune Indien Alachua se précipita à leur rencontre. Il semblait affolé et s'exprimait avec incohérence.

– Les soldats sont sur notre piste... des méchants soldats... ils sont venus pour tuer. Nous ne pouvons pas les combattre. Pas assez de guerriers et trop de vieillards. Nous allons tous mourir.

– Il va falloir nous battre, je crois, dit Chat-Sauvage.

James secoua la tête.

– A deux, nous ne viendrons jamais à bout d'une compagnie entière. Commençons par étudier la situation de près pour voir ce que nous pouvons faire. Approche-toi, mon garçon ! (Il attrapa le jeune Indien et le hissa sur sa selle.) Maintenant, conduis-nous.

James et Chat-Sauvage ne tardèrent pas à comprendre de quoi il retournait. Les Alachuas – une quarantaine d'âmes, tout au plus – avaient caché leur village dans la végétation épaisse qui couvrait une petite langue de terre s'avançant au milieu d'un étang. Un seul chemin y menait. Pour l'instant, les soldats aperçus par le garçon progressaient sur la grande piste qui contournait l'étang. Mais ils passeraient tout près du chemin. James et ses compagnons s'abritèrent dans un fourré avant de décider de la suite.

– La femme du chef a un petit bébé qui pleure beaucoup, expliqua le garçon. Ses cris risquent d'attirer les soldats.

– Il faut agir vite, répondit James en mettant pied à terre. Je vais traverser l'étang à la nage et tenter de ramener tout le monde sur cette berge.

Chat Sauvage descendit à son tour de selle.

– Je viens avec toi. Le jeune garçon attendra ici.

– Chat-Sauvage, nous risquons d'être tués si les soldats...

– Nous aiderons plus facilement les villageois à traverser l'étang si nous y allons à deux.

James ne discuta pas. A cet endroit, l'étang n'avait pas plus d'une centaine de mètres de large. Ils nagèrent le plus vite possible, s'entretinrent rapidement avec le chef et le convainquirent d'évacuer d'abord sa femme, avec le bébé qui pleurait, sur un radeau de fortune.

James conduisit seul le radeau. Là, il ordonna expressément à la mère de faire taire son bébé, si bien qu'au moment d'arriver sur l'autre rive, il s'aperçut que le bébé ne pleurait plus et avait les yeux fermés. Horrifié, il se demanda si la femme n'avait pas préféré l'étouffer pour ne pas alerter les soldats.

– Non ! s'exclama-t-elle en lisant jusqu'au fond de sa pensée. Il dort. Mon bébé dort !

James hocha la tête, soulagé.

– Tenez-le serré dans vos bras et courez vous cacher dans les fourrés, lui conseilla-t-il, avant de repartir aussitôt vers le village.

Entre-temps, Chat-Sauvage avait enrôlé tous les hommes valides pour aider les femmes et les vieillards à prendre place sur d'autres radeaux. Au bout de trois voyages, tout le village put être évacué.

James revint cependant une dernière fois, pour s'assurer que personne n'avait été oublié. Alors qu'il déambulait entre les huttes maintenant désertes, un bruissement dans les fourrés l'alerta. Il rampa discrètement dans l'herbe et découvrit qu'un jeune soldat s'approchait lentement des premières huttes.

James réfléchit un court instant. S'il ne tuait pas le soldat, celui-ci donnerait l'alarme dès qu'il apercevrait le village. Les habitations seraient détruites, les réserves de nourriture pillées. Les Alachuas n'auraient plus de maisons et mourraient de faim dès le début de l'hiver.

James avança. Le soldat n'était plus qu'à quelques

mètres devant lui. Il semblait très jeune et donnait l'impression d'avoir peur. Son chef avait dû lui ordonner de partir en éclaireur et le pauvre gosse n'avait pu refuser. Il ne s'était même pas aperçu que James était dans son dos.

James progressa furtivement, les mâchoires serrées, se maudissant de devoir tuer un homme. Il tira le coutelas de sa ceinture et retint sa respiration avant de frapper. S'il ne voulait pas que le soldat ait le temps de crier et d'alerter ses camarades, le jeune homme devait mourir sur le coup.

Au moment où il levait le bras, le soldat se retourna brusquement. Il ne cria même pas. Il regarda James, vit le coutelas dans sa main, murmura : « Doux Jésus... » et ferma les yeux.

James hésita une fraction de seconde, puis il lâcha son coutelas et décocha au garçon un magistral coup de poing qui l'assomma tout net. Puis, sans traîner, il s'enfonça dans les fourrés, l'homme sur les épaules.

Quand il fut certain d'être suffisamment éloigné du chemin qui conduisait au village, il posa son fardeau dans l'herbe. Le soldat rouvrit les yeux, frémit d'horreur en reconnaissant James et voulut se redresser pour s'enfuir. James le retint par le bras.

– Je ne vais pas te tuer.

– C'est vrai ?

James hocha la tête.

– En revanche, je vais être obligé de t'assommer une deuxième fois. Ne t'inquiète pas, tes camarades te trouveront avant la nuit.

Le gamin était éperdu de gratitude.

– Dieu vous bénisse ! s'exclama-t-il. Ah, c'est vrai

que vous ne croyez pas en notre Dieu ! Tant pis, je prierai quand même pour vous !

– Quel âge as-tu ? demanda James.

– Dix-sept ans le mois prochain.

– C'est trop jeune pour être soldat.

– Ma mère n'avait pas assez d'argent pour nous nourrir.

– Dans ce pays, tu risques la mort chaque jour. Rentre plutôt chez toi, mon garçon.

Et sur ces mots, James l'expédia de nouveau dans les bras de Morphée. Il le laissa sous un chêne et rejoignit Chat-Sauvage. Ensemble, ils attendirent que la troupe s'éloigne avant de reprendre la route.

Le village déserté ne fut pas découvert. Les Alachuas pourraient rentrer chez eux en toute tranquillité et la journée se terminerait sans effusion de sang.

James aurait dû se réjouir de ces bonnes nouvelles. Pourtant, son cœur était sombre. Avec Chat-Sauvage, il avait été jusqu'à Fort Deliverance.

Et il l'avait vue.

Osceola s'approcha du feu où cuisait en permanence un ragoût dans lequel les guerriers affamés pouvaient puiser à tout moment.

Il était tard et Osceola se trouvait seul. Il se réchauffa les mains au-dessus des flammes en fermant les yeux.

C'était un homme solide, musclé, mais il sentait bien que ses forces déclinaient. Parfois, la nuit, il se réveillait dans son sommeil avec l'étrange impression que le temps lui était désormais compté. Souvent, aussi, ses pensées le ramenaient vers son enfance.

Les choses étaient très différentes, alors.

Les Blancs et les Séminoles s'accrochaient bien de temps à autre, mais Osceola gardait le souvenir de longues périodes de paix. La vie était agréable, le gibier abondant. Il avait passé des journées entières à chasser dans les bois et les marais, sans souci du lendemain.

Au printemps et pendant l'été, les différentes tribus s'assemblaient pour des conseils ponctués de fêtes et de danses. Garçons et filles en profitaient pour flirter et s'aimer en toute liberté avant de se marier.

Tout n'était pas rose, bien sûr. Certaines années, un temps trop rigoureux menaçait la chasse et les récoltes. La famine rôdait. Les fièvres prélevaient un lourd tribut. Mais tout cela faisait partie de l'ordre des choses.

Aujourd'hui, plus rien n'était pareil. Les temps étaient durs, l'avenir incertain. Les Indiens devaient se battre pour préserver leur indépendance. Chaque jour, des guerriers mouraient au combat et des enfants périssaient de faim.

Ce conseil des chefs n'avait pas été inutile. Tous, à présent, savaient que la situation était grave. Cependant, malgré la détermination de chacun, Osceola n'était pas sûr que son peuple pourrait supporter encore longtemps cette guerre épuisante. Il avait vaillamment combattu quand les circonstances l'exigeaient et il combattrait aussi longtemps qu'il le faudrait. Cependant, il ressentait la nécessité d'engager de nouvelles négociations. Dans l'espoir d'aboutir à une vraie trêve. Le général Jésup n'était pas un fanatique. Les Séminoles pouvaient échapper à l'extermination, à condition de négocier maintenant.

Un léger bruit, derrière lui, le fit se retourner. Si ses forces le quittaient, Osceola s'enorgueillissait de posséder encore l'ouïe d'un jeune guerrier. Il avait deviné que quelqu'un s'approchait.

C'était Otter. Le chef des Mikasukis marchait lentement vers lui. Il avait le visage aussi dur que s'il avait été taillé dans la pierre. Aucun guerrier n'était plus brave ni plus féroce que lui. Il avait perdu sa femme et ses enfants lors d'un coup de main des militaires sur son village. Depuis ce jour, Otter ne craignait plus la mort. Osceola aurait même juré qu'il redoutait plutôt de continuer à vivre.

– J'étais venu te prévenir que je repars avec mes guerriers demain à l'aube, annonça-t-il.

Osceola hocha la tête.

– Ton nouveau village est si bien caché dans les marais que les soldats ne le trouveront jamais.

– Je ne pars pas me cacher ! répliqua Otter en se frappant la poitrine avec son poing. Je vais préparer de nouvelles attaques contre les Blancs.

– Nos braves sont fatigués, lui fit remarquer Osceola. Un peu de repos ne leur ferait pas de mal.

– En tant que chef de mon clan, j'entends me battre quand bon me semble.

– C'est ton droit, en effet, admit Osceola, qui enviait une seule chose aux soldats blancs : leur discipline. Aucun chef indien, même le plus influent, n'était capable d'obtenir de ses troupes qu'elles marchent d'un même mouvement.

– Tu faiblis ! lui reprocha Otter.

– Je deviens plus raisonnable. J'engage le combat quand je pense pouvoir le gagner. Je préfère une petite victoire à un grand massacre.

Otter se frappa encore la poitrine.

– Moi, je souhaite la mort de tous les Blancs ! s'exclama-t-il.

– Tu es un brave guerrier, Otter, mais n'oublie pas que nous combattons d'abord pour l'avenir de nos enfants. Pour qu'ils puissent vivre sur la terre de leurs ancêtres. C'est cela, notre guerre.

– Je ne l'oublie pas. Mais les Blancs, eux, veulent notre mort. La mienne, comme la tienne, Osceola. C'est pourquoi j'ai juré leur mort.

Il s'inclina en signe de respect avant de tourner les talons et de regagner sa hutte.

Osceola resta à contempler le feu, le regard absent. Il s'était battu. Oh, oui, il s'était battu ! Pendant des années. Sans retenue. Et il se battrait encore.

Mais ce soir...

Ce soir, il avait froid.

Au bout d'un moment, il héla un jeune guerrier.

– Ours-Rapide est-il rentré de son expédition à Fort Deliverance ? demanda-t-il.

– A l'instant, répondit le guerrier. Il rapporte un chevreuil qu'il a tué.

– Va me le chercher.

Le guerrier s'exécuta. Quelques instants plus tard, James arriva près du feu.

Osceola avait beaucoup d'estime pour lui. Comme pour Jarrett, d'ailleurs. James aurait pu profiter de ses origines pour trouver refuge dans le monde des Blancs, mais il avait préféré garder sa propre indépendance, au risque d'être rejeté par les deux camps. Et son demi-frère, quoique blanc, avait toujours témoigné une grande compréhension pour le peuple des marais. C'était courageux de leur part.

– Tu m'as fait appeler, Osceola ? demanda James.

– Ton chevreuil nourrira de nombreuses bouches. Félicitations, Ours-Rapide. De telles prises se font rares par les temps qui courent.

James haussa les sourcils, l'air amusé.

– Osceola est lui-même un grand chasseur. J'ai peine à croire qu'il voulait simplement me complimenter pour cette prise.

– J'ai entendu dire que la fille de Warren se trouvait à Fort Deliverance.

– C'est exact, répondit James, sans trahir la moindre émotion.

Ce fut au tour d'Osceola de montrer son amusement.

– Mon ami, tu ne sais donc pas que les rumeurs se propagent à la vitesse du vent ? Personne, dans les marais, n'ignore votre liaison. L'as-tu vue, aujourd'hui ?

– Oui, avoua James. Avec Chat-Sauvage nous avons pu nous rapprocher assez pour observer l'intérieur du fort.

– J'ai donné l'ordre que la fille de Warren soit amenée vivante ici, au cas où elle serait capturée. Mais tu dois savoir que certains braves sont aveuglés par leur désir de vengeance. Ils ont perdu leurs femmes et leurs enfants, dans cette guerre. Il est difficile de leur demander d'épargner une Blanche.

– J'en suis conscient.

– Surveille Otter, Ours-Rapide. Il projette d'attaquer tous les détachements qui quitteraient le fort.

– J'ai déjà été mis en garde contre lui. Peut-être serait-il bon que j'aille lui parler tout de suite.

Il tourna sèchement les talons. Osceola le regarda s'éloigner en se demandant s'il avait eu raison de lui parler ainsi. Les Indiens ne pouvaient pas se permettre de se disputer entre eux, ils devaient opposer un front uni contre leur ennemi commun. Mais chacun avait le droit de suivre sa propre voie. Si Ours-Rapide considérait que la fille de Warren lui appartenait, Osceola ne voyait aucune raison de le lui interdire.

James alla trouver Otter dans sa hutte. Les Indiens avaient la dangereuse habitude de ne jamais poster de gardes, pendant la nuit. James avait souvent averti les chefs, à ce sujet : les Blancs ne raisonnaient pas comme eux et pourraient très bien choisir le temps sacré du repos pour lancer une attaque. D'ailleurs, aucun chef blanc ne se couchait sans que des soldats surveillent sa porte. Mais il était difficile de changer les habitudes ancestrales. Otter continuait de dormir sans protection. L'intrusion de James dans sa hutte le réveilla en sursaut. Il crut d'abord à une attaque. En reconnaissant le visiteur, son regard se radoucit à peine.

– McKenzie... lâcha-t-il, en employant à dessein son nom de Blanc.

– On m'a raconté que tu voulais attaquer Fort Deliverance.

– Je veux tuer tous les Blancs, répondit froidement Otter.

– Il y a là-bas une femme qui m'appartient.

– Aucun Blanc ne s'est soucié de ma femme.

– Je te demande quand même de respecter ma position.

– C'est le sang-mêlé qui parle ?

– Je te le demande au nom du sang de ma mère.

Otter vint se planter devant James. Quoique plus petit que lui, il le dévisagea avec agressivité.

– Tu aurais pu devenir un grand chef et conduire nos guerriers à la victoire, Ours-Rapide. Tu en avais les capacités. Au lieu de cela, tu ne combats que si une arme est braquée contre toi. Et maintenant, tu viens me parler d'une Blanche.

– Elle est à moi. Je ne veux pas qu'on la tue.

– Si elle est à toi, enlève-la du fort.

James s'efforça de ne pas trahir sa frustration. Il prétendait que Tina lui appartenait, alors que ce n'était pas vrai. Elle appartenait au monde des Blancs. Au monde de Warren.

– Je te demande simplement de ne pas t'en prendre à elle.

Otter tira soudain son coutelas de sa ceinture et, d'un geste sûr, le ficha en terre, juste aux pieds de James.

– Bats-toi, Ours-Rapide. Bats-toi pour elle et décide de ton destin.

– Me battre avec toi ? Je ne désire pas ta mort...

– Ni moi, la tienne. Je veux te voir combattre pour ce que tu aimes. Comme moi j'ai combattu pour ma famille.

Avant que James ait pu répondre, Otter s'était déjà baissé pour ramasser son coutelas. James se recula, conscient qu'il était trop tard pour le raisonner.

Otter se rua sur lui. James réussit à dévier le bras qui brandissait le coutelas, mais sous la force du choc, les deux hommes roulèrent à terre. James sentit la lame du coutelas passer à deux doigts de sa gorge, avant de réussir à faire rouler son assaillant loin de lui. Les deux combattants se relevèrent en même temps. Otter attaqua de nouveau, mais cette fois James l'esquiva au dernier moment. Emporté par son élan, Otter vint buter contre le mur de sa hutte. Rapide comme l'éclair, James lui arracha son coutelas de la main et le jeta à terre avant de serrer Otter à la gorge, comme s'il voulait l'étrangler.

– Finis-moi. Tue-moi ! lui dit Otter, d'un ton haineux.

James secoua la tête.

– Je n'étais pas venu dans ta hutte pour te tuer, répondit-il, exaspéré. Accorde-moi seulement la femme blanche.

Otter resta silencieux un moment. Les deux hommes entendirent des pas se rapprocher.

James se retourna. Réveillés par le bruit de la bagarre, les guerriers d'Otter s'étaient massés devant la hutte de leur chef. Ils n'interviendraient pas. Ils étaient simplement venus regarder. James relâcha Otter.

– Je n'ai pas l'intention d'attaquer le fort, répondit finalement celui-ci. Nous nous en prendrons uniquement aux soldats qui en sortent.

– Et pour la femme ?

– Tant qu'elle restera dans le fort, elle ne craindra rien. Si elle le quitte et que je la fais prisonnière, j'essaierai de me souvenir qu'elle t'appartient.

– Je veux que tu t'engages sur l'honneur, Otter.

Otter hocha la tête. Il ramassa son coutelas et s'entailla la paume avec la pointe de la lame, avant de la tendre à James. James prit le coutelas, fit pareillement, puis les deux hommes se serrèrent longuement la main.

James quitta la hutte du chef mikasuki en sentant le sang chaud couler entre ses doigts. « Tant de sang... », avait dit Tina un jour.

Et ce n'était pas fini.

En l'espace de vingt-quatre heures, il s'était battu avec deux de ses frères de sang. Pour elle. Mais cela ne suffirait pas à la protéger.

– Ours-Rapide !

Il se retourna. Lapin-Noir, un vieux guerrier mikasuki, métis, fils d'un Indien et d'une ancienne esclave noire, courait pour le rattraper.

– Otter a beaucoup d'admiration pour toi, lui dit-il. Il regrette que tu ne combattes pas plus souvent avec nous. Il prétend qu'à toi tout seul, tu pourrais tuer au moins vingt soldats à chaque bataille.

– Je ne peux pas me battre comme il le souhaiterait.

– Je sais. Beaucoup de guerriers te comprennent, Ours-Rapide. Pour ce qui est de la femme blanche, je suis sûr que notre chef tiendra parole. Cependant, tu devrais quand même t'occuper d'elle si elle t'appartient vraiment. Dans le feu d'une bataille, on ne sait jamais ce qui peut arriver.

– Tu as raison, Lapin-Noir. Merci de ton conseil.

Le vieux guerrier hocha la tête et rejoignit les autres membres de sa tribu.

James resta un moment immobile au milieu du chemin, le regard perdu dans les étoiles.

Avec Chat-Sauvage, ils avaient grimpé à la cime d'un chêne pour observer ce qui se passait derrière l'enceinte du fort. *Et il l'avait vue.* Le cœur battant, il l'avait longuement contemplée pendant qu'elle discutait dehors avec une autre femme, que James ne connaissait pas.

Tant qu'elle restait à l'abri du fort, elle ne craindrait rien. Fort Deliverance était trop bien protégé pour que les Indiens puissent l'attaquer. Mais si, pour une raison ou pour une autre, elle devait sortir...

James secoua la tête. Pourquoi son sort lui importait-il autant ? Que représentait-elle au juste, pour lui ? Une jolie femme qu'il avait eu plaisir à posséder ?

Il aurait pu se contenter de cette seule réponse, mais c'était impossible. Tina représentait beaucoup plus que cela. Elle avait pris, dans son cœur et dans son âme, une place dont il ne pouvait plus la déloger.

– Bon sang, pourquoi es-tu venue ici ? murmura-t-il à haute voix, en regardant la lune, comme si elle pouvait répondre à sa question. Puis il secoua encore la tête avant de reprendre le chemin de sa hutte.

Cette nuit encore, il dormirait mal.

17

Le général Jésup était un homme grand et racé. Tina avait entendu dire qu'il pouvait se montrer sournois et manquer à sa parole, mais aux yeux des soldats, aucun gradé n'était exempt de défauts.

Son regard intelligent et perspicace inspirait confiance à Tina. En dansant avec lui, elle finit même par le trouver tout à fait sympathique. Malgré l'ambiance de fête qui régnait autour d'eux, il semblait sombre. Presque triste.

– Si cela ne dépendait que de moi, dit-il, alors qu'ils valsaient ensemble, tout serait déjà terminé. Quand j'ai pris la direction des opérations, j'ai compris ce que nos politiciens de Washington se refusent à voir : qu'il ne sert à rien de traquer les Séminoles dans les marais. Ils connaîtront toujours mieux ce pays que nous. Lorsque nous croyons avoir mis la main sur une bande, elle disparaît comme par miracle et réapparaît ailleurs, de façon tout aussi inattendue. Une fois, j'étais certain de surprendre Osceola. En fait, il n'a eu aucune peine à me filer entre les doigts.

– Pourquoi Washington ne leur concéderait-il pas une partie de la Floride ?

Le général soupira.

– C'était mon souhait. Malheureusement, certains membres du gouvernement, notamment le ministre de la Guerre, considéreraient cela comme un aveu de défaite. Ils veulent continuer les combats jusqu'à la colonisation complète du territoire. Je ne suis qu'un modeste serviteur du pouvoir. Mon métier est d'obéir aux ordres. (Il resta silencieux un moment, avant d'ajouter :) Cependant, j'ai plusieurs fois suggéré que nous abandonnions le sud de la Floride aux Séminoles. Mes propositions n'ont pas été retenues. « Les Séminoles doivent partir », m'a-t-on répondu. Tout le problème est qu'ils ne veulent pas. Me voilà obligé d'exterminer une population que, par certains côtés, j'admire sincèrement. Je vous le dis entre nous, cette guerre est terrible. (Il s'arrêta encore, avant d'ajouter :) Votre père est un officier admirable. Il ne renonce jamais.

– Oui, mon beau-père a beaucoup d'opiniâtreté, convint Tina.

Elle aperçut Michaël Warren à l'autre bout de la pièce. Il conversait avec le capitaine Argosy et le Dr Brandeis, mais ne l'avait pas quittée des yeux depuis qu'elle dansait avec le général. Pour la première fois, sans doute, il semblait content d'elle. Tina devinait aisément pourquoi. Puisque le général aimait valser en sa compagnie, Warren devait déjà entrevoir une possibilité d'avancement pour lui-même. Du reste, malgré sa lucidité au sujet de cette guerre, Jésup ne pouvait pas ne pas apprécier un soldat qui gagnait des batailles. Autrement dit, qui contribuait, par ses massacres, à « résoudre » le problème indien.

Jésup la regarda soudain avec gravité.

– J'ai cru comprendre, miss Warren, que vous aviez fraternisé avec l'ennemi.

Tina haussa les sourcils.

– Je ne connais aucun « ennemi », dit-elle prudemment.

– Votre père prétend que vous avez été kidnappée par le sang-mêlé James McKenzie.

– Je n'ai été kidnappée par personne, général. J'ai rencontré James McKenzie lors d'une réception chez son frère.

– Ce James McKenzie est un homme extrêmement intelligent, je crois. (Il soupira.) Quel dommage qu'il ait choisi de rester dans l'autre camp.

Tina préféra ne rien répondre.

– Votre beau-père part en mission demain, reprit Jésup. Harrington étant également absent, vous devriez peut-être quitter cette région dangereuse. Vous serez plus en sécurité à Charleston.

Tina réprima son agacement. Tout le monde semblait se liguer pour la voir rentrer chez elle ! En tout cas, si le général Jésup l'y encourageait, Warren n'oserait plus lui refuser de partir. Mais Tina n'était pas sûre de vouloir déjà quitter la Floride alors que James se trouvait peut-être tout près d'elle.

– Général, c'est très aimable de vous inquiéter pour ma sécurité, répondit-elle. Mais je ne voudrais pas rentrer à Charleston avant d'avoir revu John au moins une fois, ajouta-t-elle en baissant les yeux, un peu honteuse de ce mensonge.

– Ah, l'amour ! murmura le général en souriant. Comme je vous comprends. Ce diable d'Harrington a bien de la chance de vous avoir pour fiancée. Pendant son absence et celle de votre beau-père, n'hésitez pas à faire appel à moi, si vous avez besoin de quoi que ce soit.

– Je n'y manquerai pas, promit Tina.

A cet instant, il y eut un grand remue-ménage à la porte de la salle. Les deux soldats qui gardaient l'entrée firent brutalement irruption à l'intérieur, l'air affolé. Deux autres soldats les suivaient de peu. Ils soutenaient à bras-le-corps un officier couvert de sang et de boue. Tina ne put retenir un cri d'horreur en voyant qu'il avait été scalpé.

– Mon général ! s'écria le blessé. Capitaine Dixon, de la quatrième compagnie, au rapport ! (Puis, renonçant à tout protocole militaire, il éclata en sanglots avant de pouvoir raconter sa mésaventure :) Nous pensions suivre les traces d'Otter, mon général. Je commandais un détachement de dix hommes et nous étions persuadés de parvenir à le capturer. En fait, c'était lui qui nous suivait ! Tout d'un coup, ses hommes nous ont encerclés. Dieu m'est témoin que nous n'avons rien pu faire. Ils m'ont laissé pour mort, mon général. Par miracle, j'ai réussi à ne pas crier quand un guerrier m'a scalpé. Mais tous mes hommes sont morts... de si bons garçons... pas un n'en a réchappé.

Le Dr Brandeis s'approcha du blessé.

– Général, cet homme a besoin d'être soigné immédiatement ! s'exclama-t-il.

Le général hocha la tête.

– Vous avez raison, docteur. Capitaine, nous prierons pour vous, ainsi que pour vos courageux compagnons.

Le général avait passé un bras protecteur autour de Tina. Le docteur vint la chercher et la prit par la main.

– Venez vite, dit-il en l'entraînant hors de la salle, tandis que les soldats qui soutenaient le blessé les suivaient vers leur petit hôpital.

Ils portèrent le malheureux capitaine dans la pièce où Brandeis opérait, l'allongèrent sur la table et aidèrent Tina à lui retirer sa tunique pendant que Brandeis préparait ses instruments. Outre sa blessure à la tête, Dixon portait une longue entaille sur le côté droit, provoquée vraisemblablement par un coutelas. Pour lui éviter des souffrances inutiles, le docteur chargea Tina de l'endormir à l'éther.

– D'ici quelques minutes, vous n'aurez plus mal, capitaine, lui dit-elle.

Il sourit tristement.

– J'aurai toujours mal. Mes pauvres, pauvres garçons ! ajouta-t-il dans un gémissement.

Tina interrogea le docteur du regard. Celui-ci se pencha sur le blessé.

– Ils ne souffrent plus, à présent, capitaine. Dieu les a accueillis dans son royaume. C'étaient des soldats aguerris. Leur métier était d'affronter le danger.

Je suis sûr que vous avez fait tout ce que vous avez pu.

Dixon ferma les yeux.

– Oui, tout ce que j'ai pu... murmura-t-il d'une voix déjà endormie, avant de sombrer dans l'inconscience.

Aussitôt, Tina entreprit de nettoyer ses blessures au whisky. Leur infirmerie était si chichement pourvue qu'ils ne disposaient pas d'un meilleur désinfectant. Pendant ce temps, le docteur enfilait dans une aiguille le fil de soie qu'ils avaient eu la chance de recevoir récemment.

Il fallut poser près d'une centaine de points de suture. Tina resta avec le docteur jusque tard dans la nuit. Quand ce fut terminé, Brandeis attrapa la bouteille de whisky et en but une grande rasade à même le goulot.

– Il s'en sortira, dit-il. Du moins, si aucune infection ne se déclare. Venez, vous avez besoin d'un bon remontant, vous aussi.

Tina le suivit dans la pièce d'à côté, qui faisait office de bureau et de pharmacie. Brandeis prit un verre sur une étagère, le remplit de whisky et le tendit à Tina.

Elle but prudemment une gorgée.

– Cul sec ! l'encouragea Brandeis.

Tina hésita un instant, avant de relever le défi. Elle réussit à vider le verre d'un trait, mais le liquide lui incendia la gorge.

– Ça va mieux ? demanda Brandeis.

Tina hocha la tête.

– Dixon est un brave soldat, dit-elle, les larmes aux yeux.

– En voyant ses blessures, vous vous êtes dit que vous détestiez les Indiens. Je me trompe ?

– Non, reconnut Tina. Tout à l'heure, je les ai trouvés aussi méprisables que le capitaine Hampton le jour où il a massacré un village entier.

– Cruel dilemme, n'est-ce pas ?

Tina soupira.

– C'est terrible, Thomas ! En venant ici, je croyais pouvoir changer un peu les choses, mais je vois bien que c'est impossible. Comme j'étais naïve ! Aujourd'hui, j'ai perdu toutes mes illusions.

– Vous ne souhaitez pas la mort de McKenzie, mais vous n'êtes plus aussi sûre de souhaiter le revoir vivant.

– Grands dieux ! Pas un seul instant je n'ai souhaité sa mort !

– Malheureusement, il se joint parfois aux sauvages qui martyrisent nos soldats. Comme ce pauvre capitaine.

Tina baissa les yeux.

– Pendant la soirée, le général Jésup m'a suggéré de rentrer chez moi. Je ne voulais pas. Je pensais encore que ma place était ici. Mais je crois bien que j'ai changé d'avis, à présent. Je... non, ne dites rien ! Je vais attendre que mon beau-père soit parti. Le général m'a promis de m'aider si je le souhaitais. Je pense que je demanderai au commandant du fort de m'inclure dans le prochain détachement qui ralliera Saint Augustine.

Brandeis resta silencieux. Tina continuait de regarder ses mains. Elle se sentait horriblement lasse. Et amère.

– Je suis désolée de vous causer cette peine,

reprit-elle. Peut-être devrais-je rester. Je vous dois tellement. A vous, à John...

– Non. Vous devez partir, répondit-il brutalement.

Tina fut surprise par sa véhémence. Avait-elle manqué de tact ?

– Si je vous ai vexé... commença-t-elle.

– Pour l'amour de Dieu, Tina ! Vous ne m'avez pas vexé ! Vous me manquerez beaucoup, mais je prierai pour que votre voyage se déroule sans encombre.

– Pourrez-vous expliquer mon départ à John ?

– Il comprendra très bien. Ne vous accrochez pas inutilement à la Floride, Tina. Si je préfère vous voir partir, c'est parce que je vous aime. Je me moque bien que vous ayez couché ou non avec des dizaines d'Indiens.

Tina faillit s'étrangler. Elle était choquée et en même temps reconnaissante au docteur de son franc-parler. C'était bien de lui : il lisait dans le cœur des gens, sans jamais les juger. En revanche, elle ne s'était pas doutée un seul instant qu'elle représentait plus qu'une infirmière pour lui.

– Je n'ai pas couché avec des dizaines d'Indiens, murmura-t-elle.

– Seulement un.

– Thomas, ce n'est pas parce que James est séminole. C'est...

– Parce que vous l'aimez. Je comprends. (Il soupira, puis avala une gorgée de whisky, avant d'ajouter :) Je comprends et je me fais du souci pour vous deux. Cette guerre est tragique. James McKenzie ne pourra plus renoncer aux armes, maintenant qu'il est considéré comme un hors-la-loi. A cause de vous.

– A cause de moi ?

– La rumeur de votre enlèvement est tenace. Tout le monde est persuadé que James McKenzie vous a kidnappée. Il est beaucoup plus facile pour les Blancs de croire qu'un Indien vous a ravie à votre beau-père que d'accepter l'idée que vous ayez pu fuir Warren.

– Mon Dieu... ! murmura Tina, effondrée. J'ai tout gâché.

– Non, Tina. Vous n'avez rien à vous reprocher. Mais si vous quittez la Floride, ce sera mieux pour tout le monde.

Il reposa la bouteille de whisky, s'approcha de Tina et posa ses mains sur ses épaules.

– La vie n'est jamais facile, dit-il, comme si cela pouvait tout expliquer. (Il l'embrassa sur le front.) Je prierai pour vous, Tina.

– Vous êtes le meilleur des hommes, Thomas. Je prierai aussi pour vous. Vous me manquerez beaucoup.

– Rentrez à Charleston. Vous y serez en sécurité, dit-il, avant de la laisser.

Tina resta un moment, seule dans la pièce, à réfléchir encore à sa décision. Thomas avait raison. James McKenzie continuerait la guerre jusqu'au bout.

Il lui avait demandé de partir ?

Eh bien, elle partirait !

18

Le lendemain matin, un peu avant l'aube, James et Chat-Sauvage escaladèrent le même chêne que la veille pour épier à nouveau les mouvements à l'intérieur de Fort Deliverance. Au contraire de Chat-Sauvage, James se réjouissait de voir cette place si bien protégée et par tant de soldats. Tant qu'elle resterait derrière le mur d'enceinte, Tina ne craindrait rien.

Soudain, alors que les premiers rayons du soleil éclairaient l'horizon, une sonnerie de clairon retentit dans la cour du bâtiment.

– Regarde ! s'exclama Chat-Sauvage en tirant son ami par le bras.

En l'espace de quelques instants, ils virent des soldats surgir de partout. Le clairon ne cessa de sonner. Les soldats s'agitaient de plus belle et l'on tira les chevaux hors des écuries. Warren fit son apparition.

– Il va sortir avec plus d'une centaine d'hommes, commenta Chat-Sauvage, furieux. Même en réunissant tous les guerriers, on ne pourra pas les attaquer.

James ne répondit rien. Chat-Sauvage avait raison. Il observa les soldats faire leurs adieux avant de monter en selle. Tina apparut à son tour. Warren s'approcha d'elle. Ils se saluèrent furtivement, sans la moindre embrassade, puis Warren prit la tête de la troupe.

James vit avec soulagement Tina assister au départ des soldats. Elle-même resterait en sécurité au fort.

Dès que la colonne se fut éloignée, Chat-Sauvage redescendit de l'arbre. James attendit avant de l'imiter. Il vit Tina rejoindre le Dr Brandeis et rentrer avec lui dans un petit bâtiment qui devait servir d'infirmerie. Puis il s'obligea à rejoindre Chat-Sauvage.

Elle n'était pas partie avec Warren. Pour l'instant, elle ne craignait rien.

– Je le tuerai ! s'exclama Chat-Sauvage. Je tuerai ce diable de Warren !

– Pas aujourd'hui, murmura James. Tu as toi-même constaté qu'ils étaient trop nombreux.

– Pas aujourd'hui, admit Chat-Sauvage d'une voix sombre.

Ils retrouvèrent leurs chevaux dans les fourrés et reprirent la direction du campement. En chemin, cependant, James décida de se séparer de Chat-Sauvage pour se diriger, seul, vers un étang qu'il connaissait depuis son enfance. L'endroit était un vrai havre de paix. Là-bas, il pourrait goûter à un peu de tranquillité. Et de solitude.

Loin des Blancs.

Loin des Séminoles.

Et loin des tourments qui les opposaient.

Warren était parti depuis à peine plus de vingt-quatre heures lorsque Katy vint trouver Tina à l'hôpital.

– Ma chère, le général Jésup a décrété que vous quitteriez le fort demain avec le capitaine Mayerling. Sa compagnie doit aller chercher du ravitaillement à Saint Augustine. Là-bas, un bateau vous conduira directement à Charleston.

Déjà ! songea Tina, un instant paniquée. La veille, elle avait demandé au Dr Brandeis d'informer le général de son désir de partir, mais elle ne pensait pas que tout irait si vite.

– Vous me manquerez terriblement ! s'exclama Katy, en la serrant dans ses bras. Mais vous savez, il y a beaucoup de soldats, ici, qui vous reprochent votre sympathie pour l'ennemi. Vous serez mieux chez vous.

Chez elle... Tina aimait Charleston. C'était une si jolie ville...

Mais tellement loin d'ici. Et tellement loin de James.

Elle avait le sentiment que, quoi qu'il arrive, son âme resterait toujours attachée à la Floride.

Peut-être parviendrait-elle à oublier James une fois là-bas. De toute façon, elle n'avait plus aucune nouvelle de lui depuis si longtemps... Se rappelait-il seulement son prénom ?

– Vous me manquerez aussi beaucoup, Katy, répondit-elle en s'efforçant de sourire. Je... je vais aller préparer mes bagages. (Elle s'apprêtait déjà à quitter la pièce, mais se ravisa sur le pas de la porte.) Vous avez parlé du capitaine Mayerling, je crois ?

– Oui. Un féroce chasseur d'Indiens, ma chère ! Il a détruit des villages entiers. Vous ne courrez aucun danger avec lui.

Tina hocha la tête. Mayerling ressemblait à son beau-père. D'ailleurs, c'est sans doute lui que Warren aurait choisi pour l'escorter, s'il avait consenti à son départ. Mayerling avait massacré des dizaines d'Indiens, femmes et enfants compris. Ses hommes louaient ses exploits, mais les autres soldats lui reprochaient sa cruauté.

Après tout, Tina s'en moquait. Une seule chose lui importait, à présent : partir ! Puisque Warren n'était pas là pour l'en empêcher, demain soir, elle serait loin.

Le soleil s'était déjà levé, mais James somnolait encore à moitié dans la petite hutte en roseau qu'il s'était construite au bord de l'étang. Un bruit de cavalcade le fit soudain bondir sur ses pieds.

Une seconde plus tard, Chat-Sauvage surgit des fourrés.

– Que se passe-t-il ? demanda James.

– Un détachement commandé par Mayerling se prépare à quitter Fort Deliverance, annonça Chat-Sauvage.

Mayerling. Les guerriers le haïssaient à peu près autant que Warren.

– Combien seront-ils ?

– Une cinquantaine environ.

– Otter va tous les massacrer, murmura James, envahi d'un sentiment de pitié pour ces hommes promis à une mort certaine. Mayerling méritait le châtiment suprême. On racontait qu'il collectionnait les oreilles des enfants indiens qu'il avait lui-même massacrés. Mais les soldats placés sous ses ordres n'étaient pas forcément aussi cruels que lui.

– La fille de Warren sera du voyage, précisa Chat-Sauvage. C'est pourquoi j'ai jugé utile de te prévenir.

James sentit un frisson glacé lui parcourir l'échine.

Sans un mot, il alla détacher son cheval et monta aussitôt en selle. Il n'avait pas une minute à perdre.

Tina eut beaucoup de chagrin de faire ses adieux à Katy et plus encore au Dr Brandeis. Ils s'étreignirent longuement, brisés par leur émotion.

Tina le considérait comme un ami – un ami exceptionnel – alors que Thomas, elle le savait maintenant, aurait aimé voir leur relation prendre une autre tournure.

Pressé de partir, le capitaine Mayerling décida de brusquer les choses.

– Il faut monter en selle, miss Warren, lui dit-il. Nous devons être arrivés avant ce soir.

Thomas la relâcha.

– Franchement, je suis soulagé que vous partiez, Tina. Aucun homme sensé n'aurait souhaité vous voir rester dans cet enfer.

La jeune fille s'efforça de sourire. Thomas l'embrassa sur le front avant de l'aider à monter en selle. Puis les portes du fort s'ouvrirent pour laisser passer la petite troupe.

Tina chevauchait au milieu de la colonne. Personne ne parlait. Plus les heures passaient, plus le silence devenait lourd et oppressant, augmentant la sensation de danger.

Soudain, un cri retentit :

– Les Indiens attaquent !

– Pied à terre, tout le monde ! ordonna Mayerling. En formation de combat !

Il avait à peine terminé sa phrase qu'une détonation déchira l'air. Tué sur le coup, Mayerling tomba de sa selle.

D'autres coups de feu claquaient déjà. Les soldats voulurent se réfugier derrière les arbres qui bordaient la piste pour riposter, mais les Indiens semblaient surgir de partout en même temps, tant ils étaient nombreux. La plupart étaient armés jusqu'aux dents.

Tina tentait de se cacher dans un fourré quand elle vit un guerrier fondre sur elle. Elle n'avait même pas d'arme ! En désespoir de cause, elle ramassa une poignée de cailloux qu'elle lui lança dans les yeux avant de prendre la fuite.

Des cris résonnaient de toutes parts. Cris de guerre ou cris de douleur. Tina buta sur un corps et cria à son tour, de panique. Elle se retourna : le guerrier la rattrapait déjà.

– Non... ! murmura-t-elle, en courant de plus belle.

Une main la saisit à l'épaule et l'obligea à se retourner. Elle ne vit même pas le visage de son agresseur. Son regard était fasciné par la lame rougie de sang qu'il brandissait au-dessus de sa tête.

James avait rarement vu un tel carnage. Une odeur de sang empuantissait l'air. Partout, ce n'étaient que corps blessés et mutilés. Les rares soldats encore vivants seraient bientôt cruellement achevés. Pourtant, James voulait encore croire que Tina ne figurait pas parmi les victimes.

Il l'aperçut enfin, au moment où un guerrier s'apprêtait à lui trancher la gorge.

C'était Otter. Otter, qui avait oublié sa promesse.

James éperonna sa monture en lançant le cri de guerre des Mikasukis. Aussitôt, tous les guerriers s'immobilisèrent. Ils regardèrent James descendre de cheval et s'approcher de leur chef.

Tina ne semblait pas l'avoir vu arriver.

– Sale bâtard ! lança-t-elle à son agresseur avec un regard haineux.

Otter la tenait toujours par les cheveux. Elle lui décocha un méchant coup de pied dans l'entrejambe. Otter poussa un cri de douleur et laissa échapper sa proie. Mais il la rattrapa bien vite par le bras. Son coutelas menaçait à nouveau la gorge de Tina.

James se précipita. Il était inutile d'espérer raisonner Otter autrement que par la force. Il cria une deuxième fois. Otter sursauta. James était déjà sur lui. Il le tira violemment en arrière et lui décocha un coup de poing en pleine mâchoire. Sous le choc, Otter laissa échapper son coutelas.

– Tu me tuerais donc pour une Blanche ? demanda-t-il, d'une voix méchante. Pour la fille de Warren ? Traître !

James ramassa le coutelas.

– Je n'ai aucunement l'intention de te tuer, Otter. Mais ne t'avise plus de toucher à cette femme.

Autour d'eux, les guerriers avaient repris leur sinistre besogne. Ils achevaient les soldats mourants, avant de les scalper. Dédaignant Otter, James se lança à la poursuite de Tina, qui avait profité de l'intermède pour prendre la fuite. Il la rejoignit au bout d'une centaine de mètres et l'attrapa par les cheveux. Comme elle tentait de se débattre, il la plaqua sans ménagements à terre, dos au sol, avant de s'asseoir à califourchon sur ses hanches.

D'une main, il emprisonna ses deux poignets. Cependant, Tina s'agitait toujours comme un beau diable. Ses longues mèches rousses lui couvraient le visage, l'empêchant de rien voir et menaçant de l'asphyxier. James les écarta. Elle voulut aussitôt hurler, mais son cri lui resta dans la gorge quand elle le reconnut. Elle ferma les yeux.

– Regardez-moi ! lui ordonna-t-il.

Elle lui obéit.

Cela faisait si longtemps qu'ils ne s'étaient pas trouvés face à face... mais dans son regard, il ne lut que de la haine.

– Tuez-moi donc ! lui lança-t-elle. Massacrez-moi, comme tous ces malheureux qui m'accompagnaient.

– Ce fut un combat loyal, répondit James qui savait pourtant que les soldats n'avaient aucune chance de s'en sortir.

– Non ! C'était une embuscade !

– Le capitaine qui commandait votre escorte a massacré des villages entiers, miss Warren. Femmes et enfants compris. Pourquoi devrait-on témoigner de la pitié à de tels assassins ?

– Je sais que vous ignorez ce qu'est la pitié, s'écria Tina. Cette guerre est sans pitié, de toute façon. Alors tuez-moi, qu'on en finisse !

James serra les dents. Il n'était pas un meurtrier. Mais si Tina était sagement restée à Cimarron, elle n'en serait pas là aujourd'hui.

– En finir ? répéta-t-il en haussant les sourcils. Déjà ? Vous devriez savoir que nous autres sauvages, adorons torturer longuement nos victimes.

Elle ferma les yeux et resta muette.

– Que faisiez-vous avec ces hommes ? voulut savoir James.

Elle rouvrit les yeux mais ne dit toujours rien. James renouvela sa question.

– Que faisiez-vous avec ces hommes ?

– Je partais ! répondit-elle.

– Où ça ?

– A Charleston.

Charleston ! Bon Dieu, quand il lui avait demandé de rentrer chez elle, elle était restée, par défi. Et maintenant que les routes n'avaient jamais été aussi dangereuses, elle avait décidé de partir !

– Petite idiote ! Vous n'irez nulle part, à présent !

– C'est pourtant vous qui m'aviez demandé de quitter votre précieux pays ! lui rappela-t-elle.

– Mais vous ne m'avez pas écouté.

– La preuve que si. J'essayais précisément...

– Vous ne m'avez pas écouté à temps. Eloignez-vous de moi seulement d'un pas et vous êtes morte, miss Warren. Ne le voyez-vous donc pas ?

Autour d'eux, les guerriers d'Otter continuaient de trancher des scalps. On entendait les soldats encore vivants gémir de douleur.

Tina frissonna. James comprit qu'elle luttait pour ne pas pleurer devant lui. Il eut pitié d'elle.

– La fille de Warren est ma prisonnière ! cria-t-il aux Mikasukis dans leur langue. Je l'emmène avec moi.

Puis il entraîna Tina vers son cheval.

– Ne regardez pas autour de vous, lui commanda-t-il, pour lui épargner le spectacle insoutenable des soldats scalpés par dizaines.

Il l'installa à califourchon devant lui sur sa jument baie et ils chevauchèrent un moment en silence. James avait décidé de la conduire à l'étang où il avait dormi la nuit précédente. Quand ils furent arrivés, il descendit de cheval et l'aida à mettre pied à terre. Elle courut vers la berge.

Elle était toujours aussi belle. James était soulagé de la savoir vivante. Mais il s'en était fallu de peu qu'il arrive trop tard.

– Ainsi, vous quittiez la Floride ? dit-il en la rejoignant au bord de l'eau. J'imagine que c'était pour retourner vers les bals et autres jolies réceptions qui comblent l'existence des jeunes ladies ?

– Je ne retournais nulle part en particulier, répondit-elle d'un ton glacial.

– Alors vous désertiez simplement notre sauvage contrée ?

Elle se retourna, tremblante de colère.

– Je désertais la violence et la mort ! s'écria-t-elle. Votre ami voulait m'égorger.

Elle avait raison. Otter l'aurait massacrée sans remords. A cette idée, James sentit son cœur se serrer.

– Je l'aurais tué, s'il l'avait fait.

– Me voilà rassurée ! ironisa-t-elle. Je vous aurais remercié, depuis le ciel.

– Ou depuis l'enfer, corrigea-t-il. Pourquoi êtes-vous partie de chez mon frère ?

– Je n'avais pas le choix.

– Jarrett ne vous aurait jamais mise à la porte.

– Je n'avais pas le choix, répéta-t-elle.

C'était incroyable ! James n'avait jamais vu quelqu'un d'aussi têtu ! Il s'approcha d'elle. Il était si furieux qu'il voulait la secouer comme un prunier, mais tout d'un coup son désir se raviva. Il lui prit une main et la posa sur son torse nu.

– Cherchiez-vous à fuir la guerre, ou vouliez-vous échapper à *cela* ? demanda-t-il d'une voix rauque. Echapper à votre attirance pour la peau cuivrée d'un Indien ?

Elle retira sa main avec tant de vigueur qu'il ne put la retenir.

– Je n'ai pas peur de vous ! cria-t-elle en serrant les poings d'un air de défi.

– Vous avez tort. Vous auriez dû repartir depuis longtemps dans votre monde civilisé. Vous n'auriez même jamais dû le quitter !

– Allez au diable !

– Je crois que j'y serai bien assez tôt, répliqua James en la poussant contre un arbre.

Il avait une envie folle de l'embrasser.

– Ne saviez-vous donc pas que ce pays était en guerre ? murmura-t-il. Ne vous a-t-on pas expliqué que les Indiens pillent et massacrent tout sur leur passage ? Mais peut-être était-ce justement cela qui vous attirait ? Pour avoir le plaisir de vous amuser un peu avec un Peau-Rouge – sans vous brûler ?

– On ne peut qu'être brûlé par votre haine ! répliqua-t-elle.

James ne put en supporter davantage.

– Alors, goûtez-moi ce feu, chérie, murmura-t-il en s'emparant de ses lèvres, tandis que ses mains déchiraient fiévreusement sa robe.

Elle essaya de se débattre. Emporté par son désir, James la cloua au sol et ce fut pire encore. Allongé sur la terre moussue, son corps dégageait une sensualité qui acheva de l'enivrer.

– Que vais-je faire de vous, maintenant ? murmura-t-il en caressant ses seins du bout des doigts.

Il connaissait déjà la réponse, car il savait qu'il ne pourrait pas résister au désir qu'elle éveillait en lui. Et il savait aussi que c'était réciproque.

– Sale bâtard ! lui cracha-t-elle au visage.

– Peut-être, admit-il. Mais demandez-moi donc de vous relâcher, là, tout de suite.

– Sale bâtard ! répéta-t-elle d'un ton beaucoup moins convaincu.

– Je sais, je sais, murmura James avant de s'emparer à nouveau de ses lèvres.

Ils firent l'amour là, à même la terre et leurs cris de plaisir résonnèrent dans la nuit.

Une fois leur étreinte achevée, James roula sur le côté puis il s'allongea sur le dos, un bras replié sous sa nuque, pour contempler le firmament. Il se sentait moitié satisfait et moitié honteux.

Pendant ce temps, Tina tentait de rassembler les lambeaux de sa robe – sans succès. Finalement, elle se releva et s'approcha de la berge pour se rafraîchir le visage.

James la rejoignit. Il se reprochait de plus en plus sa conduite.

– Depuis le début, vous auriez dû savoir qu'il ne fallait pas jouer avec les Indiens, dit-il.

Elle se retourna.

– Je n'ai jamais joué, dit-elle. (Désignant sa robe déchirée, elle ajouta :) La nuit va être froide.

– Je vous réchaufferai, dit James d'un ton destiné à lui prouver qu'il ne cherchait pas à s'excuser. Demain matin, nous tâcherons de vous trouver quelques vêtements.

Tina secoua la tête.

– Je n'ai pas l'intention de passer la nuit ici.

Elle le défierait donc toujours ?

– Il le faudra bien, pourtant, miss Warren, répondit-il. Vous êtes mon invitée.

– Prisonnière me semble plus exact.

– Comme vous voudrez. En tout cas, vous restez ici.

Il l'entraîna vers la hutte de roseau en la maudissant autant qu'il se maudissait lui-même. Pourquoi n'avait-elle pas quitté la Floride quand il le lui avait demandé ?

Elle s'assit sur les fourrures disposées au sol. Voyant qu'elle frissonnait, James lui en tendit une autre pour qu'elle s'en couvre les épaules.

– Si je décidais de m'enfuir, vous ne pourriez pas me rattraper, se vanta-t-elle. J'ai beau être née dans une grande ville, j'ai appris à connaître votre pays.

– Un défi ? Alors laissez-moi vous dire que si je ne veux pas que vous m'échappiez, vous ne m'échapperez pas.

– Le diable vous emporte.

– Tina, préféreriez-vous courir le risque de rencontrer un autre guerrier, qui s'intéresserait à votre scalp ?

– Tous les Séminoles ne sont pas des sauvages.

– Merci de le remarquer, miss Warren !

– Vous n'êtes pas un vrai Séminole ! Cessez de me parler de votre peau cuivrée. En fait, vous êtes plus blanc qu'indien.

– Tina, une seule goutte de sang indien suffit à se couper du monde des Blancs. Vous le savez très bien, du reste. La vie a fait pencher mon cœur du côté des Indiens et cela non plus, vous ne devez pas l'oublier.

– La vie vous a rendu cruel.

– Ça suffit, Tina. Ça suffit pour ce soir.

Son regard brilla de colère, mais elle ne dit plus rien et s'allongea en lui tournant le dos.

James resta un moment à contempler ses formes sensuelles et les reflets flamboyants de sa chevelure. *Quitte-la ! Oublie-la !* lui murmurait une voix intérieure. Cette femme n'était pas pour lui. Il ne le savait que trop bien. Raison de plus pour profiter de sa présence pendant qu'il le pouvait encore.

Il s'allongea à côté d'elle et la serra dans ses bras...

19

Tina se réveilla aux premières lueurs du jour.

Ce pays qui basculait lentement dans l'horreur et le sang n'avait rien perdu de sa fascinante beauté. Par la porte ouverte de la hutte, elle voyait le ciel se parer de teintes mauves, rosées ou dorées à mesure que le soleil entamait son ascension à l'horizon. La journée s'annonçait chaude, mais pour l'instant une petite brise matinale rafraîchissait délicieusement l'air.

James s'était réveillé plus tôt qu'elle, apparemment. Il était déjà habillé et, adossé à un montant de la hutte, il la regardait en mâchant un brin d'herbe.

– Bien dormi ? demanda-t-il poliment.

– Remarquablement, dit-elle. C'est à peine croyable, quand on songe à tous les meurtres auxquels j'ai assisté hier.

Il jeta son brin d'herbe avec un geste d'impatience et vint s'agenouiller près d'elle.

– Et comment auriez-vous appelé les massacres de Mayerling dans nos villages, miss Warren ? De glorieux faits d'armes ?

– Non. C'étaient aussi des meurtres. Mais j'espère que vous ne tirez aucune fierté de vous massacrer les uns les autres avec une égale férocité. Et que vous ne défendez pas les guerriers qui veulent mon scalp, sous prétexte que je suis la fille de Warren. Ils ne valent pas mieux que lui !

– Peut-être, concéda-t-il. Mais de votre côté, vous semblez oublier que les Séminoles occupaient la Floride les premiers. Les soldats sont arrivés pour les en déloger et exterminer ceux qui ne voulaient pas partir.

Tina se raidit.

– Ne me parlez pas comme si j'étais responsable de cette guerre. D'ailleurs, je veux partir.

– Ah ! mais c'est trop tard, miss Warren. Je vous avais pourtant mise en garde à plusieurs reprises. M'avez-vous écouté, à l'époque ? Non. Maintenant, vous voilà ma prisonnière.

– Allez au diable, James-Ours-Rapide-McKenzie ! Allez exercer votre cruauté ailleurs. Je ne veux plus entendre...

Il tira brusquement les couvertures. Tina se retrouva nue devant lui, frissonnante de froid et d'humiliation. Elle bondit sur ses pieds, prête à se battre contre lui.

– C'est l'heure du café, annonça-t-il tranquillement.

– Quoi ? répondit Tina, désarçonnée.

– L'heure du café, répéta-t-il. Nos femmes travaillent dès le lever du jour, miss Warren. Quand nous devons abandonner nos villages, elles transportent nos maigres affaires sur leur dos.

– Quel rapport avec le café ?

– J'ai envie d'une tasse de café.

– Tant mieux pour vous. Je ne vous empêche pas de le boire.

Tout d'un coup, il lui attrapa un bras et l'attira contre lui.

– Vous êtes ma prisonnière, miss Warren. Et nos prisonniers se conforment à notre mode de vie. Parfois, certains décident de rester parmi nous, même après leur libération. Parce qu'ils ont découvert que nous n'étions pas si sauvages qu'ils l'imaginaient.

– Lâchez-moi.

– A condition que vous prépariez le café. Les provisions sont dans mon sac, le foyer est devant la hutte et vous pouvez utiliser l'eau de l'étang. Elle est excellente.

– Tiens donc ! ironisa-t-elle en retirant vivement son bras.

Elle était furieuse contre lui et se répétait qu'elle le détestait de tout son cœur. Mais elle ne pouvait pas non plus oublier qu'il était venu la sauver d'une mort certaine alors qu'elle ne s'attendait plus à le revoir. Sans compter qu'il la troublait toujours autant. Elle espérait seulement qu'il ne s'en apercevrait pas.

– Je ne vous préparerai pas votre café ! s'écria-t-elle, décidée à lui tenir tête.

Il l'attira de nouveau contre lui pour l'embrasser à pleine bouche, tandis que de ses mains, il caressait fiévreusement ses seins. Tina tenta bien de le repousser, mais c'était sans espoir. Il était trop fort.

– Je n'ai plus envie de café, murmura-t-il en se détachant de ses lèvres pour l'obliger à se rallonger sur les fourrures.

– Attendez ! Je vais vous le préparer quand même ! proposa Tina.

– Trop tard, Tina. Encore une fois, vous auriez dû m'obéir plus tôt.

Trop tard...

Elle avait rêvé de lui, nuit après nuit. Elle l'avait attendu, désiré. Certes, elle n'avait pas imaginé qu'ils se retrouveraient tous les deux en pleine nature, avec seulement quelques roseaux en guise de toit. Mais elle avait longuement espéré ce qui arrivait maintenant : qu'il la prenne dans ses bras, qu'il la caresse partout. Pourtant, son propre désir l'effrayait.

– Je... je sais faire un excellent café, bégaya-t-elle.

– Mais vous faites tellement mieux l'amour ! répliqua-t-il en s'allongeant sur elle.

Elle murmura le mot « non ». Du moins, il lui sembla l'avoir murmuré, même si aucun son ne sortit de sa gorge. Tout d'un coup, elle n'avait plus envie de rien lui refuser.

Ils firent longuement l'amour, dans le soleil naissant. Puis James se releva et courut se jeter nu dans l'étang. Tina s'approcha de la berge à son tour pour le regarder nager.

Le ciel, au-dessus d'eux, était bleu. Les oiseaux chantaient gaiement. Les arbres bruissaient doucement dans la brise. Tina se demandait, perplexe, comment il était possible de se sentir aussi heureuse et malheureuse à la fois. Heureuse d'être avec James, de le désirer. Malheureuse de savoir que cette journée serait sans lendemain.

Après quelques longueurs, il sortit de l'eau tout ruisselant, la rejoignit et la serra tendrement dans ses bras. Tina abandonna sa tête contre sa poitrine.

– Je vais préparer le café, annonça-t-il, avant de l'embrasser sur le front.

– Je peux m'en charger. Ça ne me dérange pas.

– Je vais m'occuper du feu, alors.

– Et moi, de l'eau.

Un quart d'heure plus tard, ils s'asseyaient côte à côte au bord de l'étang pour déguster leur café. Tina contempla l'eau qui se mirait sous le soleil.

– Aimeriez-vous la goûter ? demanda-t-il.

– Il n'y a pas de danger ?

– Non. Seulement quelques alligators.

Il sourit en la voyant frissonner.

– Honnêtement, je ne peux pas garantir qu'il n'y en a pas un seul, précisa-t-il. Rassurez-vous : vous n'êtes pas leur proie idéale. Ils préfèrent se régaler d'oiseaux ou de petits mammifères. En règle générale, si l'on garde ses distances avec les créatures sauvages, elles gardent les leurs. (Il sourit encore, avant d'ajouter :) D'ailleurs, vous devriez le savoir, maintenant.

Elle sourit à son tour.

– Seriez-vous donc une créature sauvage ?

– Ce n'est pas votre avis, miss Warren ?

Elle secoua la tête, d'un air très sérieux.

– Pour l'instant, je réserve encore mon jugement.

– Avez-vous peur de l'eau ?

– Non.

– Savez-vous nager ?

– Un peu. J'espère que je n'ai pas oublié. Cela fait si longtemps que je n'ai pas eu l'occasion de me baigner.

– Voulez-vous que je vous accompagne ?

Elle hocha la tête et il lui prit la main pour l'entraîner dans l'étang.

Ce fut merveilleux. L'eau était délicieusement fraîche et limpide. Au début, Tina n'osait pas trop s'aventurer dans les zones profondes, et elle restait prudemment près de James. Mais, à mesure qu'elle prenait confiance en elle, elle s'enhardit à nager seule. Elle avait envie d'explorer tout l'étang et s'était rarement sentie aussi bien de sa vie. Elle éprouvait une formidable sensation de liberté – bien qu'elle fût prisonnière, comme James le lui avait rappelé.

Sans doute plus habitué qu'elle à de semblables baignades, il se lassa le premier.

– On rentre ! lui cria-t-il.

Tina secoua la tête en souriant.

– Miss Warren !

– Non !

Elle continua de nager, mais au bout d'une minute, elle sentit quelque chose lui enserrer la cheville. Elle poussa un cri, paniquée, avant de réaliser que James l'avait rattrapée en nageant sous l'eau.

– Je vous ai dit de rentrer, lui rappela-t-il.

– Oui, mais je n'en avais pas encore envie.

– Oubliez-vous que vous êtes ma prisonnière ? Vous me devez obéissance.

– Les prisonniers tentent toujours de s'enfuir à tout prix, répliqua-t-elle en s'éloignant de lui.

Il resta dans son sillage, tandis qu'elle se décidait à revenir vers la berge. C'était un excellent nageur, qui semblait se fondre avec l'élément liquide. L'eau était si bonne qu'ils ne purent se résoudre à la quitter complètement. Ils restèrent debout, sous le soleil, toujours nus, de l'eau jusqu'en haut des cuisses. James était fasciné par la beauté de Tina. Il l'aida à s'essuyer les cheveux.

– Je crois, miss Warren, que vous n'avez pas réalisé à quel point vous vous étiez fait rapidement des amis, en Floride, lui dit-il.

– Des amis ?

– Mon frère et ma belle-sœur vous adorent. Robert Trent serait prêt à mourir pour vous. Harrington également. Sans parler du Dr Brandeis. Bien sûr, ces trois-là espéreraient un peu plus que votre amitié. (Il relâcha ses cheveux et ajouta, d'une voix plus amère :) A moins que...

– A moins que quoi ? Oseriez-vous m'accuser de... ?

– Je ne vous accuse de rien du tout, puisque c'est même moi qui vous ai conseillé d'épouser Harrington.

Soudain, il l'attira contre lui. Son regard brillait d'une intensité inhabituelle.

– Ecoutez-moi bien, maintenant, miss Warren, commença-t-il d'une voix enfiévrée par la passion. N'allez pas vous imaginer que je ne vous désire pas plus que tout au monde, ni que je ne rêve jamais de vous quand nous sommes séparés. Ne croyez pas non plus que je ne serais pas prêt à tuer n'importe quel homme avec qui je vous verrais rire ou danser. Dites-vous bien que ma jalousie est sans bornes. Pourtant, j'espérais sincèrement vous voir épouser Harrington. Parce que je ne souhaite que votre bonheur et votre sécurité. Parfois, je l'avoue, je ressens quelque amertume en songeant à ma situation. Il ne me suffit pas de dire que mon père était blanc pour trouver une place dans votre monde. Je ne peux pas tourner le dos au peuple de ma mère. Son combat est le mien. Sa survie est également la mienne.

Elle s'écarta de lui, troublée par ses paroles. Il lui avait presque avoué qu'il l'aimait. En tout cas, qu'il tenait beaucoup à elle et que ce n'était pas seulement du désir physique.

Elle le regarda.

– Et si *moi*, je ne pouvais pas survivre sans *toi* ? osa-t-elle lui demander.

Il la serra dans ses bras.

– Tu peux très bien survivre sans moi. Il le faut.

– Je risque d'y perdre mon âme.

– La mienne est perdue depuis longtemps, j'en ai peur.

– James...

– As-tu déjà fait l'amour dans l'eau ? lui murmura-t-il soudain.

Tina lui en voulut un instant d'avoir rompu le charme. Elle fit mine d'être scandalisée.

– James ! Comment oses-tu...

Il éclata de rire et l'empêcha de terminer sa phrase en s'emparant à nouveau de ses lèvres.

Il l'embrassa longuement, passionnément, avant de l'initier au plaisir de l'amour aquatique.

Ils refirent du café. Puis James donna à Tina une de ses grandes chemises en coton. Ensuite, il pêcha et apprit à Tina comment préparer le poisson et le cuire sur le foyer.

Ils passèrent l'après-midi à échanger des souvenirs d'enfance. James raconta comment, une fois, il s'était rendu jusqu'à Charleston, dont était issue la famille de la mère de Jarrett. Tina lui expliqua que la ville avait beaucoup changé depuis cette époque.

La nuit commençait à tomber. Assis sur la berge, ils contemplèrent en silence le coucher de soleil, avant que l'obscurité ne recouvre le paysage.

L'air s'était rafraîchi. James ranima le feu et ils s'installèrent devant les braises pour terminer les poissons. Puis James enseigna à Tina quelques mots dans sa langue, et elle lui raconta sa satisfaction d'avoir appris des rudiments de médecine auprès du Dr Brandeis. Elle insista également sur le plaisir qu'elle avait retiré de cette expérience. Il était très gratifiant de savoir que, grâce à sa seule action, un homme avait pu recouvrer la santé.

– N'importe quel homme, James, avait-elle tenu à préciser. Qu'il soit blanc, noir ou rouge.

Il avait hoché la tête, puis l'avait serrée dans ses bras pour l'embrasser, avant de la porter sous la hutte où ils avaient encore fait l'amour longuement. James ne se lassait pas de la beauté de Tina. Il avait le sentiment merveilleux que chaque nouvelle étreinte ne faisait qu'augmenter son désir pour elle.

En pleine nuit, Tina se réveilla soudain. Elle ouvrit les yeux et tendit l'oreille. Tout était calme. Aucun bruit ne venait rompre le silence qui les enveloppait.

Le pays, autour d'eux, était en guerre. Des milliers d'hommes étaient déjà morts. Elle-même avait failli périr. Elle ne possédait rien – pas même une robe – et dormait dans la nature, sous un abri de fortune.

Pourtant, elle ne s'était jamais sentie aussi heureuse de sa vie. Elle se blottit contre James et se rendormit paisiblement.

Le major Joseph Hernandez se tenait debout devant sa tente. La nuit tombait. Il observait tranquillement ses troupes préparer leur dîner. Les cent cinquante hommes placés sous son commandement avaient établi leur bivouac sur les ruines d'une ancienne plantation.

Le major Hernandez était l'un des rares officiers natifs de Floride. Il aimait ce pays magnifique, aux levers et aux couchers de soleil incomparables. Il aimait aussi les Indiens, avec qui il avait souvent fraternisé. Pourtant, il conduisait cette guerre sans états d'âme. La place des Séminoles n'était plus ici.

Ils devaient accepter d'émigrer vers l'Ouest. Ou périr.

– Major !

John, un jeune aide de camp, traversa ce qui restait de l'ancienne pelouse de la plantation et vint saluer son chef. Hernandez lui rendit son salut.

– Nous avons localisé le camp indien, major.

– Ah ! se félicita Hernandez.

Il s'agissait d'une tribu hitichi. L'une des femmes du clan, lassée de voir sa tribu fuir sans cesse l'avancée des Blancs et s'affaiblir de jour en jour, était venue trouver les soldats. Elle leur avait proposé de leur montrer l'emplacement de leur camp, en échange de la promesse que personne ne serait massacré.

– Quels sont les ordres, major ? demanda l'aide de camp.

– Préparez les hommes. Nous allons encercler le camp et nous attaquerons juste avant le lever du soleil.

– Bien, major, répondit l'aide de camp, avant de partir répercuter les ordres de son supérieur.

La troupe marcha de nuit et prit position tout autour du campement. Les Indiens dormaient paisiblement et ne se doutaient de rien. Malgré les raids meurtriers des Blancs, ils conservaient la dangereuse habitude de ne jamais poster de gardes pendant la nuit.

Dès les premières lueurs de l'aube, Hernandez donna le signal de l'attaque.

Tout se passa très vite. Les Indiens, surpris en plein sommeil, n'eurent même pas le temps de se précipiter vers leurs armes. Un seul réussit à s'échapper. Tous les autres furent capturés sans la moindre effusion de sang.

Hernandez s'approcha du chef de la tribu.

– Coacoochee ? demanda-t-il.

L'Indien hocha la tête à l'appel de son nom, mais Hernandez confia à un interprète le soin de traduire le reste de son discours :

– Vous êtes mon prisonnier. Tout se passera bien pour vous et les vôtres, mais j'y mets deux conditions : ne résistez pas inutilement et demandez à votre fils, Chat-Sauvage, de se rendre.

Coacoochee regarda longuement le major, les traits impénétrables, avant de s'adresser à ses guerriers.

– Il leur a ordonné de renoncer aux armes, traduisit l'interprète. Et un messager partira chercher Chat-Sauvage.

Hernandez hocha la tête, satisfait. L'opération se soldait par un succès complet. La capture de Coacoochee et surtout celle, promise, de son fils, un redoutable guerrier, constituaient un grand événement. Mais Hernandez ne voulait pas s'en tenir là. Il comptait capturer un à un les principaux chefs séminoles, comme Ours-Rapide et d'autres encore. Faute de meneurs, les Indiens finiraient bien par se soumettre.

20

James et Tina restèrent quelques jours au bord de l'étang. Le temps semblait s'être arrêté pour eux, même s'ils savaient pertinemment que ce n'était qu'une illusion. Au-delà des bosquets qui barraient leur horizon, la guerre continuait.

Les premiers jours, James s'ingénia à vouloir démontrer à Tina qu'elle n'était pas faite pour vivre dans les marais. Il lui annonça d'abord qu'ils n'avaient rien à manger, elle lui répondit qu'elle n'avait pas faim. Puis il lui apporta des racines comestibles, elle apprit à les cuisiner et les mangea sans broncher. Une autre fois, il chassa un lapin et elle le dépeça devant lui sans sourciller avant de le transformer en civet. Il lui dit aussi que les femmes séminoles avaient l'habitude de servir les hommes et elle rétorqua qu'elle n'était pas séminole.

Finalement, il renonça à la provoquer et ils se comportèrent tout simplement comme un homme et une femme qui s'aiment. James ne parlait pas de ses projets d'avenir et Tina ne lui posait aucune question à ce sujet.

Le jour, ils pêchaient, nageaient ou bavardaient, allongés sous le soleil. La nuit, ils dormaient au clair de lune. Ils faisaient l'amour quand l'envie leur en prenait, c'est-à-dire souvent. Ils ne voyaient personne mais ne songeaient pas un instant à s'en plaindre.

Le moment préféré de Tina était le coucher du soleil. James s'asseyait contre un tronc d'arbre, elle se lovait dans ses bras et ils admiraient ensemble les couleurs extraordinaires dont se parait le ciel avant que l'obscurité noircisse le paysage.

Un soir – cela faisait déjà près d'une semaine qu'ils vivaient ainsi dans leur paradis – il y eut une averse. Quand la pluie cessa de tomber, le spectacle du crépuscule fut encore plus beau que tout ce qu'ils avaient vu.

Ce soir-là, Tina parla à James du remariage de sa mère avec Warren et comment Lilly avait toujours cru, jusqu'à son dernier souffle, qu'il était un bon père pour elle.

– Je n'ai jamais pensé qu'elle l'avait vraiment aimé, dit-elle. Dans mon esprit, elle n'avait pu éprouver de l'amour que pour mon vrai père. Mais...

– Mais... ?

Tina haussa les épaules.

– A Charleston, les mariages sont souvent arrangés. Ce fut le cas pour mes parents. Pourtant, je m'imaginais que mon père avait été l'homme de sa vie. Les enfants aiment croire à ces choses-là.

– Parfois, ils ont raison, répondit James. Personnellement, j'ai eu cette chance. Mon père adorait vraiment ma mère. Il aurait renoncé à tout pour elle.

– Il doit beaucoup lui manquer.

– Oui. Mon père était un homme formidable. Après la mort de la mère de Jarrett, il avait réussi à reprendre goût à la vie en s'intéressant aux Indiens. Il était curieux de nature et fasciné par leur culture, leurs coutumes. C'est ainsi qu'il a rencontré ma mère. Elle l'a aimé tout de suite, comme elle a aussi aimé tout de suite Jarrett. (Il sourit.) Il m'arrivait de lui reprocher gentiment d'aimer Jarrett encore plus que moi et elle me répondait que c'était parce qu'elle l'avait eu avant moi !

Tina éclata de rire.

– Espèce de jaloux !

– Mary n'avait que seize ans, à ma naissance. Aujourd'hui encore, c'est une très belle femme. Elle a pleuré père pendant longtemps, mais qui sait si...

Il s'arrêta brusquement.

– Quoi ?

– Elle se remariera peut-être. A condition qu'il reste assez d'hommes quand cette maudite guerre sera terminée.

Tina secoua vigoureusement la tête.

– Je ne veux pas parler de ça !

– Pourtant, il serait temps que nous pensions à l'avenir.

– Nous n'avons qu'à rester ici, répondit Tina d'un air buté.

– C'est impossible.

– Pourquoi ?

– Warren nous retrouvera tôt ou tard. Tu le sais très bien.

– Alors, qu'allons-nous faire ?

– Je ne sais pas... répondit-il d'un ton évasif.

– Tu vas reprendre les combats ! l'accusa-t-elle.

– As-tu une meilleure idée ?

– Oui ! Oublie la guerre. Viens vivre à Cimarron, avec Jarrett, Tara, Jennifer et...

– Tu voudrais que je sacrifie tout ce que je dois au peuple de ma mère en échange d'une petite vie confortable ?

– Et celui de ton père, alors ! Tu ne lui dois rien ?

– Ce n'est pas pareil. Lui n'est pas menacé d'extinction.

– Tu m'as juré de ne jamais attaquer les Blancs.

– Et je tiendrai parole.

– Alors, renonce à la guerre !

– Crois-tu que tout soit aussi simple ?

– Regarde la réalité en face, James. Les Indiens ne peuvent pas gagner cette guerre. Ils sont trop peu nombreux, face aux soldats.

– Tu te trompes, Tina. Un seul Indien en bonne santé peut venir à bout d'une douzaine de soldats épuisés par les privations et minés par les fièvres.

– Les Séminoles ne sont pas plus épargnés par la famine et les maladies.

– Tina...

– James, si tu...

– Non, Tina.

– Mais je...

– Assez !

Assez ! Assez ! Elle n'avait donc plus qu'à se taire ! Folle de rage, Tina bondit et se planta devant lui, mains sur les hanches.

– Assez ! Assez ! Tu n'as donc que ces mots à la bouche ? Eh bien, tu as raison. Moi aussi, j'en ai assez !

Elle le planta là et partit le long de la berge, le dos raide, fière comme une lady offensée.

James la suivit des yeux et sourit, car son attitude digne s'accordait mal avec son allure. Elle ne portait que la chemise qu'il lui avait prêtée, laquelle s'arrêtait à mi-cuisse. Tina l'avait serrée à la taille, par une bande de tissu rouge. Ainsi habillée, elle ressemblait plus à un pirate qu'à une lady de Charleston.

James la laissa s'éloigner. Peu importe où elle avait décidé d'aller. De toute façon, il la rattraperait quand il le souhaiterait.

Il ferma un instant les yeux. Leur bonheur était compté. Cet étang avait beau ressembler à un paradis perdu, les soldats finiraient bien par les trouver.

James se doutait aussi que les siens auraient bientôt besoin de lui. Il ne pouvait pas les oublier.

Il rouvrit les yeux. Tina marchait toujours le long de l'étang, inflexible. Même ainsi, elle restait incroyablement désirable.

James la rattrapa en quelques enjambées et lui prit le bras.

– Assez ! cria-t-elle en essayant de se débattre. Assez ! As... !

– Oui, c'est assez, concéda-t-il en la prenant dans ses bras pour l'embrasser.

Mais tandis que ses lèvres la réduisaient au silence, James songeait qu'avec cette fille il n'en aurait jamais assez.

Le temps est venu de négocier avec les Blancs, se répétait Osceola, assis devant le feu de son campement et plongé dans une longue méditation solitaire. Oui, le temps de la négociation était venu. Les femmes et les enfants criaient famine. Les guerriers aussi avaient faim. La récente capture de Coacoochee et de Chat-Sauvage prouvait la détermination des Blancs. Il devenait urgent de conclure une trêve avec eux.

Mais Osceola craignait de perdre sa liberté le jour où il accepterait de se rendre à leur quartier général. Jusqu'à présent, il avait toujours refusé la paix. Il avait volontairement continué la guerre et perpétré des actes que les Blancs ne lui pardonneraient jamais.

Otter vint brutalement le distraire de ses sombres pensées. Avec sa rudesse habituelle, le chef mikasuki s'assit face à lui sans même prendre la peine de le saluer.

– Nous avons besoin d'Ours-Rapide, dit-il. J'ai accepté qu'il prenne la femme blanche dont le scalp aurait dû orner ma hutte parce qu'il s'était battu pour elle. Mais ils ont disparu tous les deux dans les marais, comme si Ours-Rapide avait décidé de nous oublier. Tu sais où il se cache. Dis-le-moi, que j'aille le chercher.

Osceola dévisagea Otter. Oui, il connaissait la cachette d'Ours-Rapide. Chat-Sauvage lui avait parlé de l'étang avant de se constituer prisonnier devant le major Hernandez pour honorer la parole donnée par son père. Chat-Sauvage était un fier guerrier. Son absence leur pesait lourdement. Celle d'Ours-Rapide également. Cependant, Osceola n'avait pas assez confiance en Otter pour lui indiquer la direction de l'étang. Malgré sa promesse, Otter était capable de surprendre les deux amants et de tuer la fille de Warren.

Osceola se sentit soudain très las. Autrefois, il aurait été capable de sauter sur son cheval et de partir rejoindre Ours-Rapide pour le convaincre de revenir avec lui. A présent, chaque journée écoulée lui donnait le sentiment de s'être un peu plus rapproché de la mort. Et ses pensées le ramenaient de plus en plus souvent vers le passé.

Orchidée-Sauvage avait été une très belle femme. La plus belle qu'un guerrier pouvait rêver d'épouser. Osceola l'avait passionnément aimée. Il se rappelait avec nostalgie les merveilleuses nuits qu'ils avaient passées ensemble et comprenait d'autant mieux ce qu'Ours-Rapide pouvait vivre avec la femme blanche.

– Accordons-lui encore une nuit, dit-il.

– Osceola, tu oublies ce qui se passe autour de nous. Nous avons besoin...

– Une nuit de plus ne changera pas le cours de l'Histoire, décréta Osceola. Demain matin, j'enverrai un messager le chercher.

En attendant, Ours-Rapide profiterait pendant quelques heures de son paradis, avant que les événements ne le rattrapent.

Assis à son bureau, le général Jésup relisait les ordres reçus le matin même du ministre de la Guerre. Poinsett lui demandait une nouvelle fois de chasser tous les Séminoles de Floride, ou de les exterminer.

Jésup soupira de lassitude. Quand donc cesseraient-ils d'être aveugles à Washington ? Pourquoi se refusaient-ils à abandonner le sud du pays aux Séminoles ? C'était la partie la moins fertile du territoire, la plus envahie par les moustiques : aucune plantation ne pourrait y voir le jour.

Jésup était un soldat. Son métier était de combattre. Mais il savait pertinemment que cette guerre ne serait jamais complètement gagnée par les Blancs. Même s'il ne restait plus qu'une poignée d'Indiens, ils réussiraient toujours, par leur guérilla incessante, à infliger de lourdes pertes aux soldats et à terroriser les colons. Poinsett était pourtant un homme intelligent. Son obstination agaçait Jésup.

D'une main tremblante de colère, il prit sa plume pour transmettre les nouveaux ordres au major Hernandez.

La journée avait magnifiquement commencé. Le ciel était bleu, à peine troublé par quelques nuages. Tina avait eu la joie de pêcher son premier poisson qu'ils avaient préparé ensemble avant de le déguster avec des fruits et des noisettes.

A présent, ils s'amusaient dans l'eau comme deux gamins. Tina était devenue une excellente nageuse. Elle n'avait plus peur d'évoluer sous l'eau.

– Là, là ! cria-t-elle soudain à James.

– Quoi ? Où ça ?

Pendant qu'il regardait en l'air, elle plongea et le tira par les pieds avant de prendre la fuite en riant, avec une rapidité qui le stupéfia.

– Alors, comme ça, on me provoque ? s'exclama-t-il en se lançant à sa poursuite.

Tina était déjà sortie de l'eau et elle courait sur la berge. James allait la rattraper quand elle poussa un cri en voyant un cavalier surgir des fourrés.

James reconnut Riley. Capturé dans sa jeunesse, ce Noir était devenu l'esclave d'Osceola. Les deux hommes avaient vieilli ensemble. Dévoué à son maître corps et âme, Riley était resté à son service même après avoir été affranchi. Il portait un somptueux turban orné de plumes d'aigrette, cadeau d'Osceola pour le récompenser de sa loyauté.

Tina vint se réfugier derrière James.

– Tu n'as rien à craindre, la rassura-t-il. C'est Riley, le serviteur d'Osceola.

– Je n'ai pas peur, James. Je... je suis toute nue.

– Si tu veux, Riley peut aussi se déshabiller.

Elle lui donna une tape sur l'omoplate.

– Riley, aurais-tu quelque chose que miss Warren pourrait porter ?

Riley hocha la tête et lança sa sacoche de selle à James. Il en tira une grande chemise en coton indigo et la tendit à Tina qui l'enfila tout de suite.

– Que dirais-tu d'une tasse de café, Riley ? proposa James en allant récupérer son pantalon qui traînait au pied d'un arbre.

– Bien volontiers, monsieur James, répondit Riley.

Le trio se dirigea vers la petite hutte en roseau.

– Etes-vous venu seul ? demanda Tina.

– Oui, miss.

– Comment nous avez-vous trouvés ?

– Osceola savait où vous vous trouviez, miss. Chat-Sauvage connaissait l'existence de cet endroit et lui en avait parlé.

Tina se tourna vers James, le regard accusateur.

– Ainsi, vous aviez révélé à vos amis où nous étions ! Et moi qui croyais que personne ne pouvait nous trouver !

James lui prit la main pour l'apaiser.

– Tina, mon amour, tu savais aussi bien que moi que nous ne pouvions pas nous retrancher indéfiniment du monde.

Tina renonça à protester. Elle ne voulait pas se disputer avec James devant Riley. Du reste, il avait raison. Elle avait compris depuis longtemps que leur paradis ne serait pas éternel.

– Quelles sont les nouvelles ? demanda James, quand la cafetière fut sur le feu.

– Coacoochee a été trahi par l'une des femmes de son clan. Les soldats l'ont capturé et obligé à livrer Chat-Sauvage. Osceola a envoyé un message au général Jésup pour demander l'ouverture de nouvelles négociations. Jésup est d'accord. Osceola a demandé que tu l'accompagnes à ces négociations.

James hocha la tête.

– Il peut compter sur moi.

Riley semblait hésiter avant de continuer. Il regarda Tina.

– Osceola dit aussi que tu dois savoir que les Blancs colportent une rumeur à ton sujet.

– Laquelle ? demanda James, en fronçant les sourcils.

– Warren prétend que tu avais organisé l'embuscade où Mayerling a péri pour enlever sa fille. Il a réclamé ta pendaison.

Tina ne put retenir un cri d'indignation.

– C'est un odieux menteur !

– Beaucoup de gens croiront ses mensonges, répondit tranquillement James.

– Mais je leur expliquerai la vérité... commença Tina.

– Raconte-leur ce que tu veux, reprit James. Ils croiront ce qu'ils voudront.

– Alors, tu ne peux pas suivre Osceola, James ! s'exclama Tina. Il faut rester caché !

– Je dois y aller.

– Non. Tu...

– Tina ! la coupa-t-il d'un ton intransigeant.

– Vous pouvez dormir encore ici cette nuit, précisa Riley. Osceola vous attend seulement demain.

James hocha la tête.

– Ça ira.

– Non, ça n'ira pas du tout ! riposta Tina.

James l'attira contre lui et plaqua une main sur sa bouche pour la faire taire.

– Ça ira comme ça, répéta-t-il.

Le café était prêt. Riley s'en versa une tasse et s'éloigna.

– Je passerai la nuit à l'écart, expliqua-t-il à James, qui hocha la tête.

Tina gigotait comme un beau diable. Il attendit que Riley ait disparu dans les fourrés pour la libérer.

– N'y va pas ! s'écria-t-elle, les larmes aux yeux.

Il la regarda, mais ne répondit rien.

– N'y va pas ! insista-t-elle en frappant le torse musclé avec ses poings.

Il la laissa faire jusqu'à ce qu'elle éclate en sanglots.

– Il nous reste une dernière soirée, murmura-t-il.

– Non, n'y va pas...

Il la fit taire en l'embrassant tendrement.

Tina repoussa le baiser. Elle l'agrippa de toutes ses forces contre lui et quand ils firent l'amour, ce soir-là, elle y mit une violence désespérée, comme si elle était persuadée que c'était la dernière fois. Puis, exténuée, elle s'endormit dans ses bras. James la borda avant de rejoindre Riley.

Le vieux serviteur était assis au pied d'un chêne. Il ne dormait pas. En voyant James arriver, il lui sourit, comme s'il l'attendait.

– Je dois prévoir un arrangement pour Tina, dit James. Osceola y a sans doute déjà pensé.

– Oui. Il a écrit à Jarrett McKenzie. Votre frère viendra la chercher demain. Le rendez-vous est prévu vers midi, sur la piste.

James hocha la tête, soulagé.

– Bonne nuit, Riley, dit-il avant de repartir vers la hutte.

Tina dormait paisiblement. L'intention de James était de s'allonger contre elle et de la contempler sans la réveiller.

Mais c'était leur dernière nuit ensemble. Alors il la réveilla, tut ses protestations d'un baiser et lui fit de nouveau l'amour. Longuement. Avec une infinie tendresse.

Demain, une nouvelle aube se lèverait. Une aube rouge sang.

21

Ils se levèrent avec les premiers rayons du soleil. Sans un mot, Tina alla nager seule et se lava avec du sable en guise de savon, comme James le lui avait appris. Puis elle enfila la chemise que Riley lui avait donnée.

James ne la quittait pas des yeux, c'était peut-être la dernière fois qu'il la voyait. L'avenir était imprévisible. Les pourparlers de paix pouvaient se solder par un échec complet. Warren réussirait peut-être à le faire pendre comme il en avait envie... Dans ces conditions, il était préférable d'éloigner Tina.

– Tina ! Il est l'heure de partir ! lui cria-t-il, alors qu'elle s'attardait à contempler le lever du soleil.

Elle se décida à la rejoindre. Riley était déjà en selle. Au moment où James aida la jeune fille à monter sur sa jument baie, elle lui chuchota seulement, pour la énième fois :

– N'y va pas !

James lut un tel désespoir dans ses beaux yeux verts qu'il sentit sa gorge se nouer. Il aurait voulu pouvoir lui donner satisfaction, mais c'était impossible. Alors, il préféra ne rien répondre, monta en selle derrière elle et donna aussitôt le signal du départ.

Le soleil se levait rapidement. Le ciel était bleu et la journée s'annonçait radieuse. Une belle journée d'automne.

Vers midi, comme prévu, la rencontre eut lieu avec Jarrett. A un croisement de chemins, James remarqua des traces récentes de sabots. Il devina que c'était son frère. Effectivement. A peine eut-il imité le cri de la chouette que Jarrett sortit des fourrés où il s'était caché. Il était accompagné des plus robustes serviteurs de sa plantation.

Les deux frères mirent pied à terre et se donnèrent l'accolade.

– Comment va ma fille ? demanda James.

– Très bien. Elle t'embrasse.

– Si nous marchions un peu ? suggéra James, qui entraînait déjà son frère à l'écart. Je sais que Warren m'a désigné comme responsable de la mort de Mayerling, ajouta-t-il dès qu'ils se furent éloignés.

Jarrett hocha la tête.

– C'est vrai. Heureusement, Jésup n'y croit pas. Sais-tu également que Chat-Sauvage est prisonnier ?

– Oui.

– Il a expliqué à Jésup que la fille de Warren aurait été tuée si tu n'étais pas intervenu.

– Tant mieux. Osceola souhaite ma présence au cours des pourparlers.

– Certains militaires pensent qu'il a accepté cette rencontre uniquement pour étudier un moyen de faire évader Chat-Sauvage et son père. Ils n'ont pas oublié la grande évasion collective de Tampa !

– Osceola n'a plus la force de tenter un pareil coup. Apparemment, l'état-major n'a pas encore réalisé à quel point il était malade. Que sais-tu d'autre ?

– Rien. Mes amis militaires ne semblent plus m'accorder la même confiance qu'avant.

– Je suis désolé.

– Tu n'as pas à être désolé. Cette guerre te coûte autant qu'à moi. Sinon plus.

James prit la main de son frère pour la serrer chaleureusement.

– Merci, dit-il.

– Ne me remercie pas. Par notre père, nous sommes du même sang. Je ne l'oublierai jamais. J'espère simplement qu'un jour nous pourrons enfin vivre comme une famille normale.

James hocha la tête, avant de désigner Tina du regard.

– Prends soin d'elle. C'est une lourde responsabilité que je te confie, mais je voudrais tant qu'elle reste en dehors du conflit.

– Je ferai de mon mieux, rassure-toi. Tara est déjà partie avec les enfants à Saint Augustine. Nous y avons loué une maison pour passer la mauvaise saison. Là-bas, je serai plus proche du théâtre des opérations. Les pourparlers avec Osceola se dérouleront à Fort Peyton, tout près de la ville. Je veillerai également à ce que Warren ne fasse pas souffrir Tina.

– Où se trouve-t-il, en ce moment ?

– Toujours en campagne. Dans le Sud, je crois. Il n'est pas censé rentrer avant plusieurs mois.

– Voilà au moins une bonne nouvelle, murmura James en regardant de nouveau Tina.

Elle se tenait, stoïque, sur la jument baie, aussi immobile qu'une statue.

– Jarrett, tu dois me faire une promesse.

– Laquelle ?

– De ne pas risquer ta vie pour la mienne. Jamais.

– James...

– Si les choses empirent, n'interviens pas tant que je ne te l'aurai pas demandé. En voulant me sauver, tu risquerais de te couper définitivement du monde des Blancs. Je t'en supplie, ne tente rien pour moi si tu n'as pas mon accord. Promets-le-moi.

Jarrett avait froncé les sourcils en l'écoutant. Il ne semblait pas convaincu.

– James, il...
– Ta parole, vieux frère.
Jarrett hésita encore un moment.
– Tu as ma parole, finit-il par dire.
– Conduis Tina en lieu sûr. Et veille à ce qu'elle épouse Harrington, si besoin est.
Jarrett parut très étonné.
– Dis-moi, honnêtement : combien de fois as-tu réussi à te faire obéir d'elle ?
James ne put s'empêcher de sourire.
– Pas souvent, je l'avoue. Mais j'ai fini par comprendre comment il fallait s'y prendre. L'important est de ne pas lui laisser soupçonner la moindre faiblesse de ta part. Je compte sur toi pour qu'elle ne coure aucun danger.
– Je ferai de mon mieux, c'est promis.
– Merci.
– Mais...
– Mais quoi ? demanda James, en croisant les bras.
– Tu as choisi une solution, alors qu'il en existe d'autres. Tu pourrais te construire une maison sur les terres que tu possèdes à côté de Cimarron.
– Compte tenu des circonstances...
– D'accord. Tu ne peux pas refuser de soutenir les Indiens. Mais Tina ne voulait peut-être pas être séparée de toi ?
– C'est impossible. Sa place n'est pas au milieu des combats. Elle doit partir.
Jarrett aurait voulu argumenter, mais il y renonça. Le moment était mal choisi pour réussir à convaincre James.
– Moi aussi, j'ai besoin de ta parole, répondit-il finalement.
– A quel sujet ?

– Tiens-toi sur tes gardes et ne prends aucun risque inutile.

James hocha la tête en souriant.

– Promis.

Les deux frères se donnèrent à nouveau l'accolade, puis revinrent vers les chevaux. Pendant que James aidait Tina à mettre pied à terre, Jarrett et ses hommes s'éloignèrent discrètement sur la piste pour leur laisser un moment d'intimité.

– Tu ne vas pas me redemander de ne pas y aller, j'espère ? lui dit-il.

Tina secoua la tête.

– Ta décision est prise. A quoi bon insister ?

– Jarrett te conduira à Saint Augustine. Tu voulais quitter la Floride. Le moment est venu.

– Oui, mais... tant de choses ont changé.

– Je t'ai déjà répété cent fois de partir.

– Tu m'avais aussi dit d'épouser Harrington.

– Bon sang, Tina, cesse de discuter...

– Pourquoi ? Parce que tu ne supportes pas que quelqu'un interfère dans ta vie ? Monsieur a décidé de retourner à la guerre, alors il se débarrasse de Tina. Il n'a plus le temps de s'amuser avec elle.

James ne put supporter davantage le dédain qu'il lisait dans ses yeux. Il l'attira brusquement contre lui et l'embrassa une dernière fois, pour imprimer dans sa mémoire le goût de ses lèvres. Puis il la relâcha.

– Tu as raison, dit-il. J'ai terminé de m'amuser avec toi.

Et sur ces mots, il remonta en selle et partit au galop, sans même se retourner.

Jarrett hâtait le pas. Sa petite troupe était solidement armée, mais il préférait ne pas prendre le risque d'avoir à contrer une embuscade.

Tina savait gré aux hommes de son escorte de se montrer prévenants avec elle. Elle avait bien besoin d'un peu de chaleur humaine : les dernières paroles de James lui avaient glacé le sang. Elle voulait se persuader qu'il n'avait pas réellement réfléchi à la violence de sa réponse, et que c'était elle qui l'avait poussé à dire une telle monstruosité.

Leur séparation était comme une amputation douloureuse. Surtout, elle s'inquiétait pour la vie de l'homme qu'elle aimait. James avait beau être fort comme un roc, nul n'était à l'abri d'une balle de fusil. Ou d'une trahison.

Ils chevauchèrent jusqu'à la tombée de la nuit et établirent leur camp sans allumer de feu pour ne pas éveiller l'attention. Fidèle à la parole donnée à son frère, Jarrett mettait tout en œuvre pour conduire sans encombre Tina à Saint Augustine.

A son intention, il étendit des couvertures sur le sol et disposa une selle en guise d'oreiller.

– Vous pouvez dormir tranquille, lui dit-il. Nous veillerons sur votre sommeil.

– Je n'ai pas plus peur avec vous qu'avec James, vous savez.

Jarrett soupira.

– Tina, cette guerre n'est pas près de se terminer. Je n'entrevois malheureusement aucun espoir de solution pacifique. Les militaires auront beau capturer tous les chefs indiens, de jeunes guerriers prendront la relève et continueront les combats.

– Pourquoi me dites-vous tout cela ? Je le sais aussi bien que vous.

– Parce que vous aimez mon frère, Tina. Vous l'aimez de tout votre cœur, mais vous ne devriez pas. Le mieux, pour vous, est de quitter la Floride et d'oublier tout ce que vous avez vécu ici.

Tina secoua la tête.

– Je me sens comme l'aiguille d'une boussole aimantée vers le nord. James est mon nord. Quand je suis avec lui, je me moque bien de ce qui peut arriver. Même si, parfois, il se montre brutal...

– James vous a rudoyée ? s'étonna Jarrett.

– Non ! Seulement en paroles.

– Lui aussi tient beaucoup à vous, Tina. Mais il sait que cette guerre l'empêche de rêver à un avenir pour vous deux. Il a conscience qu'il peut mourir à tout moment.

– Il m'a encore répété de partir ou d'épouser Harrington.

– Si vous épousez John, James aura certainement envie de l'étrangler. Mais il se retiendra.

Tina sentit qu'elle allait pleurer. Elle baissa la tête, dans l'espoir que Jarrett ne s'en apercevrait pas.

– Il vous laissera épouser Harrington parce qu'il vous aime, ajouta-t-il, avant de s'éloigner pour monter la garde au pied d'un chêne.

Tina sentit d'un coup la fatigue l'envahir. Elle se coucha et s'endormit aussitôt. Jarrett vint la réveiller avant le lever du soleil. Saint Augustine n'était plus qu'à quelques kilomètres. Ils arrivèrent en ville aux premières lueurs de la matinée.

Tina n'y était jamais venue, mais elle connaissait l'histoire de cette ville fondée deux siècles et demi plus tôt par des Espagnols qui espéraient y trouver l'or et la fontaine de Jouvence promis par Ponce de León, le découvreur de la Floride.

L'architecture générale portait encore la marque de ces premiers colons. Mais les nouvelles constructions, typiquement américaines, supplantaient peu à peu les vieilles maisons de pierre avec balcons et arcades.

Jarrett et Tara avaient loué l'une de ces anciennes demeures de style espagnol. C'était une grande bâtisse colorée, meublée et décorée avec faste.

Tina retrouva avec plaisir Tara et les enfants. Elle commença par savourer un bon bain chaud dans sa chambre, pour se remettre de la fatigue du voyage, puis elle engloutit le délicieux repas qu'une domestique lui avait apporté. Après quoi, Tara la rejoignit pour lui faire la conversation en lui brossant les cheveux.

– Tous les journalistes de la ville ne vont pas tarder à frapper à la porte, la prévint-elle. Les histoires d'enlèvement par les Indiens passionnent leurs lecteurs.

– Je n'ai pas été enlevée ! protesta Tina.

– Bien sûr. Mais ne sous-estimez pas la force de la rumeur, Tina. Vous devriez accepter d'en rencontrer quelques-uns, pour leur raconter comment James vous a sauvé la vie. Les militaires ne sont pas insensibles à l'opinion publique.

Tina croisa le regard de son amie dans le miroir de la coiffeuse.

– Croyez-vous que James soit en danger à cause de moi ?

Tara soupira.

– A présent, il est considéré comme un hors-la-loi. Pas à cause de vous, mais à cause des mensonges de Warren. Voilà pourquoi il serait bon d'expliquer aux journalistes ce qui vous est arrivé. Grâce à eux, nous pourrons peut-être rétablir la vérité avant que vous preniez votre bateau.

– Mon bateau ?

– Vous ne retournez pas à Charleston ?

Tina avala sa salive.

– Je... je ne me sens pas encore prête.

– Vous devriez, pourtant, répliqua Tara.

Tina prit un air buté.

– Je voudrais réparer le tort que j'ai pu causer à James.

– Comment comptez-vous vous y prendre ? En tirant sur quiconque ne vous croira pas ?

– Non. Vous avez raison : je vais tout raconter à vos journalistes.

– Bravo. Mais quand votre père reviendra, gare au châtiment ! Vous feriez mieux d'être partie avant.

– Non. C'est trop tôt. Je vous en prie, Tara, ne vous mettez pas aussi contre moi.

– Personne n'est contre vous, Tina. Simplement, je pensais que votre départ serait dans votre intérêt à tous les deux.

Tina pâlit brusquement.

– Vous ne vous sentez pas bien ? s'alarma Tara.

– La cuvette, vite ! s'écria Tina.

Tara eut juste le temps de lui tendre le récipient. Tina régurgita tout son repas.

– Ça va mieux ? lui demanda Tara en lui tendant un verre d'eau fraîche.

– Je ne suis plus habituée à manger autant, s'excusa Tina. Je n'aurais pas dû avaler ce repas si vite.

Tara la regarda bizarrement.

– Essayez de vous reposer un peu. Nous reparlerons plus tard, dit-elle avant de quitter la chambre.

Tina était tellement épuisée qu'à peine allongée sur le lit elle s'endormit profondément.

Tara redescendit dans la bibliothèque ornée d'une superbe cheminée en pierre. La maison avait été construite cent cinquante ans plus tôt par un noble espagnol qui l'avait donnée en cadeau à son épouse bien-aimée. Toutes les pièces étaient vastes et luxueusement aménagées.

Tara se plaisait beaucoup à Saint Augustine. C'était une ville charmante avec son mélange de cultures et de traditions héritées des différentes vagues de colonisation. Certains Indiens, qui avaient opté pour le mode de vie des Blancs, étaient même venus s'y implanter.

Jarrett lisait son journal dans un fauteuil. Il releva la tête en voyant entrer sa femme.

– Est-elle bien installée ? demanda-t-il.

Tara hocha la tête.

– Je pense qu'elle doit déjà dormir. Elle était épuisée.

– Plusieurs bateaux vont rallier Charleston, dans les jours qui viennent.

– Rien ne presse, répondit Tara. Ce ne sont pas les bateaux pour Charleston qui manquent. Je voudrais d'abord qu'elle s'exprime pour rétablir la vérité au sujet de James.

Jarrett fit la moue. Il semblait sceptique.

– La version de Warren est largement répandue, hélas.

– Mais elle bafoue la vérité !

– Les mensonges frappent plus facilement l'imagination du public.

– Je suis sûre que Tina peut quand même faire quelque chose.

– La question est de savoir si elle le doit, murmura Jarrett en regardant la cheminée.

– Bien sûr que oui.

– Warren risque de lui faire payer très cher.

– Non, Jarrett. Il suffirait que Tina soit partie avant qu'il ne revienne. (Elle hésita, avant d'ajouter :) Malheureusement, j'ai peur qu'elle ne refuse de s'en aller.

Jarrett se tourna vers sa femme.

– Elle n'a pas vraiment le choix.

– Te sentirais-tu le cœur de la traîner de force sur un bateau ?

Jarrett soupira d'exaspération.

– Alors, que faire ? Devons-nous écrire à Harrington pour qu'ils se marient au plus vite, si elle tient tant à rester ? Le pauvre John serait heureux d'accepter, mais l'idée est-elle si bonne que cela ?

Tara secoua la tête.

– Non. Il vaut mieux ne pas faire appel à lui pour le moment. Tu sais, elle a eu un malaise, tout à l'heure.

– Quoi ? Elle aurait attrapé la fièvre des marais ? Tara, il faut absolument l'empêcher d'avoir le moindre contact avec les enfants !

– Non, non, Jarrett, il ne s'agit pas de cela. Son malaise tenait plutôt de la nausée.

Jarrett la regarda, intrigué.

– Je ne comprends pas ?

– Enfin, Jarrett, réfléchis !

– A quoi ? Son repas était mauvais ?

– Jarrett, elle est enceinte !

Il écarquilla les yeux de stupeur.

– Grands dieux ! murmura-t-il. Il ne manquait plus que ça ! (Il fronça soudain les sourcils.) Comment peux-tu avancer une chose pareille ? Ils ne vivaient dans les marais que depuis une quinzaine de jours.

– Ça doit dater d'avant l'été, quand James venait parfois à la maison, suggéra Tara.

Jarrett soupira.

– Tu as sans doute raison. Je te fais confiance pour juger de son état. Je suppose que James n'est pas au courant ?

– A mon avis, même Tina n'a pas encore deviné qu'elle attendait un bébé.

Jarrett se releva pour aller se servir un verre de brandy.

– Tu es sûre de toi ? insista-t-il.

– Jarrett, j'ai déjà eu un bébé. Je connais les signes. Son malaise m'a prouvé ce que je pressentais déjà : Tina a changé. (Elle compta rapidement sur ses doigts, avant d'ajouter :) Mi-juin, fin septembre. Sa grossesse ne va plus tarder à devenir évidente pour tout le monde.

Jarrett renonça au verre de brandy pour porter la bouteille à ses lèvres. Tara la lui arracha des mains.

– Tu pourrais partager !

– Excuse-moi, chérie.

Il remplit deux verres et lui en tendit un.

– Merci, Jarrett McKenzie.

– Eh bien, je crois qu'il ne nous reste plus qu'à nous féliciter. Nous serons bientôt oncle et tante pour la deuxième fois.

Tara trinqua avec son mari.

– Oui, félicitations. Nous n'avons plus à nous inquiéter pour Warren. Le jour où il apprendra la nouvelle, je parie qu'il mourra d'apoplexie dans l'heure suivante.

– Espérons-le. En attendant, tu pourrais peut-être commencer par l'annoncer à la future mère ? Elle aura bien besoin de toi, désormais.

Tara s'absorba un moment dans la contemplation de son verre, avant de répondre :

– C'est-à-dire que je ne me sens pas très bien moi-même, ces derniers temps.

Jarrett fronça les sourcils.

– Tara ? Essaierais-tu de me dire... ?

Elle leva les yeux vers lui en souriant.

– Oui, Jarrett. Si tout se passe bien, les deux cousins auront sensiblement le même âge.

Jarrett reposa son verre et fit de même avec celui de Tara, avant de la serrer dans ses bras.

– C'est merveilleux, chérie ! T'ai-je dit, récemment, que je t'aimais plus que tout au monde ?

– Oh ! en général, tu penses à me le dire au moins une fois par mois.

– Tu seras toujours aussi langue de vipère ! soupira-t-il d'un air désespéré. (Il sourit, avant d'ajouter :) Voilà qui résout tous nos problèmes. Nous cachons Tina jusqu'au printemps et ensuite nous ferons croire que nous avons eu des jumeaux. Les deux tourtereaux n'auront plus rien à redouter de Warren.

– Ton plan n'a aucune chance de réussir.

– Pourquoi ?

– Il sera difficile de faire passer le bébé de James pour le tien avec le sang indien qu'il aura dans les veines.

– Zut, c'est vrai ! Dans ce cas, il faut vraiment espérer que Warren meure d'apoplexie en apprenant que sa fille est enceinte de James.

– Dieu me pardonne, mais je prierai dans cette intention.

– J'ai peur qu'il n'exauce pas ce genre de prières.

– Si Dieu connaît bien Warren, tous les espoirs sont permis !

22

Osceola attendait James sur la piste. Il arborait un bandeau ceint de plumes multicolores et était entouré de quelques-uns de ses guerriers, dont le fidèle Coa Hadjo.

– Merci d'être venu à mon appel, dit-il à James en l'accueillant.

– Je suis impatient de connaître les dernières nouvelles, répondit celui-ci.

– Nous en parlerons au campement, décréta le chef indien avant de donner à ses hommes le signal du départ.

Ils chevauchèrent pendant une bonne heure, s'enfonçant toujours plus profond dans les fourrés, avant de déboucher dans la petite clairière où avait été établi le campement. D'autres guerriers vinrent à leur rencontre, pour s'occuper des chevaux. Dès que les cavaliers eurent mis pied à terre, ils se rassemblèrent autour du feu où les femmes leur servirent à manger.

Osceola se tourna vers James.

– Es-tu au courant des dernières nouvelles ? demanda-t-il.

– Je sais que Coacoochee et Chat-Sauvage sont prisonniers des Blancs.

– Serpent-Bleu et Yuchi Billy aussi, intervint Coa Hadjo. Le général Jésup a accepté de négocier.

– Coa Hadjo s'exprimera pour moi, expliqua Osceola, mais je voulais aussi pouvoir compter sur ta présence. Tu seras mes oreilles, Ours-Rapide. Tu m'aideras à percer les traîtrises qui se cachent souvent dans le discours des Blancs.

– Je serai heureux de te rendre ce service, Osceola. Qu'attends-tu, au juste, de ces pourparlers ?

– Que nous puissions conclure un vrai cessez-le-feu. Que les Blancs et les Indiens puissent vivre en paix chacun de leur côté. Je ne souhaite plus d'autres batailles, Ours-Rapide. Le Grand Esprit m'est témoin que je ne désire rien tant que la paix.

– Je n'en doute pas, Osceola.

Le chef indien se releva péniblement. Il était très pâle. James et les autres guerriers se relevèrent également.

– Merci d'être revenu parmi nous, répéta Osceola, avant de s'éloigner d'une démarche mal assurée.

James ne pouvait que constater les progrès de sa maladie. Pendant la journée, Osceola avait tenu le coup. Mais, à présent, on voyait bien qu'il était à bout de forces.

Les autres guerriers regagnèrent leurs huttes. Il ne resta plus que James et Coa Hadjo devant le feu.

– Que penses-tu réellement de ces pourparlers, Ours-Rapide ? demanda celui-ci.

James soupira.

– Je pense que les soldats et les guerriers ont déjà souvent parlé, dans le passé. Et qu'ils se sont beaucoup menti. (Il ajouta, d'une voix triste :) Osceola me paraît très fatigué.

– Oui, reconnut Coa Hadjo. Je pense que c'est

pour cela qu'il a voulu ces négociations. Il n'en peut plus de combattre. Bonne nuit, Ours-Rapide. Je suis bien heureux de te savoir à nos côtés.

James le remercia d'un hochement de tête. Coa Hadjo s'éloigna à son tour et James se décida à rejoindre la petite hutte qu'on lui avait prévue.

Il s'allongea sur les couvertures, ferma les yeux et, malgré sa fatigue, pensa aussitôt à Tina. Elle n'était plus là. Après tant de nuit passées ensemble, James s'était habitué à la chaleur de son corps contre lui.

Ce soir, il ressentait une impression de solitude glacée.

Tina était impatiente de rencontrer les journalistes pour leur expliquer la vérité. A l'instigation de Jarrett, cinq furent invités à la maison. Jarrett et Tara se trouvaient présents dans le salon lorsqu'ils interviewèrent Tina.

Avec un calme qui l'étonnait elle-même, elle raconta son aventure, depuis le moment où elle avait quitté Fort Deliverance jusqu'à l'attaque des Indiens et ce qui s'ensuivit.

– Vouloir accuser James McKenzie de traîtrise dans cette affaire est tout simplement honteux, précisa-t-elle. C'est lui qui m'a sauvé la vie.

– Mais vous ne nous avez pas parlé de votre captivité, miss Warren ? demanda Thomason, le correspondant d'un journal de Washington. Vous avez bien été retenue contre votre volonté par un sauvage qui...

– Mon beau-frère n'est pas un sauvage ! l'interrompit sèchement Tara.

– Je suis désolé, Mrs McKenzie, s'excusa Thomason. (Il s'adressa de nouveau à Tina :) Je voulais simplement dire que vous étiez restée un certain temps dans les marais. Vous a-t-on offensée à cette occasion ? Que pense votre fiancé de tout cela ? Avez-vous parlé au lieutenant Harrington, depuis votre libération ?

– John Harrington et James McKenzie sont les meilleurs amis du monde, expliqua Tina. John ne pourra que se réjouir d'apprendre que James s'est porté à mon secours. Je ne veux pas non plus qu'on accable Otter. Certes, sans l'intervention de James, il m'aurait tuée. Mais il faut le comprendre. La guerre lui a ravi sa femme et ses enfants.

– Tout cela est grotesque ! s'indigna un journaliste de Saint Augustine.

Tina se releva.

– Monsieur, si vous trouvez la vérité grotesque, alors je n'ai plus rien à ajouter. Je vous prie de m'excuser...

Elle se moquait bien de leur permission, du reste. Elle se sentait soudain exténuée. Sans un regard en arrière, elle se rua dans sa chambre pour s'allonger aussitôt sur le lit. Quelques minutes plus tard, elle entendit les journalistes sortir dans la rue. Puis Tara vint frapper à sa porte.

– Entrez ! dit Tina en s'asseyant au bord du lit.

Tara portait un plateau garni d'une théière et d'un assortiment de petits gâteaux. Elle le posa sur un guéridon devant la fenêtre.

– Vous vous en êtes très bien tirée, la rassura-t-elle.

Tina soupira.

– Je ne sais pas si cela aura suffi à les faire changer d'avis. Ils ont des idées bien arrêtées.

– Non, non, protesta Tara. Vous avez dit ce qu'il

fallait. (Elle servit le thé, avant d'ajouter :) Venez manger quelque chose, maintenant.

– Merci, Tara, mais je n'ai pas faim.

Tara la regarda d'un air sévère.

– Tina, vous avez maigri.

– C'est vrai ?

– Il faut manger.

– Mais...

– Oh, quelle inconscience ! s'écria Tara, exaspérée. Voulez-vous accoucher d'un bébé rachitique ?

Tina avait soudain retrouvé un sursaut d'énergie. Elle bondit sur ses pieds.

– Quoi ?

– N'importe qui pourra bientôt deviner votre état. Apparemment, vous êtes la seule à ne vous être encore aperçue de rien !

De rien, en effet, songea Tina, abasourdie. Doux Jésus, comment avait-elle pu être innocente à ce point ?

Elle avait été si occupée, pendant l'été, à soigner les blessés avec le Dr Brandeis. Et à espérer le retour de James, jour après jour...

Et maintenant...

– Tina ?

Elle était si bouleversée par le choc de cette révélation qu'elle ne vit même pas Tara se précipiter vers elle. Elle avait déjà fermé les yeux, avant même de s'évanouir.

Osceola et ses guerriers connurent une étrange période de paix et d'inactivité pendant les jours qui précédèrent la date retenue pour les pourparlers. James s'inquiétait de plus en plus pour le chef indien. Certains jours, il donnait encore l'illusion de se maîtriser, mais à d'autres moments la fièvre le faisait presque délirer.

– Les Blancs s'imaginent que j'ai voulu les combattre pour les anéantir, dit-il à James, un jour où il se sentait mieux. Ils se trompent. Je me suis battu uniquement pour que mon peuple conserve une partie de ce grand territoire. La Floride est immense. Blancs et Séminoles pourraient y cohabiter en paix. Si seulement les Blancs acceptaient de respecter les traités qu'ils ont signés !

James contempla le feu sans répondre. Osceola sourit.

– Plusieurs d'entre eux prétendent que je ne respecte pas moi-même les traités. Cela m'est arrivé de les bafouer, c'est vrai. Mais seulement parce que je ne supportais pas de voir mon peuple affamé.

James le regarda.

– J'ai quelque inquiétude au sujet de ces pourparlers.

– Pourquoi ?

James haussa les épaules.

– Je ne sais pas. Une intuition. J'ai peur pour vous.

Osceola resta silencieux quelques minutes.

– L'entrevue aura lieu comme prévu. Je ne veux plus rien changer à ce qui a été décidé.

Enfin, le grand jour arriva. L'entrevue devait se dérouler sur une prairie située à égale distance de Fort Peyton et du campement indien. Osceola et ses guerriers s'y rendirent les premiers. Ils hissèrent un drapeau blanc en haut d'un mât.

James s'apprêtait à les rejoindre quand Jarrett surgit soudain d'un fourré.

– Abritons-nous, lui dit-il. Les soldats arrivent.

James se dépêcha de suivre son frère. Il avait l'impression qu'ils étaient redevenus enfants et qu'ils s'amusaient comme autrefois à se cacher des grandes personnes. Hélas, ce n'était plus un jeu innocent.

Jarrett s'arrêta au pied d'un chêne.

– Le major Hernandez a quitté Fort Peyton avec deux cent cinquante hommes armés jusqu'aux dents, expliqua-t-il. Finalement, Jésup n'assistera pas aux négociations. Il redoute une nouvelle traîtrise d'Osceola et il a décidé de le capturer. Tu ne devrais pas rester là. Tina a raconté à des journalistes...

– Elle est toujours en Floride ?

– Elle habite avec nous à Saint Augustine. J'ai autre chose à te dire sur elle, mais écoute d'abord mon conseil : évite de tomber aux mains des soldats.

– Que veulent-ils faire d'Osceola ?

– Le conduire à Fort Marion, la prison de Saint Augustine.

– Jarrett, je dois le rejoindre. Ma place est à ses côtés.

– Tu seras emprisonné avec les autres.

– Peut-être... ou peut-être pas, si j'arrive à défendre ma cause devant les militaires. Tout ce que je sais, Jarrett, c'est que je dois rejoindre Osceola. Il...

– Il quoi ?

– Je pense qu'il n'en a plus pour très longtemps à vivre. Il faut que j'y aille, maintenant. Si j'ai besoin de toi, je te promets que je n'hésiterai pas à t'appeler. Repars vite, avant qu'on ne t'accuse de trahison, toi aussi.

– Attends ! Il faut que je te dise...

Jarrett voulait lui annoncer, pour le bébé, mais

James avait déjà éperonné sa monture et disparu dans les fourrés.

Quand il rejoignit Osceola, les premiers soldats arrivaient déjà sur la prairie. Il était trop tard pour s'enfuir. Les militaires s'étaient déployés en arc de cercle. Les Indiens n'étaient pas assez nombreux pour leur opposer la moindre résistance.

Le major Hernandez se détacha de la troupe et vint s'incliner devant Osceola. Il salua également de la tête James et Coa Hadjo. Osceola restait de marbre, comme si cette manœuvre des Blancs ne le surprenait pas vraiment.

– Etes-vous disposés à vous rendre ? demanda Hernandez.

– Il n'a jamais été question de cela, répondit Coa Hadjo. Nous étions venus négocier.

– Malheureusement, j'ai peur que vous ne soyez obligés de nous suivre. Vous nous avez trop souvent déçus, par le passé. Rassurez-vous, vous serez bien traités.

Le visage d'Osceola restait indéchiffrable. Bras croisés, James écouta le major expliquer à Coa Hadjo qu'ils seraient conduits à Fort Marion, exactement comme Jarrett l'avait dit. Puis Hernandez s'approcha de lui.

– C'est une trahison, lui dit James.

– Hélas nécessaire, répondit Hernandez.

– Vous arrêtez un grand chef qui était venu à vous, librement, avec un drapeau blanc.

– Il n'est pas impossible que je vive assez vieux pour le regretter un jour, convint Hernandez. Tout cela ne me plaît pas trop, mais ce sont les ordres du général Jésup. Il est convaincu qu'en arrêtant Osceola, il peut arrêter la guerre.

– Non seulement il ne l'arrêtera pas, mais il va faire de lui un martyr.

– Je ne souhaite qu'une chose, McKenzie : que cessent les massacres d'innocents. Si vous le souhaitez, je vous laisse repartir libre.

James lui sourit, avant de secouer la tête.

– Merci. J'apprécie votre offre à sa juste valeur, mais ma place est auprès d'Osceola.

– Vous...

– Ma vie sera-t-elle en danger, si je le suis ?

– Non. Simplement, vous serez identifié comme un renégat.

James sourit encore.

– Comme si je ne l'étais pas déjà !

Quelques minutes plus tard, les prisonniers, encadrés par les soldats, prenaient le chemin de Fort Marion pendant qu'un messager partait annoncer à Jésup que son plan s'était déroulé sans incident.

Au bout de trois heures de marche, ils atteignirent les faubourgs de Saint Augustine. La population, avertie de la nouvelle, s'était massée dans les rues pour voir passer le célèbre chef Osceola, devenu l'otage des militaires.

James restait insensible aux quolibets qui fusaient de toutes parts. Il avait choisi de partager le sort des prisonniers et aucun regard ni aucune moquerie ne pouvait l'affecter.

Jusqu'à ce qu'il l'aperçoive.

Elle se tenait au bord du trottoir, dans une robe de simple cotonnade bleue, ses cheveux sagement attachés sur sa nuque. Malgré cette mise très modeste, elle paraissait incroyablement élégante.

Elle était à côté d'Harrington, mais James n'avait d'yeux que pour elle. Il la trouva changée. Bien sûr, la dernière fois qu'il l'avait vue, c'était après leur départ de l'étang. Elle portait alors une chemise d'homme et ses cheveux n'avaient pas été brossés depuis plusieurs jours. Mais ce n'était pas seulement une affaire de toilette ou de coiffure. *Elle avait réellement changé.* Un changement subtil, imperceptible et en même temps qui semblait évident à James.

Et soudain il comprit.

Elle attendait un bébé.

Un bébé qu'elle portait déjà depuis un moment. James se reprocha sa distraction : il aurait dû s'en apercevoir au bord de l'étang. Mais elle-même ne lui avait rien dit à ce sujet.

James serra les poings. *Si c'est* mon *enfant, pourquoi ne m'en a-t-elle pas parlé ?* Il passa en revue les hommes que Tina appréciait : John Harrington, Robert Trent ou encore le Dr Brandeis, en essayant de se raisonner. Mais le doute s'était insinué dans son esprit.

De qui était ce bébé ?

Riley s'approcha de lui.

– La fille de Warren est dans la foule, lui chuchota-t-il.

– Je sais, répondit sèchement James.

– Elle voudra peut-être essayer de te glisser un mot ?

– Qu'elle garde ses distances !

Il passa devant elle en l'ignorant ostensiblement, furieux de sa propre conduite mais incapable de maîtriser ce ridicule accès de fierté.

23

Tina se précipita dans la maison, appelant Jarrett à tue-tête. Ce fut Tara qui apparut.

– Tina, que se passe-t-il ?

– Ils... ils ont arrêté... les négociateurs, commença-t-elle en reprenant difficilement son souffle.

John Harrington arrivait derrière elle. C'est lui qui expliqua à Tara :

– James est avec eux. Ils sont tous prisonniers.

Tara devint soudain très pâle.

– Où est Jarrett ? demanda Tina.

– Il est parti tôt ce matin et il n'est pas encore rentré.

– Tina, James sera en sécurité à Fort Marion, plaida John. Au moins, là-bas, il ne courra plus le risque de se jeter dans une bataille.

– Oui, mais quand mon beau-père reviendra...

– Il est toujours en campagne, lui rappela John.

– Sa campagne se terminera bien un jour.

– Tina, nous aviserons... commença John, avant de se retourner en entendant s'ouvrir la porte du hall.

C'était Jarrett qui rentrait. Il avait l'air songeur. Tina se précipita vers lui.

– Jarrett, ils ont arrêté James ! Ils vont jeter votre frère en prison !

– Oui, je le sais.

– Vous savez ! s'étrangla Tina. Alors, vous allez le sortir de là ? Vous en avez sûrement le pouvoir ?

– Le pouvoir, oui, mais pas le droit.

– Je ne comprends pas ?

– James aurait très bien pu s'échapper avant d'être pris, s'il l'avait voulu. Il a refusé. Et il m'a fait lui jurer de ne pas intervenir, sauf à sa demande expresse.

– Mais... protesta Tina.

– Il n'est pas en danger, voulut la rassurer Jarrett.

– Quand mon beau-père sera de retour...

– Pour l'instant, il n'est pas encore revenu.

Tina ne voulait pas s'avouer vaincue.

– Quelqu'un qui haïrait les Indiens... je ne sais pas, moi, un garde, peut-être... pourrait vouloir s'en prendre aux prisonniers.

– Dans ce cas, il n'aurait que l'embarras du choix ! A mon avis, il commencerait par tuer Osceola.

– Jarrett, ce n'est pas drôle !

– Tina, j'ai les mains liées par mon serment. Je ne peux rien faire. Du reste, vous sous-estimez mon frère. Il est fort et intelligent. Il saura se protéger.

– Jarrett...

– J'ai donné ma parole.

– Eh bien, moi pas ! s'exclama Tina, folle de rage, avant de se ruer dans la rue.

Elle dévala le perron et remonta dans l'attelage qui venait de les ramener à la maison. John la rattrapa.

– Tina, attendez...

– Je me débrouillerai toute seule, répliqua-t-elle.

– Je peux vous être utile, insista John. N'oubliez pas que je suis militaire.

Elle le laissa s'asseoir à côté d'elle et lui sourit.

– John, vous êtes le meilleur ami de la terre.

– Et aussi le plus grand imbécile, j'en ai peur. J'espère toujours que vous finirez par vous tourner vers moi, si jamais quelque chose devait arriver à votre beau guerrier.

– Vous ne pensez pas vraiment ce que vous dites.

– Disons... que ça dépend des jours. Mais ce n'est pas le moment d'en parler. En route !

Quelques minutes plus tard, ils arrivaient devant Fort Marion. Une grande agitation régnait sur la place, la foule venue assister à l'arrivée des prisonniers ne s'étant pas encore dispersée.

John aida Tina à descendre et à se frayer un chemin au milieu des badauds jusqu'à la salle des gardes. Là, il expliqua qu'ils étaient venus parler à un sang-mêlé du nom de James McKenzie emprisonné par erreur.

Le soldat qui les avait reçus ne l'entendit pas de cette oreille.

– Pas de visites, leur dit-il sèchement.

– Quoi ? s'écria Tina, qui commençait déjà à perdre son sang-froid.

– Votre sang-mêlé n'a rien d'un innocent, commenta le garde d'une voix méprisante.

– Comment osez-vous... s'indigna Tina.

– Il a été reconnu coupable de meurtre et d'enlèvement, la coupa l'homme.

– Ce sont des mensonges !

– Tina ! la pria John.

Elle comprit qu'il ne servirait à rien de s'énerver. Ce soldat borné était persuadé d'avoir le droit pour lui.

– James McKenzie est innocent des crimes dont on l'accuse, reprit-elle d'une voix radoucie. Je suis la femme qu'il est supposé avoir enlevée et je peux vous jurer sur la Bible qu'il n'a rien fait de tel.

– Pas de visites, répéta le garde.

– Ah, vous le prenez comme ça ! Eh bien, permettez-moi de vous dire que...

– Tina ! la coupa John. (Il l'attira contre lui, pour

lui chuchoter :) Cet homme ne voudra rien entendre. Il vaut mieux nous en aller pour l'instant.

– Vous aurez à rendre compte de votre attitude, soldat, le prévint Tina, qui répugnait à rendre les armes.

Le garde la regarda d'un air provocateur.

– Je peux envoyer un messager alerter votre père de ce qui se passe, si vous le souhaitez ? suggéra-t-il.

Tina lui répondit qu'elle souhaitait surtout le voir griller en enfer et John se dépêcha de l'emmener avant qu'elle ne profère d'autres grossièretés.

Les conditions de leur détention étaient honorables. James, Osceola et les guerriers faits prisonniers avec eux avaient retrouvé Coacoochee, Chat-Sauvage et tous les autres otages des militaires. Nommé responsable des prisonniers par le général Jésup, le capitaine Morrison leur permettait de se déplacer librement à l'intérieur du fort. Certes, les cellules où ils devaient passer la nuit étaient exiguës, mais la nourriture était bonne et abondante. Plusieurs guerriers furent rejoints par leur famille et bientôt la cour du fort résonna des cris des enfants qui se poursuivaient joyeusement.

James devinait que son frère devait se désoler de le laisser derrière ces murs, mais il préférait attendre. Tant que Warren restait à bonne distance de Saint Augustine, il ne courrait aucun danger. Le Dr Weedon, affecté aux soins des prisonniers, lui avait du reste apporté une bonne nouvelle : deux soldats avaient miraculeusement survécu à l'attaque d'Otter. Ils se remettaient actuellement de leurs blessures à Fort Brooke. Le major Hernandez comptait solliciter leurs témoignages pour innocenter James. Il avait donc bon espoir d'être lavé des accusations portées contre lui.

Assis dans un coin de la cour, il regardait dans le vague, quand il vit Chat-Sauvage s'approcher.

– Le capitaine Morrison dit que nous sommes invités à une soirée à Saint Augustine. Juste nous deux. J'imagine que ces gens sont curieux de nous voir. Morrison est d'accord pour que nous nous y rendions.

James sourit. Chat-Sauvage avait raison. Les Blancs de Saint Augustine devaient être curieux de rencontrer ce célèbre guerrier, fils du non moins célèbre Coacoochee. Ils ne seraient pas déçus. Avec sa musculature impressionnante et son mâle visage taillé à la hache, Chat-Sauvage était le parfait modèle du sauvage tel qu'on se le représentait dans les salons de la bonne société : une sorte de Prince des Marais, implacable et romantique à la fois.

– Puisqu'ils veulent me voir, moi aussi, j'ai envie de les voir, ajouta-t-il.

– Alors, n'hésite pas. Vas-y. Moi, je ne me sens pas le cœur à ce genre d'amusements.

– Ours-Rapide, moi tout seul je les intéresse beaucoup moins que si tu m'accompagnes. Ils ont tous entendu parler de toi.

– Ces gens vont nous dévisager comme des bêtes de foire, tu sais.

– Qu'importe ? Je suis aussi curieux qu'eux. Viens avec moi.

– Chat-Sauvage...

– Ta femme sera peut-être du nombre ?

Chat-Sauvage avait raison. Tina assisterait peut-être à la soirée. Il pourrait lui parler et apprendre enfin la vérité.

Après l'avoir vue dans les rues de Saint Augustine, les mêmes questions n'avaient cessé de le hanter jour et nuit : depuis quand était-elle enceinte ? Et de qui ? James savait qu'avant lui Tina n'avait connu aucun homme. En revanche, pendant les deux mois d'été où ils étaient restés sans se voir, d'autres prétendants avaient pu la séduire. John Harrington, Robert Trent, le Dr Brandeis ou même le capitaine Argosy...

Pas une seule fois, au bord de l'étang, elle n'avait jugé utile de lui parler du bébé. Aimait-elle un autre homme ? Harrington, par exemple... Peut-être désirait-elle vraiment l'épouser ?

James n'en pouvait plus de ressasser toujours les mêmes interrogations. Il fallait qu'il la voie pour mettre un terme à cette angoisse qui lui rongeait l'esprit.

– C'est entendu, dit-il. J'irai avec toi.

Chat-Sauvage était ravi.

– Je parie que la nourriture sera excellente. Je compte bien goûter à tout, dit-il avant de s'éloigner.

Un peu plus tard, ce fut au tour du Dr Weedon de venir trouver James pour lui proposer de marcher un peu avec lui. Weedon était un homme entre deux âges avec des cheveux grisonnants.

– Osceola est très malade, dit-il à James.

– Je sais.

– J'ai beaucoup de mal à le soigner. Il préfère s'en remettre aux remèdes traditionnels.

James haussa les épaules.

– C'est son droit.

– C'est un personnage intéressant, reprit le docteur. Fascinant, même. J'aime beaucoup l'écouter parler. Mais j'aimerais aussi pouvoir l'ausculter sérieusement. Si vous avez quelque influence sur lui, je vous serais reconnaissant de lui parler en ma faveur.

– C'est entendu, répondit James, bien qu'il fût à peu près certain de ne rien dire à Osceola. Il savait gré au docteur de vouloir le soigner, mais Osceola avait parfaitement le droit de refuser la médecine des Blancs. Du reste, dans son état, même Weedon ne pouvait plus grand-chose pour lui.

Tara entra dans la chambre de Tina avec un grand sourire.

– J'ai une surprise, annonça-t-elle.

Tina, assise devant le feu à contempler les bûches, se tourna vers son amie. Elle et Jarrett ne ménageaient pas leurs efforts pour tenter de la rendre heureuse et de lui faire oublier ses soucis.

Depuis qu'il était prisonnier dans le fort, James n'avait donné qu'une seule fois de ses nouvelles. Une lettre de quelques lignes adressée à Jarrett dans laquelle il assurait à son frère que tout allait bien, avant de passer le bonjour à sa belle-sœur.

Il n'avait même pas eu un mot pour elle. Rien.

Se pouvait-il qu'il l'ait à jamais bannie de son esprit ? En la quittant, il lui avait dit qu'il en avait fini avec elle. Au début, Tina n'avait pas voulu le croire. A présent, elle s'interrogeait. D'autant qu'elle se rappelait le dédain avec lequel il l'avait ignorée le jour où elle l'avait vu passer dans la rue.

Que lui reprochait-il ? D'être restée en Floride ? Ou d'avoir assisté à son entrée dans Saint Augustine encadré par des soldats, lui qui était si orgueilleux ?

A moins qu'il ne se soit aperçu qu'elle était enceinte ? Mais pourquoi cette découverte l'aurait-il fâché ? Elle-même était de plus en plus heureuse de son état. Elle était déjà impatiente de pouvoir bercer son bébé dans ses bras et savait qu'elle l'aimerait de tout son cœur.

C'était à peine si la réaction de Warren l'inquiétait. Au cas où il reviendrait plus tôt que prévu, Jarrett lui avait proposé de partir se réfugier dans la famille de sa mère, à Charleston. De toute façon, au mois de mai prochain, Tina serait majeure. Michaël Warren ne pourrait plus l'obliger à rien.

– Une surprise ? répéta-t-elle, en souriant à Tara.

– Une réception.

– Oh, Tara, je ne crois pas qu'il serait prudent que je me montre à une réception. Ma grossesse est encore discrète, mais je redoute l'œil exercé des commères.

– Elles n'oseront rien dire en présence de Jarrett. N'oubliez pas qu'il est considéré comme l'un des membres les plus influents de la bonne société.

– Quand même, je ne...

– Je me suis laissé dire que James serait présent.

– *Quoi ?*

– J'étais sûre que cette information vous intéresserait, la taquina Tara. A présent, je parie que vous avez hâte d'assister à cette réception.

– En effet ! admit Tina.

Elle avait quelques petites choses à dire à James.

La réception se déroulait chez Virginia Tenney, la veuve du général Wilfred Tenney. James et Chat-Sauvage s'y rendirent avec les officiers de Fort

Marion. Pour la circonstance, Chat-Sauvage avait sorti sa tenue d'apparat, avec pantalon à franges, châle jeté en travers des épaules et cheveux ceints d'un bandeau orné de plumes multicolores. James s'en était tenu plus sobrement à son habituel pantalon noir assorti d'une chemise blanche.

Les militaires n'avaient rien à craindre de leurs invités d'honneur. James et Chat-Sauvage voulaient démontrer aux habitants de Saint Augustine leurs bonnes manières. Ils se refusaient d'avance à provoquer le moindre trouble.

La maison de Mrs Tenney était grande et luxueuse. Un orchestre avait été commandé pour l'occasion et, comme Chat-Sauvage l'avait prévu, le buffet était remarquable. Au début, Chat-Sauvage, intimidé, ne quittait pas James d'une semelle. Celui-ci en profita pour éviter à son ami de commettre quelques gaffes. A un moment, le capitaine Morrison leur présenta le lieutenant Anderson – un jeune aide de camp nouvellement arrivé en Floride – et sa femme. Chat-Sauvage faillit dire à celle-ci qu'elle était grosse, ce qui dans sa bouche était un compliment. Pour les Séminoles, une femme bien en chair était une bonne cuisinière. Heureusement, James l'arrêta avant qu'il ait le temps d'offenser irrémédiablement Mrs Anderson.

– Bon sang, ne refais jamais ça, lui chuchota-t-il en l'entraînant à l'écart. Il ne faut jamais dire à une Blanche qu'elle est grosse !

– Je ne le redirai plus, promit Chat-Sauvage. Mais ma langue exprimait la vérité. Elle est grosse.

James préféra laisser tomber ce sujet. Les danseurs avaient envahi le parquet et il aperçut Tina au bras d'Harrington. Elle portait une robe de velours vert qui rehaussait l'éclat de ses prunelles émeraude et de ses cheveux coiffés en chignon. La robe était si bien coupée que seul un regard exercé pouvait deviner que Tina commençait à prendre quelques rondeurs.

– Voilà la fille de Warren, lui chuchota Chat-Sauvage à l'oreille.

– Oui, répondit laconiquement James en s'avançant.

– Présente-moi, s'il te plaît.

Il n'avait pas d'autre choix que de laisser Chat-Sauvage le suivre. John Harrington fut le premier à les voir arriver. Il s'arrêta de danser et leur sourit.

– James, quelle joie de te revoir ! dit-il avec une évidente sincérité. Et Chat-Sauvage ! Je n'aurais jamais pensé vous trouver dans une telle réception ! Comment allez-vous ?

– Aussi bien que peuvent se porter des prisonniers, répondit Chat-Sauvage.

John lui sourit encore, avant de s'apercevoir que James et Tina se regardaient sans dire un mot.

– Voudrais-tu danser avec ma fiancée, James ?

Sa fiancée. Etait-ce une plaisanterie, ou la vérité ? Tout d'un coup, James eut envie de s'emporter contre Harrington. De lui dire qu'il était stupide ou aveugle. Ou les deux.

– James ?

– Oh oui, certainement. Je serai ravi de danser avec miss Warren.

Il lui prit la main. Tina essaya de se dérober à son contact, mais il était le plus fort. Il l'entraîna alors que résonnaient les premières mesures d'une nouvelle valse.

24

– Sale bâtard ! murmura-t-elle.

– Catin, chuchota-t-il à son oreille.

– Immonde goujat... commença-t-elle, mais le tempo de la valse s'accéléra et pendant quelques minutes elle ne put rien ajouter.

James était un danseur accompli, qui suivait parfaitement le rythme de l'orchestre. Il la fit tournoyer à un rythme endiablé.

– Lâche-moi, McKenzie, dit-elle, quand le mouvement ralentit enfin. A moins que tu ne souhaites un esclandre au beau milieu de cette réception ?

– Serait-ce une menace ?

– Tu comprends vite, pour un sauvage !

– Moi qui étais si content de te revoir, Tina chérie.

– Tu es un beau menteur !

– Non, je ne mens pas.

– Alors, c'est que tu es hypocrite.

– Tout doux, ma belle...

– Hypocrite et grossier.

– Il me semble que l'hypocrisie est plutôt de ton côté. Tu as réintégré la civilisation avec la plus parfaite aisance. Tu parades dans de belles robes, comme si tu avais oublié...

– Je n'ai rien oublié du tout ! Et certainement pas le comportement dédaigneux d'un homme qui affecte de m'ignorer.

– Je ne suis venu ici que pour te voir.

– Je devrais te croire, alors que tu n'as pas donné signe de vie depuis une éternité ?

– Pourtant, ce n'était pas l'envie qui m'en manquait.

Tout en continuant de valser, il l'entraîna sur la terrasse par une porte-fenêtre grande ouverte. Puis, soudain, il s'arrêta net.

– De qui est l'enfant ? demanda-t-il.

– Quoi ?

– Tu m'as parfaitement compris. De qui est l'enfant ?

– Goujat !

– Je répète ma...

Elle le gifla à toute volée avant de s'enfuir sur la pelouse.

– Tina, bon sang... commença-t-il.

– Retourne en prison ! Va en enfer, même ! cria-t-elle sans s'arrêter. C'est toi qui avais raison. Tu es un sauvage. Je ne veux plus te voir. Jamais !

Il s'élança pour la rattraper.

– Tina, arrête ce...

– Laisse-moi tranquille !

Elle avait crié si fort qu'on l'entendit depuis la maison. Aussitôt, ce fut un beau remue-ménage.

– Il s'échappe ! crièrent des voix. L'Indien s'échappe !

Des soldats se ruèrent sur la terrasse. Tina continuait de courir dans le parc. James ne pouvait pas la laisser partir ainsi, après cette dispute qui n'avait rien réglé. Il voulut la rattraper, mais deux soldats le rejoignirent. Il s'en débarrassa d'un bon coup de poing à chacun, mais deux autres prirent le relais, qu'il assomma de même. Soudain, un coup de feu fut tiré en l'air et James s'immobilisa au milieu de la mêlée.

Le capitaine Morrison s'approcha de lui en secouant la tête.

– James McKenzie, quelle mouche vous a donc

piqué ? Je craignais que Chat-Sauvage ne cause quelques ennuis au cours de cette soirée. Pas du tout : il parade devant toutes les dames, qu'il s'amuse à séduire. En revanche, vous me décevez beaucoup...

– Je ne cherchais pas la bagarre, capitaine. Vos hommes se sont rués sur moi, alors que je n'avais rien fait.

– Monsieur McKenzie, vous n'aviez pas le droit de vous éloigner dans le parc. N'oubliez pas que vous êtes notre prisonnier. Je suis désolé, mais je vais devoir vous ramener tout de suite au fort.

James n'avait guère le choix. Les soldats étaient trop nombreux pour qu'il ait une chance de leur échapper. Il dut s'incliner.

– Je suis votre prisonnier, en effet, capitaine, répondit-il à Morrison.

Mais il pestait intérieurement. Tina l'avait giflé avant de lui fausser compagnie. Ils ne pouvaient pas en rester là. Il devait la revoir au plus vite. Reprendre leur explication là où elle s'était arrêtée.

Cette nuit-là, de retour dans sa cellule, James commença à réfléchir à son évasion.

– Ce fut un beau chahut, commenta Tara.

Elle venait d'entrer dans la chambre de Tina et retira ses gants avant de s'asseoir sur le lit.

– Jarrett n'a même pas pu dire un mot à son frère, reprit-elle. D'après la rumeur, vous vous êtes violemment querellée avec James. Il a voulu vous frapper et vous lui avez échappé. Il essayait de vous rattraper quand les soldats ont réussi à le maîtriser, non sans peine.

– J'espère qu'il n'en a blessé aucun ? demanda Tina.

– Les pauvres garçons auront récolté quelques bosses, j'en ai peur.

Tina se sentait vaguement responsable de ce qui leur était arrivé. Elle avait bien entendu crier, derrière elle, mais à aucun moment elle n'avait voulu perdre du temps à se retourner.

– Il m'a demandé qui était le père du bébé, expliqua-t-elle, indignée.

– Dans ce cas, vous avez eu raison de vous mettre en colère, commenta Tara en se relevant pour partir.

– Tara ?

– Oui ?

– Que lui est-il arrivé, ensuite ?

– Ils l'ont ramené tout droit en prison. Laissons-le un peu mariner là-bas. Si ça pouvait lui apprendre les bonnes manières...

– Il faudrait un miracle, ironisa Tina.

Elle ne voulait pas s'apitoyer sur le sort de James : il s'était conduit de façon inexcusable. Elle ne tenait pas à le revoir de sitôt.

Tara lui souhaita bonne nuit, avant de regagner sa propre chambre d'un air songeur. James et Tina étaient aussi entêtés et orgueilleux l'un que l'autre. Leur relation avait besoin d'un peu de temps pour s'épanouir. Tant que James serait en prison, sa vie ne serait pas en danger.

– Alors, tu penses que c'est possible ? chuchota Chat-Sauvage à l'oreille de James.

James hocha la tête en regardant une nouvelle fois l'angle sud-ouest de la forteresse. A cet endroit, la muraille était si haute qu'elle était réputée infranchissable. C'était d'ailleurs la raison pour laquelle elle n'était jamais gardée. Mais, à mi-hauteur de la muraille, il existait une étroite ouverture protégée par deux solides barreaux. A condition de réussir à desceller au moins l'un d'eux, on pouvait espérer franchir l'ouverture en s'aidant d'une corde.

Une évasion était donc possible. Le plus dur serait de venir à bout du barreau.

– Nous travaillerons un peu chaque nuit pour desceller ce maudit barreau, annonça-t-il.

– Mais comment nous y prendrons-nous pour monter là-haut ?

– En nous aidant les uns les autres.

Cinq nuits plus tard, le barreau était pratiquement descellé. Les guerriers avaient formé une pyramide humaine pour que James, juché tout en haut, puisse atteindre l'ouverture et limer patiemment le barreau. Juste au moment où celui-ci s'apprêtait à céder, Chat-Sauvage le héla.

– Ours-Rapide ! Osceola te réclame. Vite !

James tira sur le barreau, qui resta dans ses mains. Il avait réussi ! Il remit le barreau à sa place, pour ne pas attirer l'attention des gardes pendant la journée, puis redescendit au sol et la pyramide se désagrégea aussitôt.

– C'est fait, annonça-t-il à Chat-Sauvage.

– Heureusement. Il était temps.

– Que se passe-t-il ?

– Suis-moi.

James suivit Chat-Sauvage jusqu'à la cellule d'Osceola. Le chef indien était assis en compagnie de son fidèle Riley. James s'assit face à eux.

– L'heure est grave, mon frère, annonça Osceola sans détour. Riley a pu gagner la confiance du soldat chargé de la correspondance pour le fort.

– Et alors ?

– Un message a été envoyé à Warren pour le prévenir de ta détention. Nous ignorons où il se trouve exactement et combien de temps mettra la lettre pour lui parvenir, mais une chose est sûre : il ne tardera pas à revenir. Avec un bon cheval, un cavalier aguerri voyage vite. Ce n'est plus qu'une question de jours.

– En effet, répondit James en hochant la tête.

Osceola soupira longuement.

– En ce qui me concerne, je me suis résigné. Arrivera ce qui doit arriver. Mais toi, Ours-Rapide, tu dois t'échapper sans délai.

– Osceola, Warren ne peut quand même pas entrer dans le fort et venir me tirer dessus.

Mon ami, il n'aura pas besoin d'aller jusque-là. Avec la complicité des gardes, il pourrait se contenter d'empoisonner ta nourriture. A moins qu'on ne te retrouve un beau matin pendu dans ta cellule. Un tragique suicide... Personne ne pourra rien prouver. Je te le répète, Ours-Rapide, tu dois partir au plus vite.

– Osceola est un grand chef, répondit James. Je suivrai son conseil.

Osceola sourit.

– Guerrier, rectifia-t-il. J'étais un grand guerrier, n'est-ce pas ?

– Vous l'êtes toujours, répondit James.

Osceola sourit encore. Le compliment lui réchauffait le cœur, même s'il ne se faisait plus d'illusions sur son état.

L'évasion eut lieu la nuit suivante. Deux cordes confectionnées par les femmes avec des morceaux de vêtements avaient été accrochées au barreau restant : l'une pour escalader le mur et l'autre pour le redescendre du côté de la liberté.

Huit guerriers, dont James, Chat-Sauvage et Coa Hadjo étaient prêts à tenter l'aventure. Le plus dur serait de passer à travers le trou laissé béant par le barreau manquant. Ses dimensions étaient si exiguës – à peine cinquante centimètres de côté – que les guerriers s'enduirent le corps de graisse pour glisser plus facilement entre les pierres.

Coa Hadjo avait tenté de convaincre Osceola de s'enfuir avec eux en lui faisant valoir que son évasion constituerait un bel affront pour les Blancs. Mais le chef indien avait décliné la proposition : comme il l'avait expliqué la veille à James, il s'était résigné à se laisser gouverner par le destin.

Au moment du départ, cependant, il vint saluer les huit guerriers assemblés au pied du mur.

– Je prierai le Grand Esprit pour qu'Il veille sur vous, déclara-t-il.

James s'agenouilla devant lui.

– Je ne vous oublierai pas, dit-il. Je vous aiderai de l'extérieur. Dès que j'aurai été innocenté de la mort de Mayerling. Et dès que...

– ... tu auras apaisé les tourments qui te rongent le cœur, termina Osceola en posant une main sur son épaule.

– Oui, grand chef. Dès que j'aurai apaisé les tourments de mon cœur.

James se releva. Il était temps de partir, à présent. Les guerriers entreprirent un à un l'ascension de la corde, puis le difficile passage à travers le mur. James grimpa en dernier. Ses larges épaules musclées faillirent le bloquer, mais à force de contorsions il réussit à franchir l'ouverture et rejoignit ses compagnons de l'autre côté du mur.

Ils étaient libres.

Ils marchèrent un moment ensemble, le temps de s'éloigner du fort, puis James s'arrêta.

– Nos chemins se séparent là, dit-il à Chat-Sauvage.

Chat-Sauvage hocha gravement la tête.

– Tu vas retourner chez les Blancs.

– Non, répondit James, bien qu'il sût déjà qu'il ne combattrait plus contre les Blancs. Je cherche simplement la paix.

– La paix est toujours difficile, lorsque deux camps s'opposent sur un même territoire.

– La paix doit d'abord se trouver dans nos propres cœurs, répondit James. Mais je te promets que je ne trahirai jamais mes frères séminoles.

Chat-Sauvage sourit.

– Que le Grand Esprit soit avec toi, Ours-Rapide.

Ils se donnèrent l'accolade, puis Chat-Sauvage emmena les autres guerriers à sa suite. James les regarda se fondre dans l'obscurité, avant de se remettre lui-même en route. Grâce à l'amitié du Dr Weedon, il connaissait l'adresse de Jarrett. C'était là qu'il avait décidé de se rendre. En chemin, il s'arrêta à une fontaine pour nettoyer son torse de la graisse qui le recouvrait.

Il était un peu plus de minuit quand il arriva devant la maison. En observant la façade, il remarqua une lumière à l'étage. Assise à une table, une silhouette féminine était parfaitement visible à travers le fin rideau de mousseline. Tina ! Au bout de quelques minutes, elle souffla la bougie et la pièce fut plongée dans l'obscurité.

James avait de la chance : la fenêtre était grande ouverte. Il n'aurait qu'à escalader la façade, en s'aidant de la vigne qui courait sur toute la hauteur, pour pénétrer dans sa chambre.

Deux minutes plus tard, il s'agenouillait à côté du lit et posait une main sur la bouche de la silhouette couchée dans les draps avant de l'attirer à lui.

– Et maintenant, chérie, tu vas me dire de qui est l'enfant ?

Stupéfait, James vit soudain une ombre se redresser de l'autre côté du lit.

– De moi ! s'exclama l'ombre.

25

James bondit sur ses pieds, prêt à se battre, avant de comprendre sa bévue en reconnaissant la voix de l'autre homme.

– Il est de moi et personne ne pourra le contester, précisa l'ombre. Maintenant, pourrais-tu m'expliquer ce que tu fais dans notre chambre ? ajouta la voix, avant de craquer une allumette pour rallumer la chandelle.

James se retrouva face à son frère et à sa belle-sœur. Assis dans leur lit, ils le dévisageaient avec curiosité.

– Je... commença-t-il, avant de secouer la tête. Je suis désolé, Tara.

– J'ai l'impression que tu t'es trompé de chambre,

lui dit gentiment sa belle-sœur. Tu aurais dû te rendre à l'autre bout du couloir.

– Tu aurais surtout dû frapper à la porte, comme tout le monde, lui reprocha Jarrett.

– Je ne peux pas rester longtemps, répondit James.

– Tu resteras au moins assez longtemps pour nous raconter comment tu es arrivé là, répliqua son frère.

– De toute évidence, ce n'est pas avec nous qu'il souhaitait discuter, fit remarquer Tara.

– Je m'en doute, répondit Jarrett. Mais nous avons tout de même le droit de savoir ce qui se passe. Tu t'es évadé ?

– Oui.

– Tout seul ?

– Non. Nous sommes partis à huit. (James hésita, avant d'ajouter :) Je n'avais pas le choix. Warren a été prévenu de ma présence à Fort Marion. Je ne pouvais plus rester. C'était trop dangereux.

– Si je comprends bien, reprit Jarrett, Jésup ne détient plus Osceola ?

James qui s'apprêtait à quitter leur chambre s'arrêta sur le pas de la porte.

– Non. Osceola a refusé de nous suivre. Il ne lui reste plus très longtemps à vivre. Quelques mois seulement. Jésup s'imagine que sa mort mettra un terme à la guerre.

– Je sais, soupira Jarrett.

James les salua d'un signe de tête, avant de disparaître dans le couloir en refermant la porte derrière lui.

Jarrett se tourna vers sa femme.

– Avons-nous bien fait de le laisser partir ? Je crains qu'il ne cause une peur bleue à cette pauvre Tina.

– Elle saura se défendre, répondit Tara, d'un air

assuré. Laissons-les s'expliquer. A mon avis, ils en ont bien besoin.

– La situation est pire qu'avant, en tout cas. Désormais, James est un évadé.

– Les militaires n'avaient aucun droit de le retenir prisonnier. Et James a eu raison de vouloir échapper à Warren. Il aurait sans doute cherché un moyen de l'assassiner. (Elle hésita, avant d'ajouter :) James pourrait peut-être rester ici ?

Jarrett leva les yeux au ciel.

– Tu n'y penses pas, Tara ! Dès que son évasion sera découverte, c'est d'abord chez nous qu'ils vont le chercher.

– Mais...

– Tara, renonce à cette idée.

– Je t'assure...

– Tara !

– Jarrett...

Il soupira, avant d'embrasser sa femme. Il avait découvert depuis longtemps qu'il n'existait pas d'autre moyen de la faire taire.

Cette fois, James était entré dans la bonne chambre. A peine eut-il poussé la porte qu'il remarqua, malgré la pénombre, l'éclat des cheveux flamboyants sur l'oreiller.

Il s'approcha à pas de loup jusqu'au pied du lit et contempla Tina un long moment, fasciné par sa beauté comme au premier jour de leur rencontre.

Sa conversation imprévue avec son frère l'avait brutalement rappelé à la réalité. Désormais, Jésup le considérerait définitivement comme un hors-la-loi et n'aurait de cesse de lui faire payer son évasion.

Il brûlait du désir de la toucher. Devait-il partir

sans la réveiller ? La quitter sans même lui avoir parlé ? Cette fois, s'il la laissait, il pressentait que ce serait pour toujours.

Elle s'étira soudain et ouvrit les yeux, comme si elle avait deviné sa présence dans son sommeil. Elle se redressa brutalement.

– C'est toi ! s'exclama-t-elle, le regard brillant de colère.

La colère appelait la colère.

– De qui est l'enfant ? lui demanda sèchement James.

Il devina qu'elle voulait le frapper et, par précaution, lui emprisonna les mains.

– Tu n'es qu'un immonde goujat ! lui cria-t-elle en se débattant comme un beau diable.

– Tina, assez !

– *Assez ! Assez !* Tu répètes toujours la même chose, mais rien n'est jamais assez, pour toi. Espèce de sale égoïste !

Elle gigotait tant qu'il finit par s'asseoir à califourchon sur elle et lui plaqua les bras au-dessus de la tête. Mais Tina ne s'avoua pas vaincue.

– Ne t'avise plus de me redemander qui est le père, le menaça-t-elle.

– Pourquoi pas ? Tu as passé plus de temps au milieu des soldats qu'avec moi. Le jour où tu m'as regardé entrer dans Saint Augustine, tu étais au bras d'Harrington !

– Quel culot ! Comment oses-tu douter de la loyauté de ton ami ? Et comment oses-tu douter de moi ?

– *Oser ?* Mais quand je t'ai posé la question, l'autre soir, tu es partie en courant et tu m'as laissé tomber aux mains des soldats. Ils auraient pu me tuer.

– Apparemment, ils ne l'ont pas fait.

– Je n'étais venu à cette réception que pour connaître la réponse à ma question.

– Une question que tu n'avais pas le droit de me poser !

James sentait bien qu'il s'enlisait. Non seulement elle contrait tous ses arguments, mais elle continuait de se défendre en essayant même de lui mordre le bras.

– Voilà des manières bien peu civilisées, lui fit-il remarquer.

– Ce sont les seules que peut comprendre un sauvage ! répliqua-t-elle.

James voulut la mater. Cela ne fit qu'aggraver sa fureur.

– Lâche-moi, sale bâtard ! Lâche-moi ! cria-t-elle.

Puis elle se raidit subitement et le regarda bizarrement.

– James ?

– Quoi ? demanda-t-il, soudain alarmé.

Il avait oublié le bébé. Lui avait-il fait mal, en tentant de la maîtriser ? Comme elle restait muette, il s'inquiéta vraiment.

– Tina, dis quelque chose, bon sang ! Je t'ai fait mal ? Le bébé... ?

– Oh, James, il a bougé !

Elle lui prit la main pour la poser sur son ventre. D'abord, il ne sentit rien. Mais au bout d'un moment, il eut l'impression que quelque chose de vivant – une main ou un pied, peut-être ? – cognait doucement la paroi de son ventre.

– *C'est notre enfant !* lança soudain Tina, la voix brisée par l'émotion. Monstre ! Comment as-tu pu douter de moi ?

James s'assit à côté d'elle et lui caressa tendrement la joue. Il se sentait affreusement coupable, tout à coup. Il n'avait pas été capable de comprendre que Tina pouvait l'aimer réellement et que John Harrington était simplement un ami et non pas un rival.

– J'ai tout fait pour t'éloigner de mon esprit, dit-il. Mais ton absence me pesait terriblement.

Elle le regardait, les larmes aux yeux.

– C'est ton enfant. Il est de toi. Peu importe que tu sois heureux ou non, que tu cherches ou non à m'oublier. *Moi,* je suis heureuse. J'aimerai cet enfant de tout mon cœur. Je ne l'élèverai ni dans la haine ni dans les regrets. Je lui parlerai de son père, de nos deux races et...

James la fit taire en l'embrassant avant de reposer doucement sa main sur son ventre.

– Tina, commença-t-il en secouant la tête, je ne sais pas comment te le faire comprendre. Mon cœur espérait ton amour, mais ma raison me l'interdisait. Je voulais sincèrement que tu partes pour que tu ne sois plus en danger. Quand je suis entré dans Saint Augustine, avec les autres prisonniers, j'entendais ce que les gens disaient à notre passage, et je les haïssais pour leurs préjugés. Je n'ai pas honte de ce que je suis mais, vois-tu, j'avais du mal à imaginer que tu souhaiterais vraiment me suivre. Vivre une aventure le temps d'un été, ce n'est pas la même chose que de partager toute une existence... Et puis, tu ne m'avais même pas parlé du bébé, quand nous étions au bord de l'étang. Tu avais eu largement le temps, pourtant.

– A ce moment-là, j'ignorais moi-même que j'étais enceinte, répondit Tina. Sinon, je t'en aurais parlé, bien sûr. Sincèrement, je ne savais pas.

– J'avais peur, lui dit James en la regardant droit dans les yeux.

– Peur ? Je ne t'ai jamais vu avoir peur de quoi que ce soit.

– J'avais peur de te désirer alors que je savais que je ne pouvais t'avoir.

– Pourtant, je suis à toi.

– Mais de quelle façon ? Tout ce que j'ai réussi, c'est à te donner un enfant naturel. Un Peau-Rouge, par-dessus le marché. J'ai définitivement ruiné ta réputation.

– Je me moque de...

Ils sursautèrent en entendant un bruit de cavalcade dans la rue.

– Des cavaliers, à cette heure ! murmura Tina. On te cherche peut-être déjà. Tu t'es évadé, n'est-ce pas ?

– Je n'avais pas le choix.

– Pourquoi ? Maintenant, ils vont nous traquer sans relâche.

James se précipita vers la fenêtre pour observer la rue. Il aperçut un groupe de cavaliers en uniforme. Des militaires ! Ils s'arrêtèrent devant la maison. Presque au même moment, Jarrett surgit dans la chambre de Tina.

– Pour l'amour de Dieu, James, sauve-toi immédiatement !

– Je n'ai pas l'intention de fuir, répliqua-t-il calmement. Je m'en remets à toi pour me conduire auprès de Hernandez ou de Jésup. Nous leur expliquerons que j'étais en danger à Fort Marion. Je tiens à être innocenté des accusations de Warren contre moi.

– James, tu n'as pas l'air d'avoir réalisé qu'il est ici. C'est lui qui conduit les cavaliers qui sont sous nos fenêtres !

– Warren ? répéta James. C'est impossible ! Il n'aurait pas pu revenir à Saint Augustine, découvrir notre évasion et arriver ici en si peu de temps.

– James, je t'assure que je l'ai reconnu. D'ailleurs, c'est toi-même qui nous as dit, tout à l'heure, qu'il était prévenu de ton arrestation. Il a dû arriver à Fort Marion juste au moment où l'on s'apercevait de votre évasion. Quelle importance, de toute façon ? Maintenant, il est en bas de la maison !

– Tu savais que Warren était prévenu et tu es quand même venu ici ! C'est de l'inconscience ! s'exclama Tina en se tournant vers James.

– Je devais venir, insista James.

Elle bondit du lit pour le rejoindre près de la fenêtre.

– Pars ! Je t'en prie ! Sinon, il te tuera.

James hésita une seconde.

– Et à toi, que va-t-il te faire ?

– Moi, il n'osera pas me tuer. Pas devant des témoins.

– Mais il peut t'emmener d'ici.

– James, ne discute pas, intervint Jarrett. Le temps presse. Sauve-toi !

– Warren n'a pas le droit d'être si cruel, ni de détruire autant de vies ! s'exclama-t-il avec fougue.

– James ! plaida Tina. Ne sois pas inconscient. Tu sais bien qu'il est impossible de le raisonner. Et tu ne peux pas combattre tous ces soldats. Ils sont trop nombreux.

– Attendez... dit James.

– Pour l'amour de Dieu, sauve-toi ! répéta Jarrett.

– Je t'en prie ! ajouta Tina.

James ne voulait pas quitter Tina. Cependant, il se rendait bien compte qu'elle et son frère avaient raison. En restant, il risquait de provoquer un désastre. Il la regarda une dernière fois avant de sortir, sans un mot, sur le balcon. A la faveur de l'obscurité, il se fondit dans la vigne et attendit la suite des événements.

Les cavaliers avaient mis pied à terre. James en compta dix, tous armés. Jarrett avait raison : Warren était à leur tête. Son regard brillait d'une lueur inquiétante.

– Nous allons fouiller cette maison de fond en comble, dit-il à ses hommes. Ce maudit sang-mêlé va enfin payer son audace ! Il la paiera de sa vie, je le promets devant Dieu ! ajouta-t-il en descendant de selle à son tour.

26

Une fois les cavaliers entrés dans la maison, James se laissa glisser le long de la vigne jusqu'au trottoir. Il aurait pu voler un cheval et disparaître dans la nuit, mais il ne voulait pas s'éloigner tant qu'il ne serait pas fixé sur le sort de Tina.

A pas de loup, il s'approcha d'un grand chêne et grimpa dans ses hautes branches pour observer l'intérieur de la maison dont toutes les pièces étaient désormais éclairées. Jarrett et Tara étaient descendus dans le salon. James les entendit protester contre l'intrusion des militaires et menacer Warren de porter plainte devant Jésup.

– Votre sang-mêlé de frère s'est échappé ! répondit Warren à Jarrett. Si vous pensez que Jésup prendra votre défense, vous vous trompez lourdement, McKenzie !

– Cette maison est une propriété privée, Warren. *Ma propriété.* Je veux vous voir déguerpir.

– Désolé, je ne partirai pas. Maintenant, éloignez-vous de mon chemin, sinon je tire.

– Si vous tirez, vous comparaîtrez devant un tribunal pour meurtre. A supposer que mon frère ne vous ait pas égorgé avant.

– Vous voyez, McKenzie, vous reconnaissez vous-même qu'il est violent !

– James n'est pas violent. Il se défend, simplement. En revanche, vous, vous êtes un assassin.

– Laissons-les fouiller la maison, Jarrett, intervint Tara. Nous nous plaindrons à Jésup plus tard.

– Je vais commencer par la chambre de ma fille, répondit Warren. (Il se tourna vers un de ses hommes :) Newman, si jamais il bouge, abattez-le.

– Je ne bougerai pas, répliqua Jarrett. Mais vous ne trouverez pas mon frère.

James regarda à l'étage. Une seconde plus tard, Warren fit irruption dans la chambre de Tina, plus fanatique que jamais. D'abord, James ne put entendre ce qu'ils se dirent. Le beau-père et la belle-fille échangèrent quelques mots à voix basse, comme si la haine qui les opposait contenait leurs voix. Puis, soudain, Warren traversa la pièce et saisit Tina aux cheveux.

– Je te tuerai, catin ! Comme je tuerai l'immonde bâtard que tu portes !

James se raidit, prêt à intervenir.

Tina se défendit comme un beau diable. Elle gifla son beau-père avec une telle violence que Warren la relâcha un instant. Il la rattrapa alors qu'elle tentait de s'enfuir et il commença à la ruer de coups.

James vit rouge.

Oubliant toute prudence, il s'avança sur la branche du chêne qui le portait, sauta d'un bond sur le balcon de Tina et se rua dans la chambre.

Il tomba à bras raccourcis sur Warren et lui décocha un coup de poing qui l'envoya buter contre le mur. Le nez ensanglanté, Warren voulut riposter, mais James ne lui en donna pas le temps. Jamais il n'avait prémédité de tuer quelqu'un. Mais cette fois, sa rage l'aveuglait. Il frappa Warren sans répit, jusqu'à ce qu'il s'écroule sur le tapis, évanoui.

James se baissa, prêt à s'acharner sur lui, quand Tina l'arrêta.

– Non, James ! Pour l'amour du Ciel, non ! On t'accusera de meurtre et on te pendra. Ne le tue pas !

Il s'arrêta pour la regarder. Les cheveux défaits, elle était toute rouge, mais heureusement ne portait pas trace des coups que Warren lui avait donnés.

– Tina, est-ce que...

– Tout va bien, James.

– Le bébé ?

– Il n'a pas souffert. Je t'en prie, ne le tue pas. Warren ne vaut pas la peine que tu gâches le restant de tes jours.

James se releva presque à regret, comme s'il n'était pas encore certain de vouloir laisser la vie sauve à Warren. Il s'approcha de Tina et la serra dans ses bras.

– Pour toi, dit-il en l'embrassant sur le front. Je lui accorde sa grâce rien que pour toi.

– Non, pour nous ! rectifia Tina.

A ce moment, la porte de la chambre s'ouvrit à la volée. Une demi-douzaine de soldats s'engouffrèrent dans la pièce.

– Il a tué le colonel ! s'écria l'un d'eux.

– Non, il ne m'a pas tué, répondit Warren en reprenant ses esprits. (Il se releva péniblement.) Mais ce sauvage avait bien l'intention de m'achever ! Emparez-vous de lui ! Nous allons le pendre à un arbre.

Tina poussa un cri d'horreur en voyant les soldats se ruer sur James. Il se débattit farouchement, abreuvant ses assaillants de coups de poing qui les obligeaient à se tenir à distance. Soudain, un coup de feu tiré dans le plafond l'immobilisa net. Il se retourna. Warren avait braqué son colt sur la tempe de Tina.

– Ce sera elle ou vous, dit-il froidement.

– Colonel ! s'exclama un des soldats, indigné.

– Silence ! glapit Warren. Alors, Ours-Rapide, elle ou vous ?

James n'aurait pas parié qu'il n'oserait pas tirer sur Tina. Il leva les mains en l'air, en signe de reddition. Aussitôt, les soldats s'emparèrent de lui.

– Attachez-lui les mains, ordonna Warren.

James n'avait pas le choix. Il se laissa attacher les mains dans le dos par un jeune soldat qui tremblait tellement – comme s'il avait encore peur de lui – que le nœud n'était pas très serré. Bien sûr, James se garda de le lui faire remarquer.

– Maintenant, conduisez-le à l'arbre le plus proche, ordonna Warren en relâchant Tina.

– Non ! s'écria-t-elle, horrifiée. Vous ne pouvez pas faire une chose pareille ! Vous...

Pour toute réponse, Warren l'assomma d'un coup

de crosse. Elle s'écroula sur le tapis, sans même un soupir.

Fou de rage, James voulut intervenir, mais Warren plaqua le canon de son colt sur sa gorge.

– Veux-tu qu'elle te regarde mourir, sale Indien ? fit-il en essuyant le sang qui coulait toujours de son nez.

James n'avait pas peur de mourir. A condition que Warren l'accompagne en enfer. Ainsi, Tina serait libre. Elle pourrait élever le bébé et Jennifer, sans souci de l'avenir. Ce serait mieux que rien.

– Allons-y ! ordonna Warren.

Les soldats poussèrent James dans le couloir, puis dans l'escalier. En arrivant en bas des marches, il comprit pourquoi son frère ne s'était pas précipité à son secours. Un soldat l'avait assommé et Tara était agenouillée près de lui, en larmes.

– Tara...

– Ne t'inquiète pas, James, dit-elle en se relevant. Il est simplement évanoui. Où t'emmènent-ils ?

– Tout ira bien, Tara.

– James, que...

– Tara, occupe-toi plutôt de Jarrett et de Tina.

– Tina ?

– Ils lui ont fait subir le même sort qu'à Jarrett.

Les soldats le poussèrent vers la porte. L'un d'eux prit les devants, alla chercher une corde dans sa sacoche de selle et confectionna un nœud coulant. James restait impassible au milieu des soldats, tandis que Warren s'emparait du nœud pour le lui passer autour du cou.

– Encore un Indien de moins ! se glorifia-t-il. Nous finirons bien par vous éliminer tous.

James secoua la tête.

– Non, Warren. Vous aurez beau nous tuer, d'autres guerriers prendront la relève. Vous ne gagnerez jamais cette guerre.

– En tout cas, pour toi elle est finie, mon garçon. Fais ta prière à celui que tu appelles ton Dieu, mais dépêche-toi. (Il se tourna vers ses hommes :) Qu'on apporte un cheval !

On amena un solide étalon. Excepté les deux hommes chargés de l'exécution, tous les autres soldats remontèrent en selle pour assister au spectacle.

James fut hissé sur le cheval par ses deux bourreaux, les mains toujours liées dans le dos, tandis que l'autre extrémité de la corde était fixée à une branche d'arbre.

– Fais ta prière, l'Indien, répéta Warren en s'approchant de lui. Dans deux minutes, tu iras rejoindre tes semblables que nous avons déjà éliminés.

James s'obligea à garder son calme. Il avait une toute petite chance d'en réchapper et ne voulait surtout pas la gâcher par un geste inconsidéré. Il lui suffirait de libérer ses mains pour arracher le nœud coulant et s'enfuir. Les soldats avaient tous rengainé leurs armes pour assister à sa pendaison. Avant qu'ils puissent tirer, il serait loin.

– Colonel, je ne crois pas que tout cela soit très légal, répondit-il tranquillement en remuant discrètement ses mains dans le dos, pour les libérer.

– Nous sommes en guerre contre les Séminoles et tu es un Séminole, Ours-Rapide ! De plus, tu t'es échappé de prison et tu as tenté de me tuer. C'est plus qu'il n'en faut pour justifier ton exécution. De toute façon, mes hommes témoigneront en ma faveur.

James avait réussi à détacher ses mains. Il ne lui

restait plus qu'à saisir la corde avant qu'elle ne se resserre autour de son cou...

– Pendez-le ! ordonna Warren.

Tina recouvra péniblement ses esprits. Son crâne la faisait horriblement souffrir. Puis, soudain, la mémoire lui revint : *ils avaient repris James !*

Elle se releva d'un bond et courut à la fenêtre. *Ils s'apprêtaient à le pendre !* D'une seconde à l'autre, James se balancerait au bout d'une corde !

Elle se rua dans le couloir, dévala l'escalier et déboucha dans le hall juste au moment où Tara aidait Jarrett à se remettre sur pied.

– Ils vont pendre James ! s'écria-t-elle, en fonçant droit sur l'armoire où elle savait que Jarrett rangeait ses armes.

Elle s'empara d'une carabine, mais Jarrett s'était déjà précipité pour la lui arracher des mains.

– Donnez-moi ça ! Elle est chargée...

– Ils vont le pendre ! répéta Tina, au bord de l'hystérie.

Elle saisit un colt au hasard, avant de suivre Jarrett dehors.

Ils étaient encore dans le hall quand ils entendirent un hennissement. Tina frissonna d'horreur. Se pouvait-il qu'il soit trop tard... ?

Dès que Warren eut crié l'ordre de pendre James, un soldat cravacha violemment la croupe du cheval qui le supportait. Ce fut ce coup, donné avec une cruauté inutile, qui lui sauva la vie. Surpris par la douleur, le cheval se cabra en hennissant. La corde se relâcha un instant. James eut juste le temps de la saisir à pleines mains avant que l'étalon ne s'enfuie au triple galop. Suspendu à la corde, James profita de son élan pour frapper Warren avec ses pieds et le désarçonner. Les deux hommes roulèrent ensemble dans la poussière en se bourrant de coups de poing.

Warren réussit à dégainer son coutelas. Dans un instinct de survie, James serra son ennemi à la gorge et lui frappa la tête contre le sol. Il s'acharna jusqu'à ce qu'il réalise que Warren ne se défendait plus et qu'il avait laissé échapper le coutelas de ses mains. James le relâcha. Warren resta inerte, ses yeux grands ouverts fixant le ciel. Il était mort.

La première pensée de James fut que Tina était libre. Mais lui-même était définitivement perdu. Tous ses efforts pour se ménager une voie entre le monde des Blancs et celui des Indiens étaient réduits à néant.

– Il a tué le colonel ! s'écria un soldat.

– Relève-toi, l'Indien, avant qu'on te troue la peau ! ordonna un autre.

James se releva lentement. Au moins, il pouvait maintenant espérer un procès en bonne et due forme, devant un tribunal. Il pourrait donc revoir Tina et Jennifer une dernière fois.

– Tuons-le tout de suite ! cria un troisième soldat. Qu'on en finisse avec ce sauvage. Il a assassiné notre colonel !

Les soldats dégainèrent leurs armes. James se crut perdu, quand un coup de feu tiré en l'air les fit tous sursauter. Jarrett, une carabine dans les mains, dévalait le perron pour les rejoindre.

– Messieurs, vous outrepassez vos droits, dit-il d'une voix blanche de colère. Rien ne vous autorise à condamner cet homme. Encore moins à l'exécuter froidement.

– Ce sauvage a tué le colonel, monsieur McKenzie ! s'indigna un des soldats.

– Warren avait failli tuer sa propre fille, lui rappela Jarrett. De toute façon, cette pendaison était parfaitement illégale. Je vous promets que chacun d'entre vous aura à répondre de sa conduite devant le général Jésup si vous ne déguerpissez pas immédiatement. Si jamais l'un d'entre vous ose viser mon frère, je lui ferai passer le goût de vivre, foi de McKenzie !

Avant que quiconque ait pu répondre, une autre voix, féminine mais non moins déterminée, se fit entendre :

– Quant à moi, je vous garantis que vos balles n'auront pas le temps d'atteindre leur cible !

James ne put retenir un sourire. Tina avait surgi sur le perron. Elle était comme tout à l'heure, pieds nus et en chemise de nuit, les cheveux défaits. Sauf qu'à présent, elle brandissait un colt à bout de bras.

– Monsieur McKenzie, miss Warren... commença le jeune soldat qui avait tremblé si fort en attachant les mains de James, nous ne sommes pas des assassins. Le colonel Warren était cruel. (Il se tourna vers ses camarades.) Nous sommes tous témoins qu'il a failli tuer sa fille, n'est-ce pas ? Nous allons rentrer au fort. C'est terminé pour ce soir.

– Emmenez Warren avec vous, leur suggéra Jarrett.

Le corps du colonel fut couché en travers de son cheval et les soldats s'apprêtèrent à partir. Mais celui qui avait confectionné le nœud coulant destiné à pendre James ne voulait pas renoncer aussi vite.

– Jarrett McKenzie, attendez que le général Jésup apprenne ce qui s'est passé, dit-il. Votre frère sera exécuté quand même et vous, vous serez bon pour la prison.

Le jeune homme qui avait convaincu ses camarades de rengainer leurs armes s'approcha alors des deux frères McKenzie.

– Je m'appelle Nooman, dit-il. Si vous avez besoin d'un témoin, n'hésitez pas à faire appel à moi.

James hocha la tête, en souriant.

– C'est entendu. Merci, Nooman.

Nooman les salua de la main, puis tourna la bride et engagea ses compagnons à le suivre. Deux minutes plus tard, ils avaient disparu. James se tourna vers son frère.

– Merci, vieux frère. Tu as repris connaissance au bon moment.

– A deux secondes près, c'était trop tard, grimaça Jarrett. Je n'avais encore jamais vu quelqu'un échapper *in extremis* à une pendaison !

James haussa les épaules.

– Ils ne savent pas faire leurs nœuds. (Il désigna Tina en souriant, avant d'ajouter :) Et voici la plus fière combattante de toute la Floride. Tu ne crois pas qu'elle pourrait terminer la guerre, à elle toute seule, Jarrett ?

– A moins qu'elle n'en déclenche une autre ! plaisanta Jarrett. (Puis il redevint grave :) Maintenant, James, écoute-moi sérieusement. Il faut que tu partes d'ici au plus vite.

James hocha la tête en regardant Tina.

– Warren mort, Tina et le bébé n'ont plus rien à craindre, dit-il.

– C'est exact, convint Jarrett. En revanche, je suis

beaucoup moins rassuré sur ton sort, petit frère. Tu risques d'avoir toute l'armée à tes trousses d'ici quelques heures.

Tara, qui avait tout suivi depuis la porte d'entrée, se précipita vers James.

– James, Jarrett a raison ! Tu es sain et sauf, mais toujours en danger. Pars, avant qu'ils ne reviennent t'arrêter.

– Oui, oui, je vais partir, répondit-il. Jennifer...

– Tu n'as pas le temps de monter la voir. Ne t'inquiète pas, nous nous occuperons bien d'elle.

– Tina... (Il tourna la tête, pour la chercher des yeux : elle avait disparu !) Où est passée Tina ?

Jarrett secoua la tête. Il n'en savait rien.

– James, ne t'inquiète pas non plus pour elle, reprit Tara. Nous...

– James !

Il écarquilla les yeux de stupeur en voyant la jeune femme ressortir de la maison. En moins de cinq minutes, elle était remontée se changer dans sa chambre pour troquer sa chemise de nuit contre une tenue d'équitation et des bottes. Elle se jeta dans ses bras.

– Je pars avec toi, annonça-t-elle fièrement.

– Quoi ?

– Mon beau-père est mort, James. Maintenant, rien ne m'interdit de te suivre. Donc, je pars avec toi.

– Tina, le chemin sera long et difficile. N'oublie pas que tu es enceinte et...

– James McKenzie, combien de fois devrai-je te répéter que je suis plus solide que je n'en ai l'air ? Je pourrais survivre à beaucoup de choses, sauf à ton départ.

– Tina, tu ne comprends pas...

– Si, James, je comprends parfaitement.

– Mais le bébé...

– Il ne craint rien. Sinon, je ne prendrais pas le moindre risque.

James implora son frère et sa belle-sœur du regard.

– Que dois-je faire ? leur demanda-t-il.

– A mon avis, Tina a déjà décidé pour toi, répondit Jarrett.

– Je le crois aussi, ajouta Tara avec un sourire taquin.

James la regarda droit dans les yeux.

– Tina, il faudra chevaucher sans relâche. Nous ne mangerons pas toujours à notre faim et nous ne pourrons pas réintégrer la société civilisée de sitôt. Nous serons obligés de vivre dans les marais pendant des années. Malgré tout cela, tiens-tu quand même à me suivre ?

– Oui, répondit Tina.

– James, ne perds pas trop de temps... le pria sa belle-sœur.

– Dépêchez-vous, renchérit Jarrett. Prenez des chevaux dans l'écurie et filez !

– Alors ? demanda James en défiant Tina du regard.

Il n'arrivait pas à croire qu'elle voulait vraiment abandonner son confort pour suivre un hors-la-loi.

– Je ne t'oblige à rien, ajouta-t-il. Je reviendrai dès que je pourrai et j'aimerai notre enfant...

– Dis-le-moi d'abord.

– Quoi ? demanda-t-il, dérouté. Je viens justement de te dire que j'aimerai notre enfant...

Tina releva fièrement le menton.

– Pas notre enfant, James, le coupa-t-elle. *Moi*. Je

suis prête à te suivre partout, Ours-Rapide. Mais dis-le-moi au moins une fois. Dis-moi que tu m'aimes !

James sentit son cœur se dilater de joie.

– Je t'aime, Tina, murmura-t-il. J'avais peur de mes sentiments pour toi, mais je ne pouvais pas les ignorer. Je t'aime de toute mon âme. Et plus que tout au monde. J'ai besoin de toi. Au point que je ne sais même pas si je pourrais survivre longtemps sans toi.

Tina sourit de bonheur.

– Maintenant, je suis prête à te suivre où tu me le demanderas, murmura-t-elle.

Jarrett décida d'interrompre ce moment d'émotion.

– Si vous ne vous dépêchez pas de filer, Tina te suivra dans la mort, James !

– Partez tout de suite ! ajouta Tara, la voix suppliante.

James prit la main de Tina dans la sienne. A présent, il se sentait plus fort que jamais.

– Allons chercher les chevaux, lui dit-il en saluant son frère et sa belle-sœur de la main.

Désormais, ils fuiraient ensemble.

27

La nuit était déjà bien avancée quand ils quittèrent Saint Augustine. Bien qu'il répugnât à presser Tina, à cause de son état, James voulait qu'ils s'éloignent le plus possible de la ville avant le lever du soleil.

Il avait décidé de se diriger vers le Sud, en chevauchant de nuit et en se cachant la journée.

Au milieu de la matinée, ils atteignirent une hutte

désertée depuis le début de la guerre. Elle était dissimulée dans un boqueteau et construite à côté d'une source. James expliqua à Tina qu'ils s'y reposeraient jusqu'au soir avant de reprendre leur route.

Quand ils se furent lavés et désaltérés avec l'eau de la source, James invita Tina à se reposer.

– James, ne t'inquiète pas pour moi. Tout va bien.

Il secoua la tête, sceptique.

– C'est de la folie. Je n'aurais pas dû t'emmener avec moi dans ton état.

– Et alors ! Comment font les femmes indiennes quand elles sont enceintes ?

– Ça n'a rien à voir. Elles sont habituées à vivre dans les marais.

– James ! Je suis forte !

– Aujourd'hui, nous avons un toit et de l'eau potable. Il fait beau et il n'y a pas de moustiques. Mais demain ou après-demain, nous risquons...

– Mais je n'ai pas peur !

– Tu n'as jamais su quand il fallait avoir peur, lui rappela-t-il.

Elle sourit.

– James, je préfère une existence pénible mais avec toi à une petite vie confortable sans toi. Cette nuit, tu m'as dit que tu m'aimais. L'aurais-tu déjà oublié ?

Il sourit à son tour.

– Non, je ne l'ai pas oublié.

– Alors... montre-le-moi.

– Mais, Tina... le bébé...

Elle alla s'asseoir sur un rocher au bord de la source et, avec des gestes d'une incroyable sensualité, commença à enlever ses vêtements un à un.

– Ours-Rapide ne serait-il pas l'homme qu'il prétend être ?

James s'émerveilla une fois de plus de son talent à le provoquer... et à réveiller son désir. Il la regarda se dénuder complètement. Elle avait pris des rondeurs, mais semblait plus radieuse que jamais. Comme si sa grossesse n'avait fait qu'ajouter à sa beauté et à sa vitalité.

– Ours-Rapide est en pleine forme, merci, répondit-il en s'approchant d'elle.

Tina plongea dans la source. L'eau était délicieusement fraîche. James se déshabilla à son tour avant de la rejoindre.

Ils s'embrassèrent longuement dans l'eau, puis James la ramena sur l'herbe pour la couvrir de caresses. Entre deux baisers, il répétait inlassablement : « Je t'aime, Tina, je t'aime... »

Simplement ces deux mots. Mais ils suffisaient amplement.

Tina ne l'avait jamais vu si tendre et si attentif. Leur jouissance fut plus intense que tout ce qu'ils avaient déjà connu. Ensuite, James la tint longuement dans ses bras, lui répétant qu'il l'aimait jusqu'à ce qu'elle s'endorme.

Quand elle se réveilla, le soleil se couchait déjà, incendiant l'horizon.

James se tenait toujours à côté d'elle.

– C'est magnifique, lui dit-elle. De ma vie, je n'ai vu un coucher de soleil aussi beau.

Il lui sourit.

– Aujourd'hui, c'est le monde entier qui est plus beau que jamais.

Tina crut qu'elle allait pleurer de bonheur. James la serra dans ses bras et l'embrassa fougueusement. Tina ferma les yeux et lui rendit son baiser.

Comme James l'avait prédit, les journées devinrent bientôt pénibles. Parfois, ils ne trouvaient rien à manger, sinon quelques baies récoltées dans des arbustes. Quand James repérait, sur la piste, le passage récent d'une troupe de cavaliers, ils devaient s'interdire d'allumer un feu pour ne pas attirer l'attention sur eux. Des serpents croisaient de temps en temps leur chemin... et malgré l'automne qui s'avançait, les moustiques ne désarmaient pas.

Tina tenait le coup. Elle avait appris à se satisfaire du peu qu'ils possédaient et sautait de joie quand ils découvraient une hutte abandonnée mais en bon état qui leur offrirait un toit pour dormir en les protégeant des moustiques. Sans la peur de voir surgir les soldats à tout moment, elle se serait même sentie parfaitement heureuse de partager ainsi son quotidien avec James.

Un jour, alors qu'ils chevauchaient déjà depuis plusieurs semaines, James était parti, seul, à la chasse. Il en rapporta un lapin, mais semblait préoccupé.

– Les Indiens et les soldats ont engagé des manœuvres dans la région, dit-il. J'ai peur que nous ne soyons pris en tenaille.

– Qu'allons-nous faire ? demanda Tina en commençant à dépecer le lapin.

– Essayer de les éviter, bien sûr.

Cette nuit-là, il y eut un gros orage, avec éclairs, coups de tonnerre et une pluie si violente qu'elle les obligea à faire halte.

James construisit un abri de fortune avec les branches qui lui tombèrent sous la main. Ils s'y réfugièrent pour passer le restant de la nuit et Tina s'endormit dans les bras de James. Le sol était si détrempé et l'air si humide qu'il redoutait qu'elle n'attrape une bonne fièvre.

Quand elle se réveilla à l'aube, le soleil était revenu.

– Je t'aime, dit-elle en ouvrant les yeux.

– Je t'aime, moi aussi, murmura-t-il, tout en se reprochant de mettre chaque jour un peu plus sa vie en danger.

– Tu sais, aujourd'hui, c'est Noël.

– Et tu te réveilles dans une contrée sauvage qui ignore jusqu'à l'existence du Christ !

– Quelle importance ! Je n'ai jamais eu un aussi beau Noël de ma vie.

– Je n'ai rien à t'offrir...

– J'ai tout ce dont je pouvais rêver.

Il l'aida à se relever.

– Nous allons devoir rattraper le temps perdu, lui dit-il.

– Nous avancerons plus vite, répondit courageusement Tina.

Au début de l'après-midi, ils atteignirent une piste qui contournait le lac Okeechobee. James arrêta son cheval.

– Que se passe-t-il ? demanda Tina.

– Des Indiens, répondit James en désignant sur le sol des empreintes de chevaux. Beaucoup d'Indiens, ajouta-t-il, l'air sombre. Ils sont tout près d'ici. Il va falloir te cacher, Tina.

– Mais, James...

– Tina, s'il te plaît, ne discute pas. Jure-moi que tu ne tenteras rien pendant mon absence.

– Je... je le jure. Mais où comptes-tu aller ?

– Je dois absolument découvrir ce qui se trame.

Pour une fois, Tina renonça à protester. James l'aida à grimper dans un grand chêne où elle s'installa confortablement au creux d'une branche.

– Tu ne craindras rien, ici, lui dit-il. Je vais éloigner ton cheval, pour ne pas attirer l'attention. Si tu ne bouges pas de cet arbre, je te promets que tu ne courras aucun danger. Toutefois... (il retira l'amulette qu'il portait autour du cou pour la donner à Tina)... toutefois, si jamais il t'arrivait quoi que ce soit, brandis cette amulette. Elle te protégera.

– James...

– Je t'en prie, Tina. Rappelle-toi que c'est Noël. Ta vie est le plus beau cadeau dont je puisse rêver. Sois prudente.

Il la serra dans ses bras, avant de redescendre de l'arbre et de s'éloigner avec les deux chevaux. Un peu plus loin, il attacha la jument de Tina dans un fourré puis suivit la piste qui débouchait sur une vaste prairie en bordure du lac. Et là, il vit de quoi il retournait.

Depuis le début de la guerre, il n'avait encore jamais assisté à un tel déploiement de forces de la part des Séminoles. Des centaines de guerriers s'étaient rassemblés là, prêts au combat. L'armée ne tarderait sans doute pas à surgir.

James s'avança. Racoon, le seul guerrier de la tribu de Coacoochee qui avait réussi à s'échapper la nuit de l'attaque du major Hernandez, se précipita vers lui.

– Ours-Rapide ! Tu es venu te battre avec nous ! s'exclama-t-il. C'est Chat-Sauvage qui va être content ! Beaucoup de chefs nous ont rejoints. Nous sommes plus de cinq cents !

– Et les Blancs ? Combien sont-ils ?

– Un bon millier, sans doute. Mais ça n'a pas d'importance. Nous les tuerons tous. Leur sang rougira l'eau du lac !

Racoon avait à peine terminé sa phrase que les premiers coups de feu retentirent à l'autre bout de la prairie.

Les soldats avaient lancé l'offensive. Le sol marécageux les avait obligés à abandonner leurs chevaux et c'est à pied qu'ils avançaient, en formation de combat.

Les Indiens répliquèrent aussitôt aux coups de feu et James vit le premier rang des soldats s'effondrer. En moins d'une minute, la prairie devint un enfer de feu et de sang.

James ne voulait pas prendre part à cette tuerie. Mais plus la bataille faisait rage, plus les combattants se dispersaient aux alentours. Tina n'était plus en sûreté.

Tina sursauta en entendant les premiers coups de feu. James lui avait recommandé de ne pas bouger et elle était décidée à lui obéir. Il avait sûrement raison.

Cependant, au bout d'un moment, les coups de feu se rapprochèrent. Puis, tout près d'elle, elle entendit quelqu'un parler anglais.

– Soyez prudents, les gars. Abritez-vous derrière les arbres, rechargez vos armes et soyez prêts à tirer à mon commandement.

Tina était stupéfiée. Elle croyait avoir reconnu la voix d'Harrington ! Elle se pencha sur la branche et aperçut l'officier qui conduisait une douzaine de soldats. C'était bien John !

Ses hommes se postèrent en embuscade derrière les arbres, comme il le leur avait ordonné.

Soudain, le cri de guerre des Séminoles déchira l'air et une bande d'Indiens surgit comme par miracle des fourrés.

Le combat fut sans merci. Les soldats se défendaient vaillamment mais, moins nombreux que leurs assaillants, tombaient les uns après les autres.

Tina assistait à ce spectacle, horrifiée. A un moment, John se trouvait juste en dessous d'elle. Il reçut une balle en plein bras qui lui fit lâcher son arme. Aussitôt, deux guerriers se précipitèrent pour l'achever.

Tina ne réfléchit même pas. Elle sauta de sa cachette à pieds joints et atterrit entre John et les deux guerriers.

– Non ! leur cria-t-elle, désespérée.

– Tina ! s'exclama John. Comment pouvez-vous être ici ? Sauvez-vous, pour l'amour de Dieu ! Ils vont vous tuer !

– Chut ! lui intima-t-elle.

Elle brandit l'amulette que James lui avait donnée. Les guerriers sursautèrent de surprise. L'un d'eux s'approcha pour examiner le petit bijou en argent ciselé. Tina retint son souffle en les entendant échanger quelques mots dans leur langue. Le peu de vocabulaire que James lui avait appris ne lui suffisait pas pour les comprendre.

Soudain, un autre cri séminole retentit. Un cri que Tina avait déjà entendu une fois, dans des circonstances à peu près semblables.

C'était James. Il surgit sur son cheval, brandissant

son coutelas d'un air menaçant. Il prononça quelques mots à l'intention des guerriers qui décampèrent prestement. L'instant d'après, l'endroit était redevenu parfaitement calme, à l'exception des cadavres ensanglantés qui jonchaient le sol.

– Vous m'avez sauvé la vie, tous les deux, murmura John en s'adossant au chêne avant de s'évanouir.

James se tourna vers Tina.

– Tu as quitté ta cachette ! lui reprocha-t-il.

– Il le fallait. Ils voulaient tuer John.

James descendit de cheval et vint s'agenouiller auprès de son ami. Tina l'imita.

– Sa blessure au bras lui a fait perdre beaucoup de sang, dit-elle. Il faudrait stopper l'hémorragie.

James déchira la tunique de John en lanières et ensemble ils confectionnèrent un solide bandage pour étancher le sang.

– Que leur as-tu dit pour les inciter à décamper ? voulut savoir Tina.

– Que d'autres soldats arrivaient.

– C'est ingénieux.

– C'est la pure vérité.

Tina blêmit.

– Mon Dieu, James, qu'allons-nous faire ? Nous ne pouvons pas abandonner John ici. Il a besoin d'être soigné. Si jamais ses camarades ne le trouvent pas, il mourra.

– Oui, il mourra, répéta James.

– Mais... mais nous devons nous enfuir.

– Non, répondit-il fermement. Nous restons ici.

– Quoi ? s'exclama Tina, incrédule. Mais tu es fou ! Ils vont s'emparer de toi !

Fou ? James l'était peut-être, mais il venait de prendre une décision irrévocable.

– Nous restons ici, répéta-t-il. D'abord, parce que nous ne pouvons pas laisser John mourir ici. Mais il y a autre chose, aussi.

– Quoi ? voulut savoir Tina.

– Je ne veux plus nous voir fuir, Tina. A cause de toi. A cause du bébé...

– Mais...

– Non, Tina. C'est fini. Warren est mort. Osceola n'en a plus pour très longtemps à vivre... Une page est tournée. Les Séminoles savent que je ne suis ni leur ennemi ni un traître. Mais, à présent, je souhaite me réinstaller parmi les Blancs.

– Tu oublies les accusations qui courent contre toi, lui rappela Tina.

– Je prouverai que je suis innocent.

– James, tu seras jugé quand même ! l'implora Tina. Qui sait ce que...

– Je veux croire à la justice des hommes, répliqua-t-il. A une justice qui ne se soucie pas de la couleur de la peau. Je veux y croire, parce que c'est notre seul avenir, à tous les deux. Mais toi, tu dois croire en moi, Tina. Croire que je saurai rester dans votre monde que vous appelez « civilisé » l'homme que j'étais dans les marais.

Elle lui sourit.

– J'y crois, murmura-t-elle avec ferveur. Oh, oui, j'y crois.

Ils entendirent un bruit de sabots. Les soldats arrivaient.

– Appelle-les, Tina.

– J'y crois, murmura-t-elle encore, avant de héler les soldats.

28

Le major Hernandez reçut une médaille pour la bataille du lac Okeechobee, qu'il avait conduite. Pourtant, il était difficile de parler de victoire, tant les pertes des soldats avaient été élevées. En considérant que les Indiens étaient moins nombreux à participer au combat, on pouvait même prétendre qu'ils s'en tiraient plutôt mieux que leurs adversaires – ou, à défaut, que c'était un match nul.

Dès qu'il avait repris connaissance, John Harrington avait expliqué que James lui avait sauvé la vie. Du coup, les soldats avaient considéré celui-ci d'un œil plus indulgent et assoupli les conditions de sa détention. Hernandez l'avait assuré qu'à leur retour à Saint Augustine, un tribunal impartial écouterait son témoignage avant de statuer sur son sort.

– J'aurais quand même un conseil à vous donner, lui avait dit Hernandez.

– Lequel, major ?

– Epousez miss Warren le plus tôt possible. En tout cas, avant de paraître devant vos juges. Et de préférence, épousez-la de façon chrétienne. A moins que vous ne soyez opposé à ce principe ?

– Moi ? Pas le moins du monde. Du moment que la dame est d'accord...

Tina avait été convoquée sur-le-champ dans la tente d'Hernandez. Elle paraissait si inquiète qu'elle ignorait manifestement de quoi il retournait. Hernandez lui avait demandé sans préambule si elle acceptait d'épouser James McKenzie.

– Préférerais-tu me voir pendu ? lui avait chuchoté James, pour la provoquer.

– Un mariage ? James... un vrai mariage ?

– Oui. Il suffit que tu donnes ton accord.

– Oh, je le donne, bien sûr !

Le pasteur du régiment les avait unis sous la tente du major Hernandez, sous les applaudissements des quelques officiers présents. Puis, compte tenu des circonstances, James avait retrouvé son statut de prisonnier.

Mais Hernandez tint parole. Deux jours après leur retour à Saint Augustine, James fut appelé à comparaître devant un tribunal. Il se prépara à défendre sa cause en étant à la fois honnête pour ce père qu'il avait adoré, cette mère qu'il chérissait toujours, ce frère qu'il admirait et cette femme qu'il aimait plus que tout au monde – sans oublier le souvenir de Naomi.

– Longtemps avant ma naissance, mon père vint dans ce territoire et apprit à connaître les Indiens, commença-t-il. Ils l'accueillirent comme l'un des leurs et il rencontra celle qui devint sa deuxième femme. Ma mère.

« Par mes origines, je suis de ceux qui sont le plus attristés par cette guerre. Parce que je ne hais ni un camp ni l'autre, mais que j'aime sincèrement les deux. Lorsque le conflit a éclaté, j'ai cru que mon cœur se déchirait. La seule façon, pour moi, de survivre à cette épreuve fut de suivre la voix de ma conscience. S'il est vrai que j'ai refusé de prendre les armes contre les Indiens, il est vrai aussi que j'ai toujours refusé d'attaquer le peuple de mon père et de mon frère.

« Je me considère comme un ami d'Osceola, mais il y a également beaucoup d'officiers ou de simples soldats, parmi vous, que je considère comme mes amis. J'ai entendu quelqu'un dire que j'étais venu ici vous demander pardon. C'est inexact. Je suis venu vous demander justice. Je suis innocent du massacre des hommes de Mayerling. Ce jour-là, j'ai seulement sauvé la vie de ma femme. En revanche, je reconnais avoir tué le colonel Warren. Mais je plaide les circonstances atténuantes. Une bonne demi-douzaine de témoins pourraient vous assurer que j'ai agi en état de légitime défense.

L'audition se tenait dans la plus grande salle de Fort Marion. Le général Jésup en personne la présidait. Hernandez se tenait à ses côtés, ainsi que le capitaine Morrison et un jeune avocat militaire du nom de Harding. John Harrington avait tenu à être présent, mais sa santé encore précaire l'obligeait à rester allongé sur une civière.

Jésup avait d'abord souhaité que la séance se déroulât à huis clos, mais il avait dû renoncer devant la pression de l'opinion. La salle était comble et pas seulement pleine de militaires : nombre de citoyens de Saint Augustine s'étaient déplacés, ainsi qu'une bonne dizaine de journalistes. Quand James s'arrêtait de parler, on pouvait entendre leurs crayons courir sur le papier pour noter ses paroles.

– Je demande justice, répéta James, car j'estime y avoir droit. Mais n'attendez pas de moi que je change ma ligne de conduite. Même si, avec ma femme et le bébé qu'elle attend, nous souhaitons désormais vivre parmi vous, je ne trahirai jamais aucun Indien. Messieurs, mon sort est entre vos mains. Mon avenir dépend de votre jugement.

Un silence absolu accueillit d'abord la fin de sa plaidoirie. Mais, l'instant d'après, le plus incroyable tumulte régnait dans la salle.

Avant l'intervention de James, Jarrett était venu défendre son frère. Puis le jeune soldat, Nooman, avait décrit les circonstances exactes de la mort de Warren et enfin les deux rescapés du massacre d'Otter avaient raconté ce qu'ils avaient vu. James était convaincu que tous ces témoignages suffiraient à l'innocenter des crimes dont on l'accusait lorsqu'il était entré dans cette salle. La bruyante réaction du public l'encourageait à penser dans ce sens.

Jésup tapa du poing sur la table pour réclamer le silence. Il consulta rapidement les hommes assis à ses côtés avant de se lever. Il ouvrit la bouche comme s'il voulait se lancer dans un long discours, mais sembla se raviser brusquement.

– Concernant la mort du colonel Michaël Warren, le tribunal a décidé de ne retenir aucune charge contre James McKenzie, déclara-t-il. La légitime défense ne fait aucun doute. Du reste, le colonel Warren n'avait pas autorité pour pendre qui que ce soit. Concernant le massacre des hommes du capitaine Mayerling, le tribunal a décidé d'innocenter pareillement l'accusé. En vertu de quoi, dès cet instant vous êtes, monsieur McKenzie, libre d'aller où bon vous semble.

L'annonce du verdict déclencha une clameur enthousiaste. James eut toutes les peines du monde à se frayer un chemin dans la foule qui voulait le féliciter, pour rejoindre sa femme.

Sa femme...

L'expression sonnait si agréablement à ses oreilles...

Tina se jeta dans ses bras et l'embrassa devant des dizaines de témoins. Les journalistes les abreuvèrent de questions : quelles avaient été les relations de

Tina avec son beau-père ? Que pensait-elle de la guerre ? D'Osceola ? Du général Jésup ?...

– Je pense, leur répondit-elle avec son sourire le plus charmeur, que mon mari est impatient de revoir sa fille.

Jarrett et Tara les aidèrent, non sans mal, à s'extirper de la salle. Quand ils eurent enfin atteint leur voiture, Jarrett promit le champagne dès leur retour à la maison.

James savourait le bonheur de se retrouver à nouveau en famille, après cette si longue séparation. Jennifer devenait de plus en plus mignonne. Ses yeux lui rappelaient ceux de sa mère.

Bientôt, la famille s'agrandirait encore. Ian aurait un petit frère ou une petite sœur, de même que Jennifer.

Après le dîner, Jarrett invita James à le retrouver en tête à tête dans la bibliothèque.

– Voilà une journée parfaite, se félicita James en levant son verre de brandy à la santé de son frère. Merci encore de ton témoignage.

Jarrett prit soudain un air mélancolique.

– Si seulement tout pouvait être parfait... dit-il.

James s'alarma.

– Mary...

– Non, rassure-toi. Ta mère va très bien.

– Tu es sûr que tu ne me mens pas ?

– James...

– Bon, bon, d'accord. Alors, qu'est-ce qui te préoccupe ?

– J'ai pris la liberté de t'organiser un voyage à Charleston.

– Charleston ? Pourquoi ?

– Osceola a été transporté là-bas. A Fort Moultrie. Il n'en a plus pour très longtemps à vivre et il a demandé à te voir.

A peine James eut-il pénétré dans la chambre d'Osceola qu'il comprit que la fin était proche.

Le grand chef indien avait les yeux fermés et le teint déjà cireux. Il se préparait depuis longtemps à la mort et il savait que le moment était maintenant arrivé. Il avait revêtu son costume d'apparat, ceint son plus beau bandeau de plumes multicolores et passé plusieurs amulettes d'argent autour de son cou.

James s'approcha lentement de lui. Osceola devina sa présence et il trouva la force de rouvrir les yeux, et même de sourire, avant de les refermer. Il indiqua du doigt le fauteuil à côté de son lit et James s'assit en lui prenant la main.

– Drôle de mort pour un guerrier, n'est-ce pas, mon ami ? murmura-t-il d'une voix faible.

– La mort apportera le repos à un grand guerrier qui a toujours voulu la liberté pour son peuple.

– Le guerrier est bien fatigué... répondit Osceola, les yeux toujours fermés. Des peintres, des peintres blancs, sont venus dessiner mon portrait, sais-tu ? (Il sourit.) Plusieurs peintres. J'ai posé pour tous.

James hocha la tête.

– Votre image restera gravée dans toutes les mémoires.

Osceola rouvrit les yeux.

– Jésup s'imagine encore que la guerre mourra avec moi, mais il se trompe. De jeunes guerriers prendront la relève. Mais je ne serai plus là pour le voir.

James lui serra plus fort la main.

– Vous êtes célèbre, même parmi les Blancs. Les générations futures verront vos portraits et sauront que vous étiez un fier guerrier. Vous ne mourrez pas complètement, Osceola. Même dans l'au-delà, vous resterez un grand guerrier. Une figure de légende.

Osceola garda un moment le silence, comme s'il prenait le temps de savourer les paroles de son ami.

– Et toi ? demanda-t-il soudain. Que vas-tu devenir, Ours-Rapide ?

James soupira.

– La guerre est terminée, pour moi aussi.

– Vas-tu quitter la Floride ?

– Je ne sais pas encore. J'ai épousé...

– La fille de Warren, oui, je sais.

– Peut-être allons-nous rester un peu à Charleston. Ou retourner en Floride.

– Crois-tu que tu pourras vivre heureux parmi les Blancs, tant que la guerre continuera ?

– Si nous rentrons en Floride, nous nous installerons très au sud. Jarrett et moi avons hérité de terres, près de Fort Dallas.

– Là-bas aussi, des soldats se battent contre des Séminoles.

– J'essaierai de jouer les bons officiers entre les deux camps.

Osceola sourit.

– Tu as toujours été doué pour l'éloquence, Ours-Rapide. Je me suis laissé dire que tu t'étais montré très convaincant devant le tribunal. Va au-devant de ta nouvelle vie, Ours-Rapide. Je sais que tu sauras rester un homme intègre. Va, maintenant, Ours-Rapide. Va...

– Osceola...

– Laisse-moi reposer en paix. Tu m'as rempli le cœur de joie.

James se releva et quitta la chambre. Tina et le Dr Weedon l'attendaient dans la pièce d'à côté. Le docteur retourna s'asseoir au chevet du mourant, tandis que James et Tina repartaient à pied.

– Je pense qu'il va mourir dans les heures qui viennent, dit James après un long silence.

Tina passa un bras autour de sa taille.

– Je suis triste, car je sais que tu l'aimais beaucoup.

– Oui, c'est vrai, je l'aimais beaucoup. J'imagine que certains se réjouiront de sa mort. Ceux-là n'ont pas réalisé qu'Osceola va devenir une légende. L'Histoire retiendra qu'il s'était présenté devant Jésup avec un drapeau blanc. Sa détention injustifiée aura fait de lui un martyr. Chat-Sauvage et d'autres vont continuer la lutte. (Il se tourna brusquement vers elle :) La question, maintenant, est de savoir ce que *nous* faisons ? Le bébé va bientôt naître. Ici, nous sommes chez toi. (Il désigna la rue dans laquelle ils marchaient.) De belles maisons confortables, une ville cultivée, des théâtres, des soirées...

Elle sourit.

– Tu n'y serais pas heureux.

– J'ai des amis, à Charleston. La famille de la mère de Jarrett est très gentille.

– Tu ne serais quand même pas heureux dans cette ville, insista Tina. J'adore Charleston, mais je préfère rentrer chez nous.

– *Tu es chez toi.*

Tina secoua la tête.

– Plus maintenant. Je me sens plus chez moi en Floride qu'à Charleston, désormais. C'est là-bas que nous nous sommes rencontrés, que notre rêve est devenu réalité. Et puis, je ne pourrais plus me passer de ces couchers de soleil si magnifiques !

– Mais, Tina, tu sais bien que la guerre n'est pas terminée.

– Quelle importance ? L'essentiel est que la paix règne *entre nous*.

Il la serra dans ses bras en éclatant de rire.

– Tu seras toujours aussi entêtée.

– Je n'ai pas le choix ! C'est la seule façon de se faire entendre d'un sauvage !

James rit de plus belle.

Avec Tina, il savait qu'il ne s'ennuierait jamais.

ÉPILOGUE

Sud de la Floride, 1842

John Harrington chevauchait le long de l'océan, entre les forêts de pins et les plages de sable blanc, lorsqu'il aperçut enfin la maison qu'il cherchait.

C'était une grande construction de plain-pied, moins luxueuse que Cimarron, mais largement ouverte sur l'océan et les arbres. Son isolement – il n'y avait aucune autre habitation dans un rayon de plusieurs kilomètres – en faisait un havre de paix généreusement offert à tous les visiteurs venus s'aventurer dans cette contrée lointaine.

– John !

Jennifer, aujourd'hui une ravissante fillette de onze ans bientôt, lui faisait des grands signes de la main. Assise sur la terrasse, un livre à la main, elle regardait jouer ses frères et sœur : Jérôme, qui allait sur ses cinq ans, Brent, trois ans et demi et la petite dernière, Sydney, qui n'avait pas encore deux ans.

– Voilà la jeune tribu McKenzie ! s'exclama joyeusement John en mettant pied à terre.

Il embrassa chacun des enfants, puis tira de sa poche un petit médaillon en argent qu'il offrit à Jennifer. Elle rosit de plaisir.

– John, ce cadeau est magnifique, le remerciat-elle. Mais ce sont les nouvelles qui nous manquent le plus ici.

– Eh bien, j'étais justement venu vous annoncer que la guerre est terminée.

Jennifer sauta de joie, avant de se raviser brutalement.

– Est-ce que... les Indiens se sont rendus ? demanda-t-elle d'une voix inquiète.

Ces dernières années avaient été pénibles. Osceola était mort le 31 janvier 1838. Comme James l'avait prédit, son nom était devenu une légende et la guerre avait continué, même si aucune bataille n'avait plus été aussi importante que celle du lac Okeechobee. Le général Zacchary Taylor avait succédé à un Jésup amer et désillusionné. Puis Walker Armistead avait remplacé Taylor et enfin William Worth avait été nommé récemment à la tête des troupes.

Mois après mois, nombre de Séminoles avaient été déportés, plus ou moins volontairement, vers l'Ouest. Mais les autres étaient restés. De guerre lasse, le gouvernement avait fini par accorder aux Séminoles de vastes terres. Le décret avait été signé sans fanfare : il mettait discrètement un terme à un conflit qui s'achevait sans vainqueur, ni vaincu véritable.

John sourit à Jennifer.

– Non, ma chérie, les Séminoles ne se sont pas rendus. La tribu de ta grand-mère vit toujours dans les marais. Mary a même promis qu'elle viendrait te voir pour ton prochain anniversaire. La guerre s'est terminée, tout simplement. Tes parents le comprendront. Sais-tu où ils se trouvent ?

– Ils sont partis se promener sur la plage. Par

là-bas. Je surveille les enfants en leur absence, dit-elle avec importance. Vous restez dîner ?

– Oui, je reste dîner.

– Très bien. Je vais avertir la cuisinière.

John remonta en selle et continua de longer la plage. Le mois prochain, il épouserait une jeune fille rencontrée à Tampa et il espérait pouvoir acheter des terres voisines de celles de James et de Tina pour s'y installer. Cette partie de la Floride était paradisiaque.

Soudain, il s'arrêta en reconnaissant le rire de Tina.

Les deux époux McKenzie s'amusaient comme des collégiens en se poursuivant au bord de l'eau. Ils étaient nus l'un et l'autre. Tina se laissa rattraper par son mari et ils s'embrassèrent fougueusement dans les vagues.

John Harrington, tout sourires, se dépêcha de faire tourner bride à son cheval pour revenir vers la maison.

Ils auraient bien assez le temps de parler au dîner.

4714

Achevé d'imprimer en France (Malesherbes)
par MAURY-IMPRIMEUR
le 7 décembre 2008.

Dépôt légal décembre 2008.
EAN 9782290013083

ÉDITIONS J'AI LU
87, quai Panhard-et-Levassor, 75013 Paris

Diffusion France et étranger : Flammarion